温润的时光

慕安 著

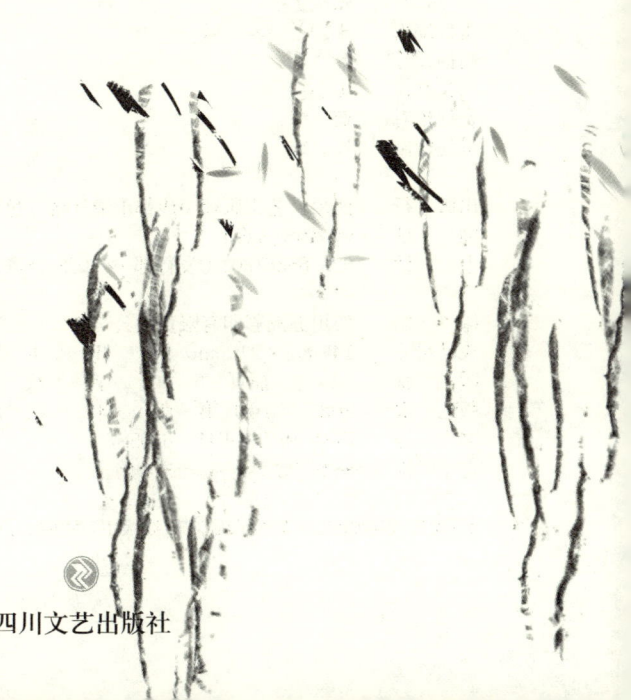

四川文艺出版社

图书在版编目（CIP）数据

温润的时光 / 慕安著. — 成都：四川文艺出版社，2022.10
ISBN 978-7-5411-6405-7

Ⅰ.①温… Ⅱ.①慕… Ⅲ.①散文集—中国—当代 Ⅳ.① I267

中国版本图书馆 CIP 数据核字 (2022) 第 125306 号

WENRUN DE SHIGUANG
温润的时光

慕 安 著

出 品 人	张庆宁
责任编辑	朱 兰　蔡 曦
封面设计	叶 茂
内文制作	史小燕
责任校对	蓝 海
责任印制	崔 娜

出版发行	四川文艺出版社（成都市锦江区三色路 238 号）
网　　址	www.scwys.com
电　　话	028-86361802（发行部）　028-86361781（编辑部）
印　　刷	四川五洲彩印有限责任公司
成品尺寸	147mm×210mm　开　本　32 开
印　　张	12　插页 6　字　数　270 千
版　　次	2022 年 10 月第一版　印　次　2022 年 10 月第一次印刷
书　　号	ISBN 987-7-5411-6405-7
定　　价	58.00 元

版权所有·侵权必究。如有质量问题，请与出版社联系更换。028-86361795

序

慕 安

这本散文随笔集是我最近这几年陆陆续续写出来的，起初并不是奔着出本书的目标，而是一时兴起，后来一发不可收拾。记得我最早的一篇写的是《木槿花又开》，怀念我的一位初中女同学，因为对她印象太深，以至于看到盛开的木槿花，就理所当然地回忆起她，与之相处的一幕幕场景清晰可见，其音容笑貌宛在眼前，坐在电脑前敲击键盘两个小时，一蹴而就。

若在以前，写篇这样的小文章多是存在电脑里偶尔自我欣赏，不得不说要感谢这个信息业发达的年代，自媒体的兴起让每个人都可以把自己的作品呈现给他人分享，不为名利，只为共鸣和共情。我把《木槿花又开》发在朋友圈里，竟然引起很多人的评论和点赞，让我有了小小的满足感。所谓女为悦己者容，其实作为一个名不见经传的小文人亦是如此，有人欣赏便有了创作的冲动。

我毕业于大学中文系，在学校就出版过书，反倒是工作后疏懒了，长期与公文耳鬓厮磨，为五斗米消磨去了大多数的时间，也磨去了文学创作的热情和激情，就是偶尔写写，也是应景之作。有朋友在某些公众场合捧场式介绍我是中文系毕业，大才子，我赶忙制止。实在汗颜得很，工作以来公文写了成千上万，拿得出手的文学作品屈指可数，哪敢以才子妄称，实在愧对中文系这个专业出身。

最近几年写些散文随笔，主要得益于在稍高点的管理岗位上，公文起草有了后起之秀，我修改把关即可，剩下不少时间；二则是人到中年喜欢忆旧，也有了阅历，对事情的看法日趋沉稳，便好为人师起来；三则是发的文章有了粉丝的追捧，偶尔给我几句小鼓励，甚至索要新文看，既不忍拒绝，也实现了些许个人的专业价值。无论如何，这样的写作断断续续坚持了下来，结成这样一本书。

当前的中国经济高速发展，作为社会主体的人，其价值观也在随社会的发展而有些变化，人们的活动范围广了，脚步加快了，社会给予个人的压力不断增强，一边是梦想，一边是现实，二者总是有矛盾。但无论如何，我们平凡人最终的目的是追求生活的幸福，这就需要自己的内心安静下来，脚步要放慢一些，不仅要收获理想的结果，也要有幸福的过程，过程比结果更重要，因为过程才是人生。每个人的人生都有苦难和挫折，那是上苍赐予我们的财富；都有收获和喜悦，那是老天给予我们的奖赏。每个人都有完全不同的人生，我们一起感受生活的磨难，互相宽慰和打气；一起感悟生活的诗意，互相庆祝和分享。古人的诗酒文化就是这样的氛围，他们常常借酒来庆贺成功和欢喜，或缓解苦闷和压力，用诗词表达思想、抒发情感，我个人还是既喜欢诗词又喜欢美酒的，常常在酒酣之后高谈阔论，既分享思想的火花，又解酒气，不亦快哉。为此我还酒后微醺之时有感而发连夜写了一篇《诗酒趁年华》，在文章结尾我这样总结诗酒文化：

> 酒是催化剂，可以加快情绪的释放，诗可以渲染之；酒是润滑剂，可以促使感情的和谐相处，诗可以唱和之；酒是迷幻剂，可以让你沉浸在虚妄世界，诗可以同流之；酒是黏合剂，可以拉近彼此的心，诗可以凝固之。
>
> 酒味不美，被赋予精神寄托才成了琼浆；诗律呆板，因酒的激荡才更加灵动。以诗寄情，以酒寓意，诗酒结合，这些诗词大咖们谱出了文学领域的华美乐章。

从古至今，我们都有责任共同营造我们丰富而美好的精神家园。

每个社会奋斗者都有人文情怀，从微信朋友圈出现的文字看，很多人都把自己经历的酸甜苦辣凝缩成几行文字或写成小文与朋友分享，求得共情和慰藉，这是典型的情感需求。同时，我们也都在朋友圈为朋友的喜事幸福事表示恭贺点赞，为悲事苦难事表示共情同哭。这些都说明，我们需要借鉴别人的人生修正自己的路，我们的情感需要社会圈子的认同。书中我写了自己的求学、生活、交友、奋斗、旅行、育子等，展现了一个普通社会个体的样本，虽历经种种生活的磨难仍矢志不移地为理想和幸福而努力奋斗。

我本再普通不过的平凡人，没有经历人生的大风大浪，更不是屹立在时代潮头之人，因而故事一般，唏嘘平凡，抒情亦不婉转，但想到世间的人多是如我一样，互相分享人生的故事和心得，我们也可聊以自慰和借鉴。我把我的人生感悟写在《温润如玉》里：

行走在人生江湖，当做如玉君子。修谦虚之礼，养浩然正气，待人温暖如春，接物润泽若水。如此，人间的岁月便增添几许静好，生出几缕芳芬。

　　人的一生时间很短，掐头去尾能够自立、自由、自省的日子不多，若是有那么一段温润的时光，想必就是幸福的人生了。
　　但愿您读过这本书上的文字，能够祝福我的半生温润时光，也期待能分享到您人生喜怒哀乐的故事。

2021年11月29日于重庆

目录 CONTENTS

第一篇 / 少年心事当拿云

求学记 3

路灯下的少年 10

青青果园 14

捉　蝉 19

丢失的滋味 23

溪水西流 27

从容的早餐 35

北京十六日 37

贝西的演讲 40

做　饭 44

第二篇 / 春风不改旧时波

守　望 …… 51

外婆的澎湖湾 …… 58

菜　馍 …… 63

过　年 …… 66

幸福的饺子 …… 70

生病的母亲 …… 73

手　术 …… 80

造　屋 …… 84

美丽的早餐 …… 88

露营桃花源 …… 91

养狗记 …… 93

养猫记 …… 99

养兔记 …… 114

陪　伴 …… 118

拥抱的力量 …… 123

夜　灯 …… 127

看猫狗打架 …… 129

叛逆的雪莱 …… 134

第三篇 / 相逢恨不知音早

追忆似水年华 …… 143

匆匆那些年 …… 152

木槿花又开 …… 160

翩跹的蝴蝶 …… 165

府河在左，南河在右 …… 176

同桌的你 …… 181

大隐花事 …… 185

花儿开在春风里 …… 189

祭师胡普安 …… 192

月光菩萨 …… 196

结庐在湖境 …… 201

酣高楼 …… 209

蝶　咖 …… 215

第四篇 / 夜半钟声到客船

雨中访秦淮 …… 223

再行枫桥 …… 227

烟雨游西湖 …… 231

桂林山水甲天下 …… 238

烟花三月下扬州 …… 241

旅途中的修行 248

梦遗双廊 253

赏樱心史 257

夜半歌声 259

乡野庭院 264

雪粉华，舞梨花 268

南山，南山 271

第五篇 / 人生若只如初见

诗酒趁年华 277

朦胧塔 288

故乡的秋 294

最美的味道 296

四十不惑 302

钓鱼城的忠义 303

防控新冠病毒的日子 308

小美好 311

过桥米线 313

李熟本甜 317

滴滴司机 320

生死绣球 322

人间暂坐 324

养个女儿 *327*

温润如玉 *331*

桌　痕 *335*

第六篇 / 传家书已为儿计

给贝西的第1封信 *341*

给贝西的第2封信 *343*

给贝西的第3封信 *345*

给贝西的第4封信 *348*

给贝西的第5封信 *351*

给贝西的第6封信 *353*

给贝西的第7封信 *355*

给贝西的第8封信 *357*

给贝西的第9封信 *361*

给贝西的第10封信 *364*

给贝西的第11封信 *367*

给贝西的第12封信 *370*

给贝西的第13封信 *374*

给贝西的第14封信 *377*

给贝西的第15封信 *380*

给贝西的第16封信 *382*

第一篇

少年心事当拿云

WENRUN DE SHIGUANG

求学记

> 生命中的很多事，你错过一小时，很可能就错过一生了。
>
> ——林清玄

2013年五一节回老家，专程去看望了恩师冯玉环老校长，虽然他已经退休十余年了，但仍然老骥伏枥，战斗在教育的前线——受聘在私立西城中学担任校长。见到我这个学生，他非常高兴，拉着我的手无论如何也要留下我吃饭，又电话特地叫来了我当时的班主任于岳武老师和校团委书记魏志玉老师。时光如白驹过隙，我离开高中母校砀山中学已经20年了。每每回老家路过砀中，我都会停下静静地看一看学校的大门，看着从新建校门出入的师生，我的脑海里就涌现出恩师冯校长那亲切慈祥的面容，那段艰苦的求学历程如经典的老电影片段历久弥新地一幕幕呈现在我的眼前……

初三那年中考，考上一所普通高中，听闻该校校风很差，每年也考不上几个大学生，更别提什么名校。父亲说去读吧，也许你考不上大学但总能多学点知识。开学时我揣着家里给的学杂费踏上了去报名的路,可是半途我怎么想也不心甘,难道就这样挥霍时光,明知前途无望,还去蹉跎岁月,往日里憧憬千万次的理想任凭它化为泡影?如果走上了这条路,我几乎可以一眼看尽我今后的人生路。想到这里,那种沮丧、懊恼、无助一起向我袭来,我悲哀地几乎掉下泪来,骑着自行车一头撞向路边的墙上,我瘫倒在地,整个人都不好了。

突然想起一句话"不撞南墙不回头",我现在撞了墙,只有回头另寻出路。我调转车头,朝初中母校驶去。复读,考安徽省重点中学——砀山中学,这就是另一条折返之后再前行的路。

父母亲在读书的问题上比较顺从我的意见,见我已经报名复读了,没有责怪。只是父亲说了一句,今年是你最后的机会,考不上砀中就弃学务农。

于是,那一年我格外地刻苦,以至于混淆了日月星辰。

在最后的时刻,中考报名预选考试,我的成绩足够入选报名砀中的8个名额之一,我欣喜地等待班主任老师的通知。

班主任通知我去校长办公室,在那里校长、教务主任满脸堆笑,客气地寒暄说我这一年的进步很大。不过接下来的话让我坠入冰窖:我不能报考砀中,因为我是往届生没有学籍。我反问为什么入选的8人中有6个都是往届生而独我没有学籍?校长答因为这些同学家里有的想了办法,也有的是学校认为他们的成绩潜力大早做了准备,顶替了其他应届生的学籍。无论我怎么哀求,他们表示目前没有任何办法可以让我报考砀中,预选成绩再好也只能报考普高,就是我去年就考上的普高。

真是岂有此理!

我听着他们佯装出的关心和劝解，含着泪水和委屈愤怒地摔门而去。

我不记得那天怎么回的家，反正回家闭门蒙头就睡，任凭失望的泪水在被单里倾泻，我的现实世界坍塌了。父母亲慌得不知所措，直到一个同学赶过来告知缘由。

从不求人的父亲，经过和母亲一夜的商讨，第二天一早踏上了去县城的路，仔细盘点了所有的亲戚朋友，终于找到了一个在县教育局任副主任的黄姓远亲。据说父亲那天买了一大包礼品，让人转送给他，得到了他5分钟的接见。结果还是没能解决问题，他也无能为力。

父亲非常沮丧但仍不死心，决定等到第二天再去他家求求他。父亲这样低头求人的事情，在我的人生记忆里只此一次。

经过不吃不喝闭门一天一夜的情绪宣泄和反复思考，我做了一个大胆的决定。当我打开门看到母亲坐在门口憔悴的样子，更坚定了我这样做的决心。

我若无其事地吃了晚饭，不顾母亲的絮叨和悲切，又关上了门。一夜奋笔疾书和反复修改誊抄，一封长达3000余字的长信终于完成，装信的信封是我临时糊的，用的是家里装水泥的牛皮纸。我在信封上写好"校长亲拆"，那时我不知道砀中的校长姓什么。

天蒙蒙亮的时候我给母亲打了招呼，不顾母亲的担忧和阻拦，骑上自行车直奔县城。在砀中的门外，我遇到了带8位同学去报名的班主任周老师，他们惊讶地看着我的出现。我尴尬地苦笑着走进砀中去找我的邻居韩忠锋，他也是复读后去年考上砀中的，我请求他将我的那封长信交给校长。他嗫嚅着说他从没跟校长说过话，校长也不认识他,怎么递信。我向他叙述我的遭遇,乞求他的帮助。韩忠锋深深地同情我,鼓起勇气接受了我的委托,我看着他拿着信走了。

尔后的两个小时我忐忑焦急地等待着,虽然并不抱多大的希望,但仍期待着奇迹的发生。

父亲再次努力无果后到砀中来劝我回去,等到了中午时分也不见韩忠锋的踪影,我只好准备跟父亲回家。这时候突然来了一阵暴雨将我们父子困在街边的屋檐下。

雨停后,我对父亲说,你让我再去看一眼砀中,之后再不妄想。父亲点点头。

我再次来到砀中的大门口,看着川流不息的学生,心在一点一点揪紧,这个时刻,我离这个大门,离他们只是一步之遥,但可能我这一转身就变成万里之隔。不禁哀叹命运就是这样,无论你怎么努力,上天也许视而不见。

我远远地又看到周老师和那8位同学正走过来,我转过身想立马离开。

突然,我听到一声呼唤我名字的声音,接着是急促的第二声。我听出来了是韩忠锋的声音。

我复转过身,韩忠锋已经站在了我的面前。

"快,跟我走。"韩忠锋急急地冲我喊道,同时抓住我的手就往学校大门里跑。

我没有时间细问,也没有时间思索。

当我真切地站在校长室里,看到一个和蔼的老人问我是不是给他写信的学生时,方才完全醒过神来,才知道命运又一次向我透出了曙光。

"孩子,你文采不错,洋洋洒洒三千言,能说也敢说呀。你说的都是真的?"

我使劲点点头。

"我相信你。现在的风气是不好,我们也知道全县报名的学生中多半都是往届生,所以我们今年增加了测骨龄,从年龄上限制,至于是不是应届生就不多计较了。"

"你的班主任周衍轩是我的学生,我刚才遇到他专门问了你的情况,还批评了他,逼得你斗胆来找我,说明情况已经很严重了,全县还不知道有多少像你这样的学生,上学无门,我们失职呀。"

我静静地看着老校长背着手来回踱步,摇着头无奈地表达愤慨。

"给你机会考,你有把握能考上?"冯校长问。

"一定能。"我鼓足了底气,好不容易有点希望岂容半点犹豫。

"好,张前进,你的名字我记住了。我破回例,给你'开个后门',不要让我失望!"

"您放心,我敢写这封信就有这个底气!"我信誓旦旦。

冯校长回到办公桌前,立即写了一个条子,没有给我看,带着我去找了副校长杨卫军,嘱咐杨校长亲自带我去办理手续。

至此,我不规律跳动的心脏开始趋于平稳,天气在不知不觉间放晴了,阳光亮得有点刺眼,给我一种很不真实地感觉。

有了冯校长那一纸手令和杨校长的带领,数道关卡一路绿灯,我没有学籍卡、没有平时的学科成绩单、没有体育达标卡……甚至没有钱,所有的这些都不再重要。我不仅报上了名,而且让我插队验了骨龄。

父亲等我出来的时候,焦急得不行,虽然韩忠锋告诉他校长把我找去了。当看到我满面春风地出现在他面前,听我说校长特批报名验上骨龄了,他竟突然湿润了眼眶。

我已报名验骨龄的消息传回学校,惊讶了所有人,校长、教务主任见到我只是尴尬地笑。大家都疯传,砀中校长是我的亲戚。

我没有解释,报名不等于考上,我要兑现对冯校长的承诺,不能有一点差池,于是,一头钻进书堆里,更是颠倒了星辰日月。

三日后的一大早,我在早读,班主任周老师来找我,说我骨龄通过了,没超16周岁,但是没有报上名,需要我自己去一趟砀中,找张晓良主任。我一听,禁不住猜疑,我报名的档案袋里有冯校长的一张字条,难道是冯校长反悔了还是……

没顾得上吃早饭,跳上自行车一口气蹬到砀中,找到张晓良主任。张主任对我盘问、质疑询问了半天,他说就是有冯校长的批条也不行,缺太多档案资料了。我都要急哭了,就只好去找冯校长,冯校长叹了口气陪我一起到了张晓良主任那里。张晓良主任满脸讪笑,听冯校长说了一遍我的情况并表示有责任他担着,才改口说让我回学校找出去年的学籍卡,证明我的情况是真的就可以了。我只好应下,时间已过中午,但也顾不上吃午饭,赶紧返程。

回到学校,负责学籍卡管理的娄主任带学生去普高报名了,我急忙又骑上车去找他。半路上自行车的前轮胎被扎破,我硬是骑着前轮没气的自行车找回了娄主任,他打开凌乱的档案室,我在里面翻腾了一个小时,终于找到了我那张旧得发黄的学籍卡。

此时已是下午3：00过了，我人几近虚脱，已经骑行了60公里路，实在没有力气再骑自行车去砀中，于是回家找父亲帮忙。父亲忙驾驶机动车将我送到砀中，我将学籍卡交到了张主任的手中。

　　在回家的途中，父亲给我买了一碗最豪华的面条，让我吃上了那天的第一顿饭。

　　一个月后，参加中考，我以当年砀中考生第42名的成绩被录取（共录取175人），而同我一起参加考试的那8位同学被录取3人。开学后冯校长到班级找到我，抚着我的头说："孩子，你有胆有识，没让我失望。"

　　后来才知道，当年冯校长对我的这个大胆破例承担了很大的压力，有人说他搞不正之风。还好，我没有辜负他。

　　再后来的求学入川、工作进渝，我再也没有惧怕过任何困难。

　　人生就是这样，"上帝为你关闭了一扇门，就一定会为你打开一扇窗"。

　　除非，你不相信那扇窗的存在。

（写于2015年8月20日晚）

温/润/的/时/光

路灯下的少年

那一年,我15岁,有些厌学,放暑假期前的期末考试成绩很不理想,就生了去投奔亲戚打工的心。

一个人坐了9个小时的绿皮火车到了三门峡市,彼时四姨夫和小舅在那里的西市场做餐饮,其实就是在路边简易的棚子下卖水煎包和炸肉饼。我便去帮忙售卖,并做些杂事,帮忙了半个月,就掌握了做水煎包的全套手艺。

水煎包只卖早上和中午,下午时我常常冒着大热天,骑着脚踏三轮去买面粉、猪肉、粉条、大葱及各种佐料,然后再把部分食材——洗干净,剁碎成馅。晚上和小舅就住在简易棚子下面,睡觉就临时用条凳和木板搭成床铺。条件虽然艰苦,但活计简单,经常和各种各样的人打交道,也有乐趣,觉得比读书轻松多了,有时候恍然觉得也许这就是我的人生宿命。

我们那个摊位的前面正好有一盏路灯,夜幕降临,路灯准时点亮,照亮一大片区域。我和小舅经常借着路灯,在棚下纳凉聊天。小舅读书不多,出来打工已经几年,看出我有些厌学的样子,便在言谈之中劝我,能读书最好去读,像他这样做些简单的餐饮,攒钱盖房、娶妻生子，现在一眼就能看穿这一辈子，想起来真没什么意思，希望我不要轻易放弃。

其实，那时候的我已经隐隐想下决心就此辍学打工，但心中还是纠结。便去买了一些书和一沓信纸，书用来打发晚上的时光，信纸准备用来给父母写信告诉他们我的决定。

那盏路灯很亮，我便搬来白天用于售卖的桌子到路灯下，擦干净，想尽快写信给家里。可几次铺开信纸却总也落不下笔去，深夜后的马路上行人寥落，灯光愈发显得明亮，也更加清冷，我的心孤独起来，惆怅而迷茫。

我从桌子前站起来，在路灯下徘徊，小声朗读汪国真的诗，还记得是那首《跨越自己》：

> 我们可以欺瞒别人
> 却无法欺瞒自己
> 当我们走向枝繁叶茂的五月
> 青春就不再是一个谜
> 向上的路
> 总是坎坷又崎岖
> 要永远保持最初的浪漫
> 真是不容易
> 有人悲哀
> 有人欣喜
> 当我们跨越了一座高山
> 也就跨越了一个真实的自己

我承认，这首诗写出了我的心声，我总以各种理由欺瞒别人，让别人理解我的厌学，却总无法欺瞒自己那颗向上的心。向上的路，总是坎坷又崎岖，跨越自己这座高山真的不容易。

我在夜晚的路灯下一遍遍诵读《跨越自己》，试图说服自己。

有一天晚上下着小雨，不知什么原因停电了，那盏路灯下漆黑一片，我和小舅又坐在床板上闲聊，一个醉汉从我们身边跟跟跄跄地经过，突然被旁边电线杆斜拉线给绊倒，手上的东西飞到墙根边的泥泞里，醉汉便冲我们发火骂起来，还随手拿起一件东西就要打过来。小舅连忙起身赔不是，答应帮他找回东西，他冲进泥泞找到醉汉的东西，还帮他打理干净，又说了一堆好话，才把骂骂咧咧的醉汉打发走。一旁的我怒火中烧，几次要同醉汉理论，都被小舅挡住。醉汉走远，我质问小舅，他绊倒和我们一点关系都没有，你为什么这样做？小舅叹声气说，醉汉可能就在这附近住，他若要欺负我们外地人，哪里需要什么理由，你年轻不懂，我在这儿也为道理打过架，结果还不是我们这些卑微的人吃亏。你卑微就得承受着社会的不公正。小舅轻轻的一席话叩击了我的心。是啊，如果我这样以打工来对付人生，可能一生都是个社会底层卑微的人！

第二天晚上，我收拾干净摊位，便搬了那张油腻的桌子到路灯下，坐在桌子前翻开了随身带来的几次想丢掉的英语书。我轻轻地诵读，认真地书写，一位散步经过的老人在我身边驻足，向我翘了翘大拇指，说道："孩子，在这样的环境里，你也能勤奋读书学习，好！"

我听了有些羞愧，但随即坦然起来，冲他微笑。

是的，路灯下的少年决定不再辜负这明亮的光，决心用它照亮人生前行崎岖的路！

（写于2020年1月18日北京琨御府，

修改于2021年6月19日）

青青果园

早晨的阳光透过窗户照进屋子,阳气顿生,室内也明媚起来,春天的脚步声近了。

在阳台上喝茶读书慵懒了半天,突然想出去走走,透一透气。鉴于新冠肺炎疫情防控的需要,我只有在大院子里溜达,好在租住的这个小区有一个独立的空中花园,打理得很整洁优雅,春天是一片花海,秋天是一片绚烂,十分难得。

花园里人极少,蜿蜒的小径上仅见到一位少年在骑车,一位老人在遛狗。我披着午后的阳光悠悠闲闲地走着,看到院子里许多植物的枝条都有了发芽的迹象,尤其是玉兰树上的花苞已经非常饱满,只待春风一度便会欣然盛开。

我认得中庭处的那几棵苹果树,去年就结了密密匝匝的小果实,特别引人瞩目;很少见到小区的花园里会栽有苹果树,这园林的设计真让人意外。我经过的时候便着意凑过去看,枝条上的花芽很稠密,看来今年也会有不错的收成。

看到苹果树,很有感触,我脑海里瞬间唤醒了年少时的记忆,那徜徉在果园里的青葱岁月,多么令人心驰神往。

家乡皖北砀山,是闻名的水果之乡,尤其酥梨驰名全国,此外还盛产苹果、桃子。所以家乡的春天是花的海洋,秋天是果的世界。

在家乡读书时,小伙伴们最迷恋暑假,常常是一考完试,顾不得领暑假作业,心就飞进了果园,那里是我们的乐园。

那时生产队里有一大片梨园,我们称作南梨园,包产到户时,我们家里分得酥梨树20棵,后来中间又夹种了苹果树。暑假时酥梨树和苹果树的果实已经有鸡蛋大小,眼看着就可以吃了,因而果园需要有人看守,大人们都要忙其他的活计,看守的责任自然就落在我们这些孩童和一些老人身上。我非常喜欢,因为可以和小伙伴在果园里躲过大人的监管,扎堆在一起玩各种游戏,读读小说也不错,还可以夜晚睡在果园的草棚里数星星或者在雨夜听雨点打在树叶上的天籁之音。

梨园里的草棚总是父亲搭建,他用木材、麦草和铁丝一天工夫就能搭一个截面五角形或三角形的草棚,草棚里通常在地上垫厚厚的柴草防潮,再铺上芦苇席,若要豪华些也可以安装一张单人床,搬来铺盖就可以在里面睡觉了。每家的一片梨园里都会搭一个草棚,彼此相隔不远,紧靠着的邻居可以听到彼此说话的声音。夜幕降临时家家的草棚里点上马灯,那一个个点缀在果园里的黄晕可以驱散孤独和恐惧。很小的时候,父亲是不放心我一个人睡在那里,总是晚上带着我一起住在草棚里守园,直至上了12岁,才任由我一个人住在里面。

白天和小伙伴们在一起,打扑克、捉蚂蚱、挖鼠洞、编狗尾巴草,甚至发生矛盾时摔跤打架也常常发生,我们总能想出各种花样打发酷热的暑期。

最有意思的当属钓青蛙煮蛙汤。一般由大点的伙伴带着,三五个人悄悄潜出果园到外面的池塘边(大人若知道是不允许的),用虫子或麻叶当诱饵,像钓鱼那样钓青蛙,难度很大,能有几只收获就不错了,实在钓不到还可以冒着毒辣辣的太阳到田里去抓。抓到了青蛙,我们再潜回果园里,大家悄悄分头行动,有的去剖杀清洗,有的回家拿盐巴香料,有的去捡柴挖地坑灶,然后用一只大铁瓷缸来煮,等到香飘四溢时,围着的小伙伴个个都咽着口水,眼睛直勾勾地盯着。终于可以吃了,每人也就能分到一两只蛙腿,来之不易的美食舍不得一口吞掉,总是细嚼慢咽,吃得津津有味。最后喝汤,一人一口轮流喝,滋味那个美,至今回味无穷。

晚上月华如水,我们要么缠着老人讲故事,要么互相瞎编故事来打发时间。最怕的是有人讲鬼故事,因为梨园里有很多坟堆,听了鬼故事再看到坟头就不由地后脊背发冷,以至于草棚也不敢回了,悄悄溜回家也是有的。听故事还是不如看小说来得过瘾,但小说总不常有。初一的暑假我好不容易有机会从一个同学处借来了《杨家将》《呼杨合兵》,读起来真是如饥似渴、废寝忘食,晚上也不肯睡觉,点上马灯趴在草棚里看,那个过瘾,第一次体会到读大部头小说的快感。只可惜,等到再开学走进教室,坐在第四排的我发现眼睛怎么也看不清楚黑板上的字,才知道大事不妙,又不敢告诉父母,几乎耽误了一个学期,成绩落下不少才无奈说出实情,被父亲狠狠训斥了一顿,自此成了眼镜哥。

去河里洗澡也是我们常干的事。在梨园西南不远处就有黄河故道,河道里的水整体已经断流,存储的水幽深清澈。在梨园里待着，经常汗热难耐，一天下来身上泥垢满身，半下午时便有人吆喝邀约着去黄河故道里洗澡。小孩子单独去洗澡大人们是不允许的，每年夏天黄河故道沿岸都有小孩子被淹死的消息传来，因而大人格外紧张。如果有大人或大孩子带着，我也会大起胆子跟着去，就在浅水区嬉戏，同小伙伴们打打水仗，非常欢乐。后来长大些时，游泳娴熟时就和伙伴们比赛横渡，看谁游得快。水里有水草，若是被缠到也非常危险，所以要格外注意。河的对岸是沙土地，常种花生或者西瓜，有调皮的伙伴相约泅渡过去偷点回来吃。家乡有句俗话"瓜果梨枣，抓住就咬"，所以薅几把花生、摘几个西瓜也算不上什么过错。我有些胆小，一般都不参与过程，只享受结果。不过还是参加过一次，因为打赌输了被激将着和三个伙伴结队去偷西瓜。我们学着电影里的八路军用编的柳条环戴在头上作掩护，选无人的岸边泅渡过去，猫着腰慢慢接近岸边的西瓜地，四下搜寻，只见有一个小女孩坐在瓜棚里正背朝着我们看书。我们便蹑手蹑脚走进田里，每人摘了一个西瓜，转头往河里跑。因为紧张，其中一个伙伴被瓜秧绊了一脚，手里的西瓜也摔了出去，巨大的声响惊动了看书的小女孩，小女孩回头一看是四个光屁股的男孩，哪里敢追，只好大喊："抓贼，有人偷瓜了！"我们一听，魂飞魄散，抱着西瓜撒丫子狂奔向河边，跳进水里开足马力游了回去。跌倒的伙伴受了惊吓，西瓜没能抱回来，受到我们好一阵嘲笑。偷来的西瓜还有点生，不过吃起来脆生生的，还有点甜。

烤玉米、烤红薯也是我们的最爱之一。在梨园外围有很多玉米地和红薯地，玉米快熟时，我们就会在日头最毒的时候趁田里无人窜进玉米地掰回十来个，红薯只要长到有一拃长就会趁天黑去挖几个回来。然后在果园里找个空地挖地灶，找些干树叶树枝，把玉米或红薯架起来烤，甭提有多美味，吃得我们满嘴黑乎乎的。

　　实在无聊时，小伙伴们也会爬上一棵枝丫稠密但结果不多赋闲的老梨树，玩摸瞎游戏。用剪刀、石头、布划拳找出一人蒙上眼睛，在树枝间凭声音追逐，直到逮到下一个人。这游戏危险而刺激，好在我们都是攀爬高手，可以像猴子一样在树枝间腾挪，轻车熟路。

　　在快要开学时，酥梨和苹果也成熟了，帮着大人们摘果子是义不容辞的责任。人小身子轻，常常爬上高高的树梢去摘阳光照射最多的果子，这样的果子长得个大皮薄、色泽鲜亮，也汁多味甜。有时候遇到特别好的，就不顾大人的催促和笑骂先塞进嘴里一个，边啃边干，任凭汁水顺着嘴巴流到脖子上。

　　风景依旧在，人已不少年。

　　时光一去不返，少年的快乐便留在这青青果园里，留在记忆的深处。

（写于2020年2月23日）

捉 蝉

今年的天气已经入伏，可重庆老是雨水倾盆，北京相对倒是高温酷热。儿子虽然放了暑假，可还不敢放羊，参加语文和数学补课仍如火如荼，我也休了一周假专门陪伴。说是陪伴其实也只是接送一下，然后在其他时间陪着做做作业。对孩子与其说是放暑假，不如说是换了一个环境和方式继续学习，其他的学生也莫不如是。

偶然天晴，我坐在庭院里喝茶，忽然就听到了蝉鸣四起，聒噪不已，竟然也有了些在过暑假的感觉。

想起我读小学的时候，进入7月就是期末考试，考完最后一科，回家书包一扔，管他考得好不好，人就如同解开了缰绳的马，一下跃入原野，四蹄奔腾敞开撒欢。憋屈了一个学期的纸牌、弹珠、火柴枪等玩具一股脑儿翻出来，邀约起小伙伴疯玩起来。那时的父母，也不多管，最多是盯着再去学校领回来的期末成绩报告单，若是考得好就会表扬鼓励几句，考得不好少不了一顿批评甚至屁股上挨几巴掌，过了这个关口，一切贪玩如初。那时学生孩童的潜意识里，暑假就是法定疯玩的季节。

在炎热的夏季，最令我们入迷的莫如捉蝉了。一场雨下来，地面泥土湿润,蝉蛹历经多年的蛰伏,争先恐后地从地下钻出来,完成蜕变。它们多是在黄昏的时刻开始出土,先是朝地面上用它的触角剖开一个黄豆大小的洞口,观察一下外面的动静,若是感觉没有危险,便快速爬出,朝最近的树木庄稼等植物上奔去。这段时间是它们最危险的时刻。通常,此时的大人小孩,早就一手持手电筒,一手提广口的玻璃瓶或是陶罐,严阵以待,只要在它们没有爬高之前被光束所掠,便会束手就擒,毫无抵抗之力。村子四周的路旁树下,光芒闪烁,孩童们的叫声不时传来,那是收获的惊喜。忙活一个晚上,会有不错的收成,几十只甚至百十只蝉蛹总是有的。在收工之前,小伙伴们还要凑在一起,把蝉蛹从容器里倒出来一五一十地数一数,比一比看谁捉得多。捉得少必是遗憾,免不了埋怨手电筒不够亮,跑得不够快;捉得多的,定是趾高气扬,自吹自擂有捉蝉秘籍。经大人们一再催促,我们才会散去各自回家,赶紧抓一把盐撒在蝉蛹身上防它们蜕变,在或遗憾或满足中睡去。

　　第二天一大早,还有一次弥补昨晚收获不丰的机会。天蒙蒙亮时,拿一根长竹竿,去捉白知了。这白知了是蝉蛹刚蜕去硬皮,还没来得及舒展翅膀,所以不能飞行,通体还是白色的蝉,趴在低处的伸手可轻易捉住,高处的用竹竿投下捡起;若是翅膀已经舒展开来,通体便会变黑变硬,就可以飞行,稍有动静便"知了"一声遁去,很难捉住它了。这样,踏着露珠去树林里飞快地走一遭,把树干上下瞅一瞅,多少也会有所斩获。

　　接下来,最盼望的早餐,常常寄托在母亲身上。把昨晚撒了盐的蝉蛹洗干净,可以油炸,在油锅里酥得饱满金黄,像张牙舞爪的张飞;可以干煸,用锅铲压扁压平,像手工的剪纸;也可以在炖菜里煮，菜汤的浓汁渗进蝉蛹，像泡了温泉的大象。怎么个吃法？是酥香焦脆还是浓鲜多汁，全凭个人的爱好和母亲的厨艺。烹饪好的蝉蛹，塞一个到嘴里咀嚼，顿时释放出无与伦比的美妙滋味，激起莫可名状的满足感，这就是我们孩童暑假里最倾心的时刻。

若能逃过初劫，蛹便可展翅为蝉，它们总是在太阳最大、日头最毒的时候，趴在枝头拼命聒噪，好像它们才是三伏天的主角。有时候，小伙伴们在一起玩腻了各种游戏玩具，便找来竹竿、铁丝和塑料袋，做成一个套蝉工具。双手举着，悄悄靠近那鸣叫起劲的蝉，而蝉的眼睛也很尖锐，每当套袋靠近它的时候，它会察觉到并立即停止鸣叫，在手中的套袋猛地套过去的时候，它会迅捷地"知了"一声尖叫着逃命。虽然，我套蝉常常十扑九空，但还是乐此不疲，每当我得手套住一只的时候，看着它在塑料袋里扑腾嘶鸣，总有抑制不住的兴奋。套上一阵，总有几只落网，就把它们集中起来玩，用绳子拴成一排，让它们拉车，或者装在一个篾编的笼子里，指挥它们大合唱。总之，玩蝉总是乐趣多多。

到了暑假后期，当蝉蛹出土很少的时候，晚上便没有了捉蛹的兴趣。不过，还有更新鲜刺激的玩法。

晚饭后，约几个小伙伴，去谁家麦秸垛上拽一抱麦草，抱到柳树集中的地方，柳树是蝉最喜欢栖息的树木，在几棵柳树相对中间的地上生一堆火，安排两个小伙伴看着，其余的人或爬到树上摇晃枝干，或站在地上用长竹竿击打树枝，瞬间树枝上栖息的群蝉惊叫着义无反顾地飞向火堆，那蝉翼瞬间烧掉失去飞行能力，负责看火堆的小伙伴，用早已准备好的木棍不停地把无翼的蝉迅速地扒拉出来，一会儿工夫，那些白天在枝头自鸣得意的蝉悉数自投罗网。这些发黑的蝉太老，火烤出的浓郁香味虽然诱人，但我们也不吃，把它们收集起来带回去，送给鸡鸭当食物。

蛹蜕皮后化蝉而去，留下的外壳就是蝉蜕，这是一味中药，每当蝉蛹出尽，蝉声羸弱时，收蝉蜕的小贩便吆喝着上门来了，蝉蜕虽小虽轻，但集腋成裘还是可以卖不少钱。缺少零花钱又勤快的小伙伴们是断然不会放过这个机会的。

所以整个暑假，这才是我的主业。从蝉蛹蜕出第一张皮开始，我就没有放过看到的任何一只蝉蜕。玩耍之余，我总是会拿着一根竹竿，拎个口袋，不顾炎热和荆棘，到树林里到处戳蝉蜕，暑期结束时常常会收集几大麻袋，父亲帮着变卖后，我收到一大笔可观的零花钱，简直让人开心极了。

清茶饮尽，收回思绪。转头看看我旁边正在一脸认真做作业的儿子，他暑假的主要任务仍然是学习，捉蝉对他几乎遥不可及。

有天我和太太带他去参观一所中学，在一棵树下发现一只翅膀破损不能飞行的蝉，我让他去拿起来玩，他竟然不敢动手。是的，城市里地面多已被水泥覆盖，没有蝉生存的生态，也剥夺了孩子接触蝉的机会，蝉于他而言，更多的是书本上的一个字一幅图而已，偶尔能听到为数不多的几声蝉鸣，已是难得，遑论捉蝉了。

（写于2019年7月10日重庆，修改于7月27日北京）

丢失的滋味

我孩童时，最是期盼能吃上一回大席。所谓大席是相对于日常的粗茶淡饭而言。我记事时，改革开放伊始，刚能吃个饱饭，荤腥也还见得少，若亲朋邻里有娶媳嫁女抑或孩子满月的喜事总要大办一次宴席。这大席也是有最低规格要求的，俗称八个碟子十个碗。八个碟子是凉菜，十个碗是热菜，若是家底殷实人家再添上整鸡、整鱼、猪肘子、大烧丸（即鸡鱼肉蛋四大件），就是极为罕见的上等席了。这大席都是自家办的，操刀掌勺的是师徒相传的乡村大厨，打杂帮工的是左邻右舍。若是同村的喜事，那在好日子的前两天就可看到支锅劈柴，很快，那煮肉过油的香味就飘出来，馋得我直流口水，期盼吃大席的日子快快到来，好痛痛快快地大快朵颐一场，至于谁娶谁嫁我则不太关心。

因接待能力有限，席是流水席，正在读书的孩童和远道而来的客人总是被安排在第一拨。即使不是周末，哪怕上课迟到早退，小孩子也会早早地抢个座位坐下，我们知道八个人一桌，人不齐不开桌的规矩，彼此相熟的总是提前约好坐在一起，就等那大管事的一声吆喝"开席"，手中的筷子已然练起了开合。

先上来的是凉菜盘,还没等帮工从托盘上取下放稳,筷子就迅速舞动起来,最心急的那几个免不了被帮工佯装生气地大声呵斥:"急什么急,饿死鬼托生的!"可谁也顾不得理会这呵斥,筷子依旧上下翻飞。凉菜上来后,总要等一阵子才上热菜,道理是大人们要酒过三巡,可小孩子既不喝酒也不矜持,三下五除二就把凉菜扫荡干净,就连拌菜的汁水也不曾留下,然后只好眼巴巴地望着旁边的大人们慢悠悠地推杯换盏。有时候等得久了,我们就联合起来冲厨房方向齐声大喊:"上菜上菜,我们要上学!"几次大喊过后,大管事一边喝骂着,一边敦促热菜上桌,读书的孩子们总是有些特权的。

后来渐渐知道,我们那里地处苏鲁豫皖交界处,很多饮食习惯更接近河南。大席也叫水席,不过和洛阳的二十四道菜品水席不可同日而语,充其量是其变异而来的简化版。水席之所以叫水席,是因为一则热菜吃完一道,撤后再上一道,如流水一般不断更新;二则一席人吃完,下一席人马上重新开桌再吃,人来来往往,宴席源源不断;三则热菜都有汤水,尤其在物资匮乏的年代,下面的汤水多肉菜少,多是满满一大碗水上漂,完全是肉不够水来凑。现在想来这种水席也算是一大发明,让贫穷年代的人们也乐得享受一下如此"丰盛体面"的宴席!

有了凉菜在肚子里垫底,吃热菜就抢得不那么厉害了,汤汤水水只需要一柄瓷勺就可以战斗到底,大烩菜里肥肉谁的手快可以多扒拉出一片,酸辣焦炸丸子手脚麻利的可以抢到两个,炸酥肉下手慢一点只能捞下面垫底的白菜,鸡肉白丸子是大家的最爱,可是一人只有一个谁也不能多占,喝完最后一道美味鸡蛋汤,肚皮就已大如鼓，胀得腰都直不起来了，抹抹嘴仍是意犹未尽！赶去上学的路上虽然可能要迟到，但决不能快跑，也不敢快跑，那一肚子的水摇晃起来可以听得到汹涌澎湃的声音。即使迟到了，老师也不甚责怪，他们理解孩子吃这顿大席比学习当下的这点知识更渴望！

其实，当天的大席还不见得是最好吃的。那时吃剩的菜是舍不得倒掉的，帮工总是把所有的凉热剩菜一股脑全倒进一个大水缸里，等到客人散尽，主人家就把充分混合了的剩菜汤水一盆盆分给前来帮忙的邻居。这些剩菜汤水一经加热或再加上点青菜又成了寓意人生酸甜苦辣咸五味俱全的新美味。我的一位家乡表弟至今钟爱这个味道，即使现在每每遇到大席，正席他是不喜欢去的，总是事后向主人家讨一盆混合的剩菜汤水次日煮开再吃，他觉得那才是绝美的味道。

这些年离开家乡太久，虽然吃多了麻辣鲜香的川渝风味，但总日思夜想着小时候那"大席"的味道，惦记着和小朋友筷子勺子打架抢来的酸辣焦炸丸子，惦记着下手要快才能收获的酥肉，惦记着一人只能分到一个的鸡肉白丸子，惦记着宁愿烫着嘴也要多舀一勺的鸡蛋汤……

前几年，我家的小堂妹出嫁，回老家参加她的婚礼。大席还在自家办，只不过全都承包给了专业团队，无须自己动手也无须请邻里帮忙；只需确定个套餐标准，桌椅餐厨，菜品酒水一站式搞定，宴席结束后直接点钞票就可以了。宴席的菜品比以前多得多了，水上漂也不见了，全是大鱼大肉堆满了桌子，大人小孩都不慌不忙慢悠悠地用着筷子挑来拣去。我吃了几口，再无当年记忆中的那种滋味。

望着一桌子真正的丰盛大席，我怅然若失，那些丢失的滋味再也寻不回来了，那些难忘的岁月也一去不复返了！

（写于2019年1月5日，修改于1月12日）

溪水西流

重庆多山，有缙云山、武陵山、四面山、金佛山等等，就是市区也属于丘陵地形，因而有山城之称。

周末去郊区山里走走实在方便，这些临近城区的山路都修筑得非常好，清一色的水泥或柏油硬化路面，因而我也常在周末或节假日里找个山里清净的所在待上一阵子。

那年遇到工作上不顺，心情十分郁结，想随便找个偏僻安静的地方散散心，便在中午时分独自驾车顺着沿江高速漫无目的地向北开去。新修成的沿江高速路面宽敞，车辆稀少，因而驾车狂奔十分过瘾。

已过午饭时间，腹内有些饥肠辘辘，我随便找了个出口下道。沿江高速路刚刚开通，这个下道处过了收费站有两个岔路，连通向何处都还没有标志，我随便选了一条上行的路，主观判断应该是一条上山的路，道路状况挺好，只是有些蜿蜒，不过正值秋高气爽的季节，路边的景色还是很不错。沿路行驶5分钟左右，我看到路边有个背着背包踽踽独行的老人，一身干净的运动装束，戴着顶黑色的棒球帽，精神矍铄。我不知前面多远才会有吃饭的地方，在经过

老人时我放低车速,打开车窗问:

"老人家您好,我想问一下前面多远有可以吃饭的地方?"

"哦,吃饭的地方?"他沉吟了一下说,"开车再走几分钟,有个三岔路口右转,直行就有个镇子,那里有小饭馆。"

我道了谢,正要加速过去。不料那人又朝我招手,大声朝我喊:"小伙子,我搭下你的车可不可以,我就住在上面不远。"

我就立即停了车,下来帮他把背包放在后排座,请他坐到副驾驶上,心想正好可以给我带路。

老者很健谈,上车就自我介绍姓陈,我就说陈叔好,我也自我介绍姓张。一番攀谈下来,知道他本是重庆城里的人,退休后在这边山上找了个清净的地方,经常过来住几天。这次搭别人的车来,所以就把他放在收费路口,他准备自己走上去,不料遇到我问路,就搭个顺风车。

他问我去哪里,我说不去哪里,出来跑跑新高速。这老陈很敏锐,瞥了我一眼说:"我猜测你应该是遇到了什么不开心的事,跑出来瞎溜达,散散心是不是?"

看得出这陈叔是个老江湖。面对陌生人没有撒谎的必要,我随口说:"工作上遇到点不开心的事,出来喘口气。"

"理解,我也是从年轻时过来的,事业也好,家庭也好,友情也好,哪有一帆风顺的,人生就是先努力上山,再小心翼翼下山。现在,像你这样正是爬坡上山的时候,而我这样是正在下坡的时候。"

"唉,是呀,正爬坡上山,真得难啊!"我叹口气,是实情也是附和。

他突然转了话题，问我："你既然要去吃饭，不如干脆到我那里去吃好了，反正我还没吃呢。"

我忙谢绝："陈叔，您的心意我领了，咱们素昧平生，就让您搭下车而已，不必客气。"

"嗨！你想多了，不就吃个饭嘛，既吃不穷我，也不麻烦，我女朋友煮好饭正等我回去呢。"

"你女朋友？"我惊奇地转头看着这老头，非常疑惑。

"对，是我女朋友，没结婚可不就是女朋友。老年人就不能有女朋友了？再说我也不老啊！"

我呵呵笑了，他也笑了。

"你甭不好意思，听我的，要散心我那里可是好去处，保你不后悔。前面左转直走。"说着他掏出手机就打电话。

我听到他声音高昂地说，带个人回来吃饭，赶紧多加个菜。

我顺着他指引的方向往前开，一路上坡，坡道略有点陡，当转过一个急弯后，路边有一处小小的坪坝。

陈叔指着坪坝说靠过去，车子就停这里。

我说不停了，您下车慢走，我调个头走了。

陈叔坚决不依。我推脱了几句，就依了他，再说我对他说的散心的好地方有点感兴趣，反正我也是漫无目的。

停好车，我跟着陈叔顺着一条小径往上走，这小径经过特别打理，用各种形状的石板铺着，两边的排水沟都整整齐齐，茂密的树木掩映着的小径自然形成林荫道，曲径通幽。

走了两三百步的样子就到了一个小院子前，院墙很高，是青砖砌的，中间大段刷白，院门上专门垒了遮雨的门头，两扇装有古铜门环的黑色木门俨然矗立。

陈叔问:"我设计的,漂亮不?"

我说:"很漂亮,徽式。"

他向我竖起拇指:"识货。我去皖南旅游,见到很多这样的院墙和院门,很喜欢,就指挥工匠仿照建了。不过比起人家正宗的徽式还差那么一点味道。"

陈叔叩响门环,门很快打开,一位约莫四十来岁的中年女士笑着招呼:"老陈回来了?"

"小卢,这是路上遇到的朋友,重庆江北的,我搭他的顺风车,就邀请他来我们家吃饭了。"

"卢姨,不,应该是卢姐好。"我看着这女士挺年轻,主动招呼。

"哈哈,卢姐,我喜欢听,这兄弟会说话。欢迎,欢迎,饭菜好了,赶紧去洗个手。"卢姐说话爽快。她后面跟着一条黄狗摆着尾巴,汪汪叫了几声,像是帮着主人欢迎。

进了院子,我仔细打量了一下。这院子约莫有200平方米,北边靠山的地方是一栋二层青砖小楼,应该是近几年建造的,外观设计古朴但也蕴含着现代风格。令人惊奇的是这院墙只有大半边,另外半边空着。

"来,小张,咱们先洗手吃饭,之后我再带你去逛逛我这院子,上面还有秘境,绝对让你能散心。"

院子里洗手的地方设计得自然别致,关键是那水竟然是山上引来的泉水,咕咕地流着,凉而清澈。

"这水可以饮用,我专门拿去化验过,矿物质不超标,做饭也是用的它。"

天气不冷不热，虽然是下午，还有些太阳，这在重庆已经很是难得。几把竹椅，一张饭桌，摆在院子里，炒腊肉、干烧鲫鱼、芋儿烧鸡、炝炒空心菜，一钵清亮小菜豆腐汤，桌上简单的几样菜散发着诱人的香气，我着实饿了。

我开了车本说不喝酒，还是抵不过陈叔的热情，他说吃了晚饭回去，这酒不错，中午只喝三碗，三碗不过冈嘛，下午带你转转，晚上不喝酒，开车一点问题没有。

那卢姐也是喝酒的，酒风豪爽，比老陈还大气些，极为热情。

喝点酒，人与人之间就热络多了。

老陈很自豪地讲他的经历，这院子的来历，还有这个风韵犹存的女朋友。

陈叔说，他原来是公务员，28岁就当上科长，30岁副处，当年是意气风发，以为人生就此开挂。岂料，后来局里换了局长，无论他怎么努力，这副处长的位子竟然一坐8年，这是他没想到的。灰心之下，一气辞职下海，跟着一个江湖大哥做摩托车配件，那时利用当副处长时结下的人脉关系，开始也是顺风顺水，两三年时间挣下千万身家。不过没想到的是因为他经手的一大批货出现纠纷，他不但和大哥闹掰，几乎赔尽家底，还入狱3年。那年他已经42岁，老婆也因此和他离婚了，才活半生就已尝尽人生冷暖。出狱后，一度万念俱灰，不过还是有朋友惦记着他，借钱鼓励他去做火锅，他从三张桌子起步，做到现在二十余家店面，几千万身家。62岁时他把生意全部交给了儿子，一个狱友介绍他找到这个地方。他看到环境不错，离城远近适宜，便在原来的地基上修了个院子，安度晚年。这真是好地方,不仅风景美,而且大师说风水好,你看小卢就是我在这里修房子的时候邂逅的,上天待我还是不薄。所以人常说,三穷三富不到老,还是很有道理的。

我接过话头:"陈叔这是梅开二度,可喜可贺。恭喜恭喜!"顺便敬他们二位一杯。

饭毕,卢姐去收拾洗刷,陈叔带我转转。

他的小院里,收拾得非常干净整洁,地面铺的青石板,主屋左侧的耳房是厨房,里面现代化的橱柜厨具,还专门靠墙砌了一个柴灶,劈好的木柴整齐地码在一个方正的铁架子上。走到右侧竟然是一个近乎悬崖的陡坡,下面长满了灌木,从那里望出去,视野开阔,下面是连绵的松林,远处的长江一览无余,难怪没有垒墙了。

"好一个天然的观景台,太漂亮了。"我不由地赞叹。

院子的南面挨着院墙栽的几排竹子,株株都有四五米高,整齐得像国旗护卫队。

陈叔说喜欢苏东坡的话,宁可食无肉,不可居无竹。

最后进了那主屋二层小楼,小楼也是徽式风格,面积不大,目测每层不超过100平方米。进去就是客厅,装修的风格是新中式,家具陈设简单但很讲究,月白的灯光照射下来,感觉非常温馨。我竖起拇指啧啧称赞陈叔有品,女主人收拾得也很整洁。

陈叔笑呵呵地带我走完院子,又拉着我朝小楼后走去,小楼后面的山脚竟然有一溜台阶通向上面。我在后面跟着他上山,隐隐约约听到了水声,约走了百十个台阶便到了一处平坦的坝子,一棵硕大的黄葛树就在台阶的尽头,枝繁叶茂,树荫遮盖了小半个坪坝。坪坝的景观让人眼睛一亮,我们的正前方约30米是壁立的陡崖,高约10米，如斧削一般，一小股瀑布倾斜而下；陡崖下有一片农田，种着几株橘树，有青皮的果实挂满枝头，还有不少整齐的菜畦，直延续到黄葛树的树荫处。左侧临长江，边缘处有一草亭，亭子的支柱上写着一副对联，上书"三千年读史不外功名利禄，九万里悟道终归诗酒田园"，亭内铺有光滑石板，上置两个大蒲团，坐在蒲团上可以无阻挡地远眺长江，这里山坡较缓，瀑布之水落下后形成一条小溪从这里哗哗流下。右侧的陡坡上是一片连绵的松林，微风袭来，松涛阵阵。

这地方真真是世外桃源一般。陈叔也不多介绍，带我走了一圈，我以为看完了。他神秘一笑："跟我来，这里还有秘境。"

"秘境？"我狐疑跟着他，从草亭一侧下去，是一条不太显眼的路，踩着石头跨过小溪，朝瀑布侧后方走去。数十步之后，在一簇灌木丛后发现一个不显眼的洞口，洞口进去几步有一木门，陈叔拿出钥匙打开，里面黑漆漆的，不过却有浓浓的酒香袭来。一束灯光射过去，我看到了一个不规则的宽阔空间，有个网球场面积大小，高高的穹顶，地面有百多个酒坛。陈叔说，这是他的藏酒洞，咱们中午喝的酒就是储存在这里的。

哦，我惊讶了，真是个秘境，好一个天然的藏酒洞，待了一会，感觉人都要醉了。

我对陈叔愈发佩服，能找到这么一个好地方，简直过的是桃花源一般的日子。

我们爬上坪坝，来到草亭。陈叔示意我脱鞋坐到蒲团上，面朝长江，他说我教你打坐，权当午休。

他给我讲解如何盘腿屈膝、吸气吐纳，如何闭目养神、去除杂

温/润/的/时/光

念。口中念道：

> 弃了惺惺学得痴，到无为处无不为。
> 眼前世事只如此，耳畔风雷过不知。
> 两脚任从行处去，一灵常与气相随。
> 有时四大醺醺醉，借问青天我是谁？

这场打坐持续了一个多小时，我闭着眼睛，呼吸着远处吹来的江风，听瀑布飞珠溅玉，听溪水淙淙，听松涛阵阵，听百鸟争鸣，万千烦恼一时便烟消云散，真是惬意极了。

打坐结束，陈叔说，你看眼前这溪水是往西流的，很快就流入前面的长江，到了涪陵还要汇合乌江，然后一路向东融汇百川，昼夜不停奔向大海。我们算是有缘人，送你一句话，希望能解你烦恼："溪水西流，不改东势。"

陈叔没有问我任何烦恼的问题，也没有着意开解。就这么半天相处，送我一句"溪水西流，不改东势"，让我顿时醒悟。

吃了晚饭，卢姐不知什么时候准备了一包青菜，说他们自己种的，让我带上给家人尝尝。

陈叔说，下山慢一点，喜欢这里有空常来。

（写于2020年3月15日）

从容的早餐

今天是贝西寒假结束开学报到的日子,虽然是周日,我6点半就起床洗漱完毕,带狗狗雪莱溜达了2公里,回家后立即喊儿子起床,看他慢腾腾的样子还是忍不住训斥了几句,并提醒这学期我要着重训练他早上起床的效率,为下学期读初中做准备。

8点半前我按要求送他到了学校,之后就开车到了嘉陵江边,在新修建的滨江金海湾公园里慢跑。望着绿莹莹的江水,沐浴着晨间的春风,独享一个人的清净。

跑完一身微汗,便驱车前往锦玉堂,准备独享一次早茶。

我到得早,店里只有零星几个人,选一处安静的角落坐下,点了锦玉虾饺皇、金牌蒸凤爪、柱侯金钱肚和生滚鱼腩粥,服务员拿点好的菜单去催厨,我戴上耳机听晨曲,森林鸟鸣、山涧流水、草原马奔、水乡摇橹无不如身临其境;再摊开一本杂志读几篇美文,啜饮几口普洱茶,忽然觉得慌张的人生顿时淡定下来。

上有老下有小的中年,有天伦之乐,更有顶梁之苦。每每早上起来就吆喝督促着小的,心里牵挂想着老的,还要经营着家庭,从不敢卷怠,稍有不慎说不定哪里就出了纰漏。就像这锦玉堂的广式早餐店，我来过多次，每次来不是带老的来，就是带小的来，睡懒觉不能来的还想着打一包她爱吃的回去。我总想做得尽善尽美，努力做一个孝顺的儿子、体贴的丈夫、慈爱的父亲，但唯独没有太敢多想我自己。常常点起一桌琳琅满目，必须有父亲钟爱的甜点肉粥，有适合母亲糖尿病人吃的不含糖的蒸菜蔬菜，有儿子爱吃的虾饺皇叉烧包，太太爱吃的菠萝包烧鹅，而我常常将就当一个扫光客。请他们吃完我能获得一种心理上的满足感幸福感，可常常也有一种用力后的肌肉酸胀，一份闭幕后的落寞。

今天终于下决心郑重犒赏一下自己，用一上午宽松的时间，心无旁骛从容地到美丽的滨江公园锻炼，独自享用一次奢华的早餐，好好舒展一下自己，真正关心一下自己，不为别的，就为继续加注关爱家人的耐力。

或许，爱家人，就应该隔三差五像今天这样悄悄地从容地爱一下自己。

（写于2021年2月28日 重庆）

北京十六日

屈指一算，我来北京已经十六天了。再盘算一下，过五天就可以回家一趟，亲眼看看我家的小调皮又长高了些没有。

记得读书的时候，一直梦想考取北京的学校，却阴差阳错去了成都。俗语说"少不入川"，可我无可奈何地去了，这一去已然23年，超过了我在皖北家乡的时间，就这样把家乡变成了故乡，巴渝成了新的家乡，读书、工作、娶妻、生子，从成都到重庆，早已安心在这片温润的土地上。

一直以为此生就偏安西南一隅了，岂料踏入不惑之年又迎来新的机遇，上面俗语的下半句"老不出蜀"又不期反至，我虽不老，但却有不情愿离开巴蜀，安于现状的心态。不过鉴于领导的信任，家人的支持，我还是一步三回首地来到首都，给家里留下一堆生活上大大小小的麻烦……

儿子上小学，以前是我接送，现在也只好让他住在学校附近的外婆家试着自己上下学。他比我还忙，周一至周五每晚8：30之前几乎不能与我通话，作业我不好远程辅导，只有眼巴巴地等着他写完作业，用微信视频交流十几分钟，又催促他洗澡上床睡觉，免得耽误明天的课程。周末课外班也不少，我不能接送也不好多打扰，只有心里念着各个时间段，这会儿应该起床了，这会儿在上语文素养课，这会儿在弹琴，这会儿在上奥数，这会儿去游泳了吧，作文是不是写完了……我在这边无所事事地发呆着、默念着、担心着、思念着。

之前我每天6∶30起床，然后叫醒儿子督促他吃完早饭送他去学校，一路交流一路嬉闹。现在我无须送他，可是5∶00多就醒了，不到6∶00我就出门去慢跑，锻炼的时间一下子多得不知所措。

这段时间北京天气真的好，蓝天白云，秋高气爽，在南方很难有这种感觉。安排给我的一间办公室宽敞明亮而且临昆玉河，站在办公室宽大的窗前可以清晰地看见河面上的粼粼波光，也可以遥望西南家乡的方向。

单位食堂的伙食很不错，但新同事们很担心我吃不习惯，其实我原来就是北方面食和好咸鲜的口味，只不过到了川渝被改造成喜欢麻辣鲜香。现在又转过头来，那种基因中隐藏的口味很快就复苏了，这些天我只吃面食竟然没吃一粒米。周末到街上找饭吃，驴肉火烧是我喜欢的，先后去过三次，总算过了把瘾。说起这边的涮羊肉，确有名气，看满大街的店就知道了，东来顺都有点过气了，新品牌出现了不少。同乡老崔迎接我是带我去吃聚宝源，排了足足一个小时的队，味道不错；再后来又去吃了据说名气也很大的南门涮肉，味道也还可以。昨天我又请重庆来的同事和朋友一起去吃南门涮肉，四个人吃得很饱，一结账才285元，感觉很便宜，在重庆吃火锅点一份精品毛肚都要这个价钱。不过多吃了几次，感觉太寡淡，还是深深怀念重庆老火锅那种麻辣刺激味蕾的感觉，想起"火锅"这两字，口水瞬间就涌了出来，仿佛那混合着麻辣浓浓的牛油香味正翻山越岭向我扑来！

在重庆到哪儿都是自驾汽车，在北京去远点的地方就得去乘地铁和公交车。我置办了公交卡随时装在裤兜里，近点的地方就骑共享单车，共享单车那个多，路边简直无处不在，有些地方连草丛里躺的都是，这样的交通方式我要慢慢习惯。

最近忙着租房子，刚开始一看价格，建面70平方米的老房子月租竟然报价8500，乖乖，恁贵！再看，九十平方米新点的房子月租报价14000。后来多看几次就习惯了，一盘算，四环路以内的房价每平方米基本在10万以上，算下来房东出租房屋财务回报率并不高，也就能坦然接受了。最近看中一套，明天还需要和房东具体谈谈，希望尽快能从酒店搬出去，太太交代我说一定要把新家收拾干净整洁，我立即纠正说这里只是我的单人宿舍，你和儿子不在的地方哪里是家。

这就是我刚刚开始的北京生活。

（写于2018年9月15日晚）

温/润/的/时/光

贝西的演讲

贝西小学毕业了，拍完了毕业照，考完最后一次期末测试，班级的家委会组织了一台毕业演讲加文艺晚会，意在让他们欢聚一堂，给小学阶段打个总结。

演讲稿是语文老师布置的最后一篇作文。贝西准备得很充分，和我一起把小学阶段美好、难忘、印象深刻的事件回忆了一遍，挑出校医为他7次包扎腿伤、同学集体为班级抱不平、宇辰同学冒险关厕所水龙头等片段作为演讲的主要内容，逐字逐句把演讲稿修改了好几遍。

演讲前，我一再叮嘱他把稿子背熟，上台最好不要拿稿子，要声情并茂，辅之以手势，这样的演讲才会精彩。

我们去上班，留他在家里精心准备。

晚上回来，妈妈抽查他准备的情况，让他演讲一遍。他讲得磕磕巴巴，随意发挥了不少，由此判断，他并没有好好背稿子，挨了一顿训。

他辩解说，这些事都是实实在在发生的，他记得清楚，要讲得自然，哪里需要死记硬背。

看他那倔强劲儿，一时也无法说服他，心想随他去吧，大不了拿着稿子上台。

6月30日的晚上，毕业晚会拉开序幕，他的同学们一个一个上台演讲，都是捧着稿子，或许在这毕业的时刻，激动的心再也沉不下来背诵演讲稿了。

临出门前，我还专门提醒贝西别忘了把演讲稿带上，他满不在意。

就快轮到贝西上台演讲了，我还想提醒他把书包里的演讲稿拿在手上，万一记不住，讲不出时，也好临时救急。

他一脸不屑，直接跑出去候场了。

直到他空手登台，我明白了他果真要脱稿演讲。

心里为他捏把汗，真怕他尴尬地杵在台上。

他的演讲开始了。

"敬爱的老师们、亲爱的同学们，大家——这是下午还是晚上来着，反正现在——好。"这小子把"好"字拖个长音，一开口就不正经了。

"时间如流水，我们一起度过了6年难忘而美好的时光。

"怎么难忘呢？

"学校开运动会，运动员在认真参加，我和没事情干的同学跑去给各个项目加油、起哄，还吃了不少有趣的瓜；同学们最喜欢的是下课时间，有的喜欢打牌，有的喜欢打闹，还有一个喜欢跑去厕所躲着玩游戏，这个同学被大家封为厕所王，你们知道他是谁吧？"

讲到这时，台下三五成群窃窃私语的人群和扎堆打游戏的同学顿时安静下来，期待下文。

"有家长在，我可不能说，说了一会儿要挨捶。"

台下的一阵哄堂大笑，气氛活跃起来。

说到自己，他调侃道，有个事情不那么美好但却是难忘的回忆，他有7次摔到膝盖同样的地方，久伤不愈，不停地跑医务室，以至于校医把他的大名记得清清楚楚，见面就喊着名字问他膝盖还要包扎不？

幽默的语言引起哈哈的笑声。

"李同学上课爱转过头去给其他同学讲话，惹得班主任发怒，罚他把椅子转过去背着老师听一周的课；大个子杨同学也爱讲话，被班主任安置在教室第一排的角落里上课；张同学上课爱扔字条，周同学则喜欢随时出击拦截，你能想象这课堂有多活跃热闹啊！"

台下被他的爆料吸引住了，家长支起耳朵听，忐忑地猜测下一个料会不会是自己娃的，同学则既期待贝西点名又怕爆出黑料，有些在下面张牙舞爪指着台上的贝西佯装恐吓。

他还讲到班级挂钟悲惨命运的桥段。班级原来有个红色挂钟安放在教室后面储物柜的上方，有一次被出离愤怒的自己一拳打碎，班主任请家长，爸爸只好无奈到学校聆听了班主任的教诲，做了赔偿。赔的新钟又无缘无故被王同学打碎玻璃罩子，但它仍身残志坚地继续坚持工作。可是张同学突发奇想，闲来无事把指针拧成麻花考验它的工作能力，这下挂钟彻底歇菜罢工了。当时智能手表也被学校禁用，整个班级连时间都没法看。

还特意强调，他不是揭丑，事实本来就是这样，这些不美好的事情，多年后可是我们欢乐的回忆，你们说是不是呢？

"小学为什么6年呢？班级的很多同学互相起了外号，甚至给人体的器官起了隐晦的代称，如肾是圣斗士，其他的就不好意思说出口，真是一言难尽啊！难怪多才多艺的女同学小王说，小学幸好只有六年，再多一年，这个班都不知道会是什么样子。"

毕业了，他非常不舍同学们，再也不能听到打饭时杨同学的连篇怪话，张刘同学的精彩解说了。

最后他抛出一个悬案，他和同学们至今不解，张刘同学是怎样从五楼中间的台阶一下跳到四楼地面却安然无恙的呢？

他双手往外一摊，抛出这个问号，戛然而止，演讲到此结束。

台下的家长和老师、同学们把雷鸣般的掌声送给了他。

主持人说，贝西的演讲是一场幽默的脱口秀。

不过，他一走下演讲台，就被他点到名的同学包围了，一阵喧闹声传来。

贝西的演讲颠覆了我对他的了解，这熊孩子如此淡定，如此幽默，如此风轻云淡地侃侃而谈，让我悲喜交加。

晚会结束后，有家长过来调侃贝西，你是拜海派清口周XX为师的吗？你这脱口秀前途无量啊！

嗯，我想，是不是给贝西重新定位个人生努力的方向。

（写于2021年7月3日，修改于7月17日）

做　饭

民以食为天。在物资匮乏时代，尚是懵懂少年的我早早学会了自己动手，从在田野里烤红苕、燎毛豆到在家中厨房里煎鸡蛋、煮面条，再到家里来客人我可以顶替母亲下厨，一通煎炸炒焖煮炖蒸，弄出一桌像样的饭菜来。在饥饿的驱使下，这些糊口的技能突飞猛进，为我以后离家独自生活奠定了基础。

再看儿子贝西，满12岁了也只能自己泡个方便面、煎个鸡蛋吃，就这还唯恐他不小心伤了自己、烧了屋子。说到底，还是大人放不了手。又加上家里请了家政阿姨，一日三餐皆有人专门做饭洗碗，一家人吃完饭一抹嘴溜了，哪管他杯盘狼藉。饭菜有点不可口，贝西要么叽叽歪歪，要么不再下箸。孩子如此，大人也由此变懒了，想吃什么只管动口点菜，再无想动手的冲动，我这曾经苦练的厨艺也荒废了，想当年为一心练好切菜的刀工，家里人没少吃土豆丝萝卜丝，直练得闭着眼睛也可以把切土豆丝变成菜刀和砧板奏鸣曲，那左手指头留下的几个刀疤可作见证。

这孩子不练他，以后怎么独立生活？就是在今后社会分工精细、机器人上岗的时代，倘若遇到灾难和困难也应该有能独自活下去的技能。虽然有几次，我请阿姨打下手让贝西来做饭，但都半途而废，他除了用勺铲象征性地搞几下，就是把阿姨支得团团转。就是阿姨休假那几天，我也是被迫带他们外出吃饭，或者喊外卖。如此下去，这孩子的独立生活能力怕是要废了。

好在下决心练他的机会来了。阿姨家里有事请了长假，而且说可能来不了，让我们重新找人来做家务。

我决心不再请人，召开家庭会议，倡导开展"自己动手、丰衣足食"运动。无论如何反对，我这个出资人以拒绝再出资的权利，强行通过。

不过也做了适度妥协，同意家里添置炒菜机和扫地机器人。对做饭、洗碗、扫地、洗衣、遛狗等一一做了分工。

对于到盒马买菜、用炒菜机做饭，贝西还是很兴奋的。炒菜机我决不会用，它有点侮辱我的厨艺。对于贝西和他妈妈这两个小白确实是福音。

炒菜机到了，贝西也放寒假了。娘儿俩研究一通后，通过网络连接上炒菜机的菜谱，一个选择了糖醋排骨，一个选择了大盘鸡；然后自动生成食材和佐料清单、数量，两人高高兴兴去超市采购。由于不清楚家里厨房的存货情况，无论是食材和佐料一并新购，足足买回了几大包。

贝西妈妈做的糖醋排骨，主食材排骨是超市剁好的无须大动干戈。她严格按照炒菜机的语音提示，依次放入佐料、排骨和水；45分钟后，一份热腾腾的糖醋排骨出锅，色香味俱佳，就连汤汁都收得恰到好处。我尝了一口，还真不得不佩服科技的力量。

贝西一见更是跃跃欲试，对于切菜他还自知不行，就央求我做他的墩子。我按照他的要求，将肥鸡腿、土豆、青红椒切成块，生姜切成片，大葱切成段，然后就在一旁观看。他那个精细，每样食材和配料都一一用电子秤称过，一克都不许多一克也不许少，精确得像做化学实验。多出的食材一股脑给我丢在一旁，我说他浪费，他不为所动，辩解道只有精确才能确保味道和品质。这是妥妥的中餐西做啊！

一通操作下来，大盘鸡出锅，还真是黄绿红褐，色泽鲜亮，肉香扑鼻，就连汤汁都不咸不淡，美味可口，吃完大盘鸡，我硬是又下了一把面放在汤汁里拌拌，吃得精光。

如此一来，贝西做饭兴趣大增，可我这墩子兼洗碗工却不好做，他做个菜，我还得一旁打杂，一会儿喊切这，一会儿喊切那；一会儿喊洗盘，一会儿喊洗锅。这炒菜机炒菜智能，可洗锅不行，锅上的配件需要一个一个拆下来洗，太费功夫。还有炒菜后剩余食材的收纳，也考验人，剩余一丢丢，是扔呢还是留呢？实在考验我节约的美德。

如此一来，贝西愿意做饭了。当然他也不全然用炒菜机，毕竟用机器做简餐还有点麻烦。春节假期的早上，我依旧起得早，遛完狗我做自己喜欢的传统早餐。他起床后，做自己喜欢的早餐，用破壁机打果蔬汁，用炒锅煎葱花饼（网上买的现成冷冻饼坯）和培根或鸡蛋，或者用砂锅煮海鲜粥。总之自从不给他做早餐，他也是想着法地吃，吃得还不错，虽然葱花饼煎煳浪费了几张，可慢慢地越煎越好，有了掌握火候的意识。我开始要求他给我也多煎一张饼，多打一杯果蔬汁，享受这难得的儿子孝敬老爸的时刻。

节前的一天，我晚上不回家吃饭，贝西妈妈就嘱咐他在家做晚饭，他在准备好所有的食材后，电话问妈妈好久下班他好开始炒菜。回家后，贝西妈妈看到了一盘鸡蛋炒菠菜、一盘炒虾仁，还有煮好盛在碗里的米饭，虽然如此简单，老母亲还是激动得热泪盈眶。

除夕夜全家要去贝西外公外婆家吃年夜饭，贝西主动要求露一手，下午就催促我带他去盒马买食材，这露的一手当然是实验最成功的大盘鸡。我这个打杂的，一手拎着大包食材，一手拎着沉重的炒菜机，步履维艰。本来是一顿现成饭，生生被这小子给我弄成了苦活累活。

到外婆家，一进门就指挥我支机插电，当墩子切菜。外公外婆看到这现代智能的玩意儿，含笑等待奇迹发生。大盘鸡甫一出锅，外公就迫不及待尝了一口，大呼好吃，软糯可口、咸淡合适；外婆是资深厨艺高手，已经为年夜饭做了一大桌菜，尝了也是赞不绝口，喜欢得酸酸甜甜，酸的是这能干的炒菜机抢了她疼爱外孙手艺的风头，甜的是她宠溺的外孙已经长大可以反馈养育之恩。这盘"鸡"立"鹤"群成了年夜饭里最靓的菜。

我们四个要好的家庭，现在四个孩子全部读初一，每年春节必聚。这次有人提议，让四个孩子负责买菜做饭，我们跷脚吃现成的如何？这一提议得到大人的一致响应，孩子们也是欣然同意。于是，他们共同商议了菜单，年初二每家出资两百元，四个孩子分了工，管账、主厨、照相、打杂，一起拉着小车去麦德龙在预算内买了菜，之后一番煎、炸、烤、煮忙活，还真整出了一桌西式大餐，让我们大快朵颐之后十分欣慰。

看来，孩子们独立生活的能力不是口头教育出来的，而是放手让他们不断试错练出来的。

　　在这样一个生活富足、信息科技发达的时代，做饭不是人的必备技能，却是一个人尘世生活的情趣，从每个家庭灶台上升起的氤氲香气是人世间最美最暖的烟火，它能熨帖一家人的心。

（写于2022年2月5日，修改于2月12日）

第二篇

春风不改旧时波

WENRUN DE SHIGUANG

守　望

你给我三天温情，我愿用一生痴情守候。

——题记

我的曾祖父母养育了七个孩子，两男五女。我出生记事时，曾祖母已百岁高龄仍然健在，她七个子女中只有四个还在，这其中就有我的五姑奶奶。

五姑奶奶是曾祖母家中幺女，长得最为清秀漂亮，深得曾祖父曾祖母喜爱。五姑奶奶成年后，纵是媒婆踏破门槛，曾祖母也不轻易许诺，她一心要为她的五儿寻一门好亲事。

直至潘家上门提亲，曾祖母终于诺下。

潘家曾是大户，中医世家，纵是战乱多年，仍生活富足。准姑爷潘天寿是潘家独子，一表人才，还在县城读书，潘家老爷请媒婆为其选妻数十，潘天寿不见真人不表态，见了真人皆摇头，直至见了五儿才面露喜色点头应允。

曾祖父曾祖母亦认为天随人愿，高攀潘家不枉五儿如花美貌。

1948年开春，应潘家的突然要求，18岁的五儿喜气洋洋在锣鼓声中嫁给了潘天寿。

婚后的第三天，潘天寿对五儿说："我已参军入伍，世道不平正是大丈夫建功立业时，等我回来。"

次日，潘天寿离家归队，留给五儿一张照片、一对鸽子和一副略显夸张的银耳环。

若干年以后，我在五姑奶奶的房间见到了那张历经岁月洗涤的发黄照片，一尘不染的玻璃框后面是身着戎装的潘天寿，英武挺拔。

就在五儿出嫁这天，郭三顺站在自家的房顶上咬破嘴唇看迎亲队伍抬着五儿在锣鼓喧天中离去，跳下房顶，背起早已收拾好的包袱含恨消失了。

我在家读书的时候，大爷爷给我陆陆续续讲过顺爷的故事。

郭三顺比五儿大两岁，两家因相邻不远，和五儿从小青梅竹马，是一块和泥过家家长大的小伙伴。像所有青梅竹马的故事一样，五儿是被三哥永远罩着的跟屁虫小丫头，当五儿出落成漂亮的大姑娘时，三哥渐渐产生了情愫，因而格外地关照和在乎五儿。三顺长得高大魁梧，为人憨厚忠恳，平时寡言少语。可是三顺兄弟姊妹八人，家境一贫如洗，自然不是曾祖母选婿的对象，当曾祖母看出两人间的苗头的时候，五儿就被不经意地隔离了。上门为五儿提亲的越来越多，三顺急得如热锅上的蚂蚁，每天不知围着曾祖母家的房子转多少圈，可就是鼓不起勇气请媒婆前去提亲。大爷爷说，那时的三顺跟他贴得最近，经常主动给他帮忙干活，从不求回报，偶尔能遇到五儿一回都高兴得晕头转向。大爷爷知道他的心事，很想帮三顺，可当他在曾祖母面前有意夸赞三顺时，曾祖母总是把话题岔开。

潘天寿和五儿订亲的消息传到郭三顺耳朵里的时候，郭三顺人都蔫儿了，很快学会了抽烟，连家里的活都不干了，白天睡觉，晚上整夜在曾祖母家房子边溜达。五儿出嫁的时候，三顺已是蓬头垢面瘦弱不堪。

郭三顺从五儿出嫁时愤而离家出走到返家时整整十五载。这些年他先是辗转到了关外，而后被抓了壮丁，再后来竟然参加了抗美援朝；因腿部受过轻伤以三等伤残军人转业至辽宁的一个小县城；在组织的牵线安排下结了婚，婚后生有一子；因夫妻两人不和，终于离婚。也许离家太久，思乡之情渐浓，郭三顺破了当初一辈子都不回家的轻诺，决定返回老家看看。

返家后的郭三顺蓦然发现，昔日的五儿现在竟然是孤身一人。

潘天寿离开后，五儿孝敬公婆，操持家务，天天盼着书信，经常一个人守在路口盼着天寿归来。

史已如斯。国民党军队退守台湾，潘天寿来不及跟家里告别一声，已然咫尺天涯。五儿在惊慌失措中煎熬，不知今生还能否相见夫婿。

日子是苦的，但总还守着希望。

婆婆去世了，公公还在，五儿如女儿一般地尽孝。虽历经政治审查和批判，历经改造和折磨，五儿痴心不改，她仍然相信天寿会回来。那个盛装着天寿戎装照片的相框早已裂纹道道，可照片仍完好无损；那对天寿告诉她象征和平的鸽子仍在繁衍生息，子子孙孙落满了院子，咕咕地叫着，是陪伴也是提醒；而那对夸张的银耳环也从不曾离开过五儿的耳垂。

一年年过去，潘老爷随着政治运动一次次重操旧业，把脉开方，救助乡邻。五儿学会了炮制、抓药、煎药，偶尔也可看些小病，我记得最清楚的是儿时—有口腔溃疡就会去找五姑奶奶拿药，那有薄荷一样清凉和刺激的味道至今仍深深地烙在我的记忆深处。

潘老爷不止一次老泪纵横地劝说五儿离他而去，天寿是死是活尚且不知，看现在的形势哪里还有一丁点能回来的样子。

曾祖母也日夜叹息，责备自己势利眼，早知当年许了郭三顺，肯定不是现在这个光景，再穷也会夫妻相守。一再劝说五儿改嫁却遭到五儿绝食相逼，曾祖母也只有在哀叹中顺其自然了。

五儿先后收养了一男一女两个苦命的孩子，视作亲生，家里倒也有了生机。好在潘家乃行医世家，乐善好施，乡邻和睦，得到不少帮衬，日子虽然艰难可也能勉强维持。

我父亲是当时在五姑奶奶娘家侄子中最大的孩子，懂事早，知道五姑奶奶日子难过，经常主动前去帮忙；很多时候还帮着拿主意，也威慑着周遭那些不怀好意的人。

谁承想，顺爷的突然返乡给原本平静的生活掀起了波澜。

那一年，五姑奶奶才三十几岁，也许收养的孩子让她对生活有了更多的期盼，已经习惯了守望，日子不再那么焦灼，孩子的天真烂漫让她的脸上也有了笑容。后来邻居长辈说，顺爷回来时，五儿成熟的风韵之美正惊艳着四邻八乡。

顺爷既惊且喜。

可五儿已不是当年的五儿。

三顺说，我家已散不再回东北，就留下陪你。

五儿说，我有儿有女有念想，不需要你陪。

顺爷从那时起，毅然舍弃了用生命换来的退转军人待遇，就在村子旁边搭起茅屋，开始了主动无怨无悔地等待，他认为总有一天，当年的那个五儿会接纳他。

风来雨去，斗转星移。顺爷除了养活自己，把力气全都用在了五姑奶奶的几亩土地上，春耕夏耘，秋收冬藏。

五姑奶奶的土地不需要她的劳作也总是五谷丰登。

一年又一年。

开始人说顺爷是痴心妄想，是恬不知耻，是欺负孤儿寡母。

又过几年人说顺爷情真意切，是用情专一，是真正的痴情男人。

再几年人说顺爷和五姑奶奶是天设地造的一双，是五姑奶奶几辈子修来的福分，她怎么就那么傻呢？

五姑奶奶从严词拒绝，到由他去，再到主动到田里送水送饭，甚至有人说有一年夏收时亲眼看见五姑奶奶给顺爷擦过一把汗。

关于五姑奶奶和顺爷的接触，长辈们能议论的也就如此。

五姑奶奶从没让顺爷进过她家的院门，而人们也从没听顺爷报怨过五姑奶奶一句，就是有人开他的玩笑，顺爷总是笑笑走开。多年以后，乡亲们谈起他们也就见怪不怪了，有时候还尊重地竖起大拇指。

这样的日子，顺爷从东北回来后过了26年。

这26年里，他已在沈阳落户的儿子来看他。儿子每次都劝顺爷跟他走，要给他养老，顺爷坚决不肯；儿子又请乡里干部来劝说五姑奶奶嫁给他爹，五姑奶奶只说她要等潘天寿回来；儿子又要给顺爷盖房，顺爷说对他没尽抚养的责任，受之有愧。儿子每次都气鼓鼓而去。

顺爷的茅屋搭在一棵百年柳树下。每天晚上和早上都能看到顺爷坐在树上粗壮的枝丫上抽烟,眼前望着的方向就是五姑奶奶的小院子。烟头的一明一灭,分明诉着衷肠!

1988年秋,突然间一个从台湾归来的同乡带来了潘天寿的消息。

潘天寿到台湾后深知在短时间内不可能再返大陆的家乡,于是就在当地又结了婚,生了两个儿子一个女儿,54岁时因病客死他乡。

当五姑奶奶从那人口中亲耳听到这个消息时,人一下子木了,两行泪汩汩而出,竟然一声也哭不出来,尔后昏迷,水米不进,三天后,五姑奶奶死里逃生。

这一年,五姑奶奶58岁。

日子还要继续。

顺爷的腰已经有点佝偻了,可还是坚持帮忙耕作。五姑奶奶的养子和养女从最初的讨厌、谩骂、驱赶他,到现在已经是认可、依靠、亲昵他,称他为顺伯。过年过节喊他去家里吃饭,可顺伯还是不去,说不能坏了你娘的名声。言下之意都明白,于是只有把饭给送到破茅屋里去。

次年秋天的一个晚上,狂风大作,路过茅屋的一个乡邻习惯性地去看顺爷在不在树上,却突然亲眼看到一个亮红的点从树上迅速划下一条竖红线,紧接着一个扑通声响,红点是顺爷手里还燃着的烟头,他竟然随着狂风去了。

五姑奶奶得到顺爷去世的消息时,在家里坐地号啕大哭。在顺爷就要入土下葬的那一刻,五姑奶奶风一样赶来扑倒在棺椁前。此后的每年清明、春节,在顺爷的坟前都有一个老太太在那里絮絮叨叨烧一天的纸钱。

  我读大学走的那年,去跟五姑奶奶告别。五姑奶奶从衣兜里掏出一沓钱塞到我手里,嘱咐我说:"孩子好好上学,以后若能去台湾,代我去你那个姑爷爷的坟前看看,告诉他我一直等他回来,他怎么就一点不怜惜我呢!"六十多岁的人说着说着哭得泪眼婆娑。

  遗憾的是,五姑奶奶已作古多年,至今我也没能完成她老人家的愿望。

  可我记得她这一生刻骨铭心的守望。

(于2016年1月17日)

温/润/的/时/光

外婆的澎湖湾

出差飞行的途中,空姐推车过来发放午餐,我前排中间的一个小胖孩儿大声叫:"姥姥,我不吃这个,我想吃你做的烧排骨。"

旁边的姥姥赶紧哄道:"乖乖,咱们一到家,姥姥就给你做好不好,咱先吃点这个垫垫。"

另一边的妈妈立即接话道:"妈,你别惯他哈,他爱吃不吃,这个不吃,晚上也不要给他烧排骨,看他都吃成小肥猪了。"

这一对话,我听了觉得似曾经历。姥姥,多么熟悉的称呼!姥姥的忙不迭应和妈妈假装愠怒呵斥的场景似乎就在昨天。

在北方,外婆通常被叫作姥姥。在我儿时的记忆里,除了叫爸爸妈妈之外,叫得最多的就是姥姥了。除了自己家,最爱去的也是姥姥家,一去就住很久,久到不想再回自己的家,每次回家都是父母亲强拉回去。

母亲是姥姥的长女,我是姥姥的长外孙,从我呱呱落地姥姥就把我宝贝着,在那贫穷的日子,但凡有点好吃的、好用的,都会给我留着送来。住在姥姥家,那就更不用说了,姥姥家人口多,可以撒着欢地跟舅舅和小姨们玩,身上糊得再脏也不会被斥责和惩罚,至于好吃的也相对我们家多，大家从碗里挤出一点来，就够我吃到饱。

我最喜欢的还是吃鱼。

记得，姥姥家的堂屋里吊着一个白炽灯泡，玻璃灯泡中间的钨丝总是发出昏黄的光，那弯曲的灯丝总是让我联想到鱼。每当我注意到那个灯泡，不知怎么地就想吃煎小鱼。

于是我就会蹭到姥姥怀里缠着她："姥姥，我想吃煎鱼，我想吃煎鱼！"姥姥总是用双手揉搓着我的脸笑着说："我家小乖乖又馋了，我让你二舅去打鱼。"一边高声朝外大喊，"二高，二高，你快过来。"

等十几岁的二舅气喘吁吁地跑到姥姥跟前时，她就命令道："二高，你外甥又想吃煎鱼了，快去拿网去打。"

二舅通常说："得令。"便拿起渔网和工具一阵风似的飞奔向小河沟。

家乡是平原，没有大江大河，只有一条黄河故道。姥姥家旁边有条小支流，还时常断水，在残留水的大坑洼里常常有些小毛毛鱼儿。二舅就是它们的天敌，我的馋嘴就是二舅捕捞它们的推动力。

小鱼儿打回来，通常也就一碗半碗，姥姥就把它们一个一个小心地收拾干净，然后放在大锅里加点油用小火煎。我就寸步不离地跟着姥姥在锅台前转，那煎得渐渐焦黄的小鱼香气四溢，我的口水也滴答出来。

姥姥把盛鱼的碗放在饭桌上，把一条条小鱼的刺挑出来，再把鱼肉送进我的嘴里，我吃得有多香，姥姥笑得就有多开心。

就是大冬天，我闹着姥姥煎鱼吃，她也会毫不犹豫地差我二舅去打鱼。二舅不得不砸开冰面去捞,手冻得通红也要完成姥姥交办的任务,这一切都是因为我要吃煎鱼。我大多是在姥姥家那盏昏黄的白炽灯下吃鱼,慢慢地便把它和姥姥的煎鱼联系起来,至今我看到吊起的白炽灯,嘴里都会泛起姥姥煎的鱼的味道来。

后来长大了,姥姥每次见到我总会跟我念叨,我外孙最喜欢吃我煎的鱼,从没吃够过。这一点她一直引以为豪。

岁月如梭,姥姥越来越老,我见她的时间越来越少。她家旁边的小河沟再也打不出鱼来,二舅也离家外出闯荡。那煎鱼的味道便留在记忆的深处,留在姥姥每次见面的唠叨里。

最后一次见姥姥,她已经有些老年痴呆,木然地坐在柴灶前。我蹲在她跟前和她说话,她已经不能认出我,我握住她的手大声告诉她我是谁,她呆滞的目光里立即透出光亮,但随即又暗淡下来问:你是谁?最后她终于记起了我,抓住我的手盯着我看,嘴里念叨:"你最喜欢吃我煎的鱼,老是盯着俺家的灯泡说,姥姥煎鱼吃,姥姥煎鱼吃。"突然,口齿不清的她朝外大喊,"二高,二高呢?快去打鱼,你外甥要吃鱼!"那一刻,我不由得跪在姥姥膝前,泪流满面。

自此,再也听不到姥姥的念叨。"姥姥,我想吃鱼"成了此生永远的回忆。

2009年,我的儿子出生了,她的外婆就守在跟前。

从儿子在太太腹内孕育的那刻开始,她的外婆就为他的营养劳心费神,新鲜蔬果、好饭靓汤,各种花样变化无穷,直至迎接这白胖小子的诞生。

女儿是妈妈的心头肉,外孙更是外婆心头的肉尖尖。

从儿子吃辅食至开始读小学,那一汤一菜一羹几乎全出自他外婆的手。现在我们和他外公外婆不再住一起,他常慨叹,还是外婆做的饭最好吃,于是这小子在家里经常闹伙食,嫌自家的饭差。

其实也难怪,岳母曾经管理过饮食公司,经常品菜考核厨师,自己也爱动手且喜欢钻研新菜,儿子的嘴巴也被驯化得刁钻起来。

岳母的拿手菜里,烹鱼是一绝,什么酸菜鱼、清蒸鱼、红烧鱼、麻辣鱼、干烧鱼等个顶个地好吃,尤其是自创的干烧鱼是她外孙的最爱。

每次岳母打电话过来,问她小外孙:"明天到我们家里来吃饭吧,你想吃什么,外婆给你做。"十之八九,儿子会说:"外婆,我想吃干烧鱼。"

外婆早早去市场至少买两条鲜活的多宝鱼或者鳜鱼,提前数个小时用佐料码味,然后上锅烹熟煎干,再用干豆豉覆盖静置数小时入味,吃时用微波炉烤热。

那味道,融合了鱼鲜与焦香,肉质筋道,豉味悠长。她那小外孙自己可以干掉足足一整条。于是,外婆总是让他吃一条,再打包带回家一条。外婆的宠、外婆的溺、外婆的爱全都浸在这干烧鱼里了。

少年时,常听台湾歌手潘安邦唱《外婆的澎湖湾》,那歌词写道:

……
那是外婆拄着杖将我手轻轻挽
踏着薄暮走向余晖暖暖的澎湖湾

温/润/的/时/光

　　一个脚印是笑语一串消磨许多时光
　　直到夜色吞没我俩在回家的路上
　　澎湖湾 澎湖湾 外婆的澎湖湾
　　有我许多的童年幻想
　　……

　　这是我至今都喜欢的一首歌，因为那里面有外婆，因而格外喜欢，每当听到唱到"外婆的澎湖湾"总能让我想到外婆温暖的臂弯和她那焦香的煎鱼。

（写于2020年4月8日）

菜 馍

这个周六，因工作原因不能陪太太儿子去仙女山，心生歉意，决定早起给儿子做一顿他喜欢的早餐——菜馍。

由于是昨天临时起意，晚饭后我驱车前往超市买韭菜，回来时遇到周末大堵车，5分钟车程我开了一个半小时，还好韭菜买到了。

今天早上我6:30起床，先熬上新米稀饭，而后和面，用韭菜、鸡蛋、虾皮做馅，包好擀平，再放在平锅里用小火煎，7个菜馍共用了1个小时。

我伸了个懒腰，解下围裙喊儿子贝西起床。贝西一听菜馍做好了，一骨碌爬起来就往厨房里冲，满心欢喜。我又嘱咐好太太路上注意行车安全，这才沐浴着身上残留的些许油烟味儿去上班。

贝西喜欢吃菜馍源于奶奶。

我去年五一节带贝西回老家，父亲和母亲高兴得像过节。

父亲想着法儿逗贝西玩，带着他挖胶泥、和稀泥、爬树、摘瓜果、捉老牛（一种带角的昆虫）……他教我小时候玩过的把戏又陪着贝西温习了一遍。

而母亲则在厨房里不厌其烦地变着花样做她的拿手饭菜：手擀面、蒸野菜、包饺子……生怕亏待了她的小孙子；可贝西都不怎么感兴趣，这可愁坏了母亲，直到我们将要离开的头天早上，母亲煎了菜馍。贝西胃口大开，一口气吃了很多个。母亲坐在旁边望着贝西狼吞虎咽的样子笑逐颜开。

记得我像贝西这么大的时候，家里很穷，吃顿肉是件很奢侈的事，正在长身体的我常年一脸菜色，现在的个子不高估计就是那时候缺营养造成的。焦急的母亲经常想着办法改善我的伙食，这道菜馍就是她其中的拿手菜之一，让我百吃不厌，也是我儿时幸福的记忆。

晚上贝西要睡觉的时候，爷爷奶奶过来坐在床沿上跟他聊些告别的话。奶奶歉意地说她做的饭不合贝西的胃口，让小孙子这几天都没吃好，饿瘦了。贝西搂着奶奶的脖子说："奶奶做的菜馍是天下最好吃的，我以前从没有吃过，以后要是能经常吃到就好了。"说得奶奶直掉泪，奶奶开玩笑说："贝西想吃的时候给奶奶打电话，奶奶马上坐飞机送过来。"

第二天要赶飞机，我起得很早，打开门走到院子里，发现厨房亮着灯。我想母亲肯定在做饭好让我们爷俩吃了早餐去机场。

当我走进厨房，第一眼看到饭桌上整齐地摆着一摞菜馍，还冒着腾腾热气。

这时候父亲走过来说："你妈连夜给贝西做的，让你们带走。"

原来，昨天母亲听到贝西说她做的菜馍最好吃，激动得睡不着觉。凌晨3点把父亲叫醒，让他去地里割韭菜，父亲二话没说打着手电出了门，母亲就悄悄地到厨房去和面准备。母亲这些年饱受风湿性关节炎疼痛的折磨，两腿不能长时间站立，可那天她坚持站着亲手给贝西煎完一摞菜馍。

贝西起床后看见那一摞黄澄澄的菜馍，张开大嘴夸张地要一口吃掉，打包后高兴地抱在怀里不肯松手，嘴里嚷着给妈妈和外公外婆带回去，让他们尝尝天下第一好吃的菜馍。母亲听了，歉疚地说贝西没吃过她做的几顿饭却给了她最好的赞扬，伸手搂住贝西，眼睛里闪着泪光。

后来，我打了几次电话给母亲专门请教菜馍的做法，但贝西总说我做的不如奶奶做的好吃。于是，我加强专研和实验，还做了小款改良。

中午的时候，开完会接到太太发来的微信，说今天的菜馍贝西吃了3个。

甚慰！

（写于2015年9月12日晚）

过　年

今年又忙到除夕，等慰问了一线值班员工，就可以回家了，父母亲和弟弟正在家忙活着年夜饭。若不是这顿年夜饭，我真的不会感觉到重庆年的味道。

忽然想起小时候过的年了。

从腊月二十三祭灶日的小年起，那浓浓的年味便扑面而来。我家乡淮北平原的风俗便是家家开始蒸馒头、蒸包子、炸丸子、炸鱼、炒花生、炒瓜子，那也是我们小孩子最高兴的时候，平常很少吃到的包子、丸子、花生、瓜子是管够的。还记得有一年，母亲蒸菜包子，蒸了一下午，我吃了一下午，共吃了9个成人拳头大小的菜包，直到肚子胀得像面鼓，那可是我人生吃包子的最高纪录。馒头和包子都蒸得特别多，因为这些都要吃到正月十五。

最喜欢放鞭炮了。那时我们的玩具很少，过年能多买点鞭炮是梦寐以求的事，我记得自己从没有大大方方地放过几次鞭炮。每次过年，父亲最多给我买两小盘，都是拆开一个一个零星放。点一支香，把一个鞭炮立在地上，用燃着的香头点着捻子然后捂起耳朵飞快地跑开，享受那"啪"的一声；更有调皮的小伙伴把一个炮仗插入牛棚新鲜牛粪上,点燃后飞一般地躲开,看那牛屎四溅老牛发狂。然后被牛主人发现叫骂着来追赶,我们撒丫子大笑着开溜,一个恶作剧让我们那么开心。

　　我们那里除夕的中午和初一的早上是要吃饺子的。通常除夕前几天父亲就要买肉,他特喜欢买肥猪肉,一买就是几十斤,一大块一大块,用铁钩钩住挂在房梁上,昭示来年的丰足。剁饺子馅照例是父亲的活,除夕前一天把肉洗干净切块,乒乒乓乓把肉剁成碎末,因为一家六口人要吃好几顿,所以剁的馅特别多,几乎要花费大半天的时间,母亲总埋怨他用的肥肉太多吃起来腻,父亲总是坚持肥肉多才香,两人几乎每年都为此打嘴仗。邻居们也是如此,所以那一整天,远远近近都会弥漫着剁饺子馅的声音。吃饺子照例需要蒜泥和醋打蘸碟,剥蒜就是我的活了。我会在除夕的早上一起床就开始剥蒜,要剥一大碗供整个春节期间用,剥好了的蒜要用蒜臼子捣成蒜泥。以前我们家有一个破蒜臼,不好用。我记得是我7岁那年,我告诉母亲我今年不要鞭炮,想把买鞭炮的钱买一个新蒜臼,母亲答应了。赶集的时候就买了一个回来,记得是1毛2分钱,我一直保留着这个蒜臼子;后来把它带到了重庆,已经35年了,它见证了我7岁以来过的每一个年。父亲用槐木给我做了一个捣蒜杵,很好用,可惜后来弄丢了。在重庆又买了个现成的,我总觉得不好用。母亲包饺子的时候,经常让我给她帮忙擀皮,我也很享受和母亲合作包饺子的时光,娘俩总有很多话聊。母亲还会故意把几枚洗干净的硬币包进饺子,说谁吃到了硬币会有一年的好运气,所以吃饺子的时候我总是小心翼翼,期待着惊喜。

　　过年的期待还要穿新衣,那时家里很不宽裕,添件新衣服是期待很久的事情,当然过年母亲总会给我们置办一套新鞋新帽新衣服,大年初一大人小孩都是一色的新衣服,心里那个高兴。有时候放鞭炮不小心新衣服还会被火星燎个洞,免不了被一阵责备,还好母亲总能想办法补得天衣无缝。过年最期盼的是压岁钱,父母亲总会给我一张钞票,记得是从5角开始的,其他的长辈也会给,不过有个别长辈给得不痛快,总是刁难我给他磕头拜年才行。初一之后,就是走亲戚了。小的时候父母带我们去看望外公外婆,总少不了压岁钱;我会骑自行车后,通常我独自去那些舅家姨家姑家,我很乐意,因为总能收到不少压岁钱;亲戚走完会有几十元的收获,特别心满意足,觉得自己就是大富翁。我三姨每年给的压岁钱最多,给的时间也最长,一直给到我大学毕业那年;我知道她是在变相地支持我的学业,至今我都深深地感动。可惜,母亲最后总会说小孩子会把钱弄丢,不如她来保管,以后我有需要她再给我。大家都知道的,一旦被保管,哪里还有财务自由,每次要个零钱都花费很多口水死缠烂打地拉着她的衣服求很久。这一点我就比不上弟弟。有一次家里来了亲戚,他收个5元的压岁钱,欢天喜地地跑出去玩了,等亲戚走了,母亲找他要时,5元钱花得只剩1元了,原来他去买了炮仗和很多好吃的,狠狠阔绰了一把,把母亲气得揪住他的衣领一阵批斗,问他为什么花那么快,弟弟说"有钱不花,丢了白搭"。又问谁告诉你的,他说爷爷。哈哈,这个笑话被母亲讲了很多年,只要他乱花钱,就要被翻出来说一遍。

  小时候我们那里年夜饭并不盛行,很多家都是草草吃了平常饭,小孩子们就去疯玩了。可我们家不一样,除夕夜母亲总会变戏法一样用简单的食材做出一顿丰盛的晚餐,这也是每年我们家最正式的一次晚宴，父亲照例喝点酒，我们小孩子就酒杯盛水来代替，一杯接一杯地碰，喝得不亦乐乎，有时候还佯装喝醉了的样子。只有一年我记忆最为深刻，那年弟弟12岁，我读高中，除夕夜父亲拿出一瓶酒，仅仅喝了两杯就不喝了，剩下的就交给我随便喝。我对弟弟说：你敢喝不？他悄悄趴在我耳朵上说他早都偷喝过了。我掩住惊讶不动声色地说，过年爸爸妈妈不会反对你喝点，我试试你能喝多少。他激动地说好。过年的时候父母总是宽容的，就这样我一杯他一杯，1斤酒被我俩平均喝了个精光，我俩都没醉，一直看完春晚放了鞭炮才去睡觉。后来我知道他的酒量比我要好些，练得早果然不一样。不过书读得确实不好，与我差距不小，不知道是不是酒喝得太早的缘故。

我已经闻到了母亲做菜的香味，父亲正在张罗着酒。

儿女能有幸陪着父母的年夜饭，就是天下最好吃的饭，也是过得最幸福的年！

（写于2018年除夕 重庆）

幸福的饺子

母亲包得一手好饺子,我自然养成了爱吃饺子的习惯。小时候吃顿饺子很难得,那时家里还很贫穷,逢年过节才吃得上。饺子馅通常是猪肉粉条,很多时候还要加上些萝卜或白菜,因为若全是猪肉和粉条成本太高,总归是吃不起。

记得我年龄很小,母亲包饺子时就让我坐厨房的案桌边教我擀皮儿,我非常乐意干这件事;开始时无论饺子皮擀得多么奇形怪状、厚薄不均,但母亲总能妙手包出几乎同样形状的饺子来。经母亲的手包出的饺子皮薄、肚鼓、馅多,如同元宝,且下锅后久煮不烂。过春节的时候,我们家乡的风俗是除夕的中午和初一的早上家家必吃饺子,母亲会在初一的饺子里悄悄包上几枚硬币,谁吃到就预示着一年的好运气。奇怪的是我每年都能吃到包有硬币的饺子,长大后我才想到应该是母亲在包有硬币的饺子上做了记号,专门盛到我的碗里,想必她期盼着我人生有好运。

每当我学习考试取得了好成绩,母亲也会给我包饺子吃来庆贺,并专门用两张饺子皮给我包一个大大的轮盘形饺子表示奖赏,那种饺子因与众不同,吃起来甭提有多香。

我读高中时住校，周末才回家一趟，那时生活条件已经好转，母亲常常包好饺子等我回家来吃，我也总是吃不够。她每次都包很多很多，唯恐我吃不饱，甚至离家时也想让我带些到学校去吃，但饺子不能存放和即食的特点让她很苦恼。后来她想出办法，就专门去学油炸麻花，那时虽然已经有了方便面，但仍然很贵。母亲就把炸好的麻花用塑料袋密封装好让我带到学校，晚上自习课结束我回到宿舍，拿出来既可以干吃也可以用开水泡一大碗来吃，如同方便面一样方便，那飘出的香气不知羡煞了多少同学。有一次我自习课中间突然回宿舍，现场逮到两个正在悄悄吃我麻花的同学。

大学毕业后我先后在成都和重庆工作，母亲每次来看我，走前照例会包很多饺子塞满我冰箱的冷冻室，她知道我最是喜欢她包的饺子。但这样的饺子太太和儿子是不习惯吃的，常常是我一个人独享，这是儿时的味道，百吃而不厌。

母亲患有严重的风湿性关节炎，就连手指关节也有些僵硬变形，有时痛得难以做任何事情，包饺子甚至要忍着疼痛费很大的劲才能捏拢边儿。

现在我又离开重庆到北京工作，常常是一个人吃饭，晚餐都是尽可能简单，我买些挂面和饺子煮来吃最是方便快捷，但无论买哪种饺子，那味道我总不喜欢。给母亲打电话的时候无意中提及，母亲一听，马上动手包了很多猪肉粉条馅的饺子急冻在冰箱里，然后急急地电话告诉我下次回去让我带到北京来。就是这样，我在北京也吃上了母亲亲手包的饺子，咬上一口，还是那熟悉的味道，鼻子不觉酸楚起来，在这孤单的日子里如同偎依在母亲身边。

后来，母亲便记在心里，每每与她通电话或见到她，她总记着问我饺子吃完没有,吃完了就赶紧告诉她,她马上就包好。

儿行千里母担忧。母亲在,美味的饺子就在,幸福就在!

(写于2019年5月11日　北京)

生病的母亲

今年中秋，我迫不及待回到重庆的家，想好好陪陪父母和妻儿，安享一份天伦。赏月之夜安排了我和太太双方父母及弟弟一家在外面的餐厅吃饭过节，为的是免去家人做饭洗碗劳作之苦。

弟弟竟然推着轮椅来了，上面坐着母亲，我很惊讶，母亲不是可以走路的吗？虽然她的双腿被风湿性关节炎积年累月折磨变了形，走路有些蹒跚，但是像这样从下车到餐厅走不了几步的外出，她是决计不肯坐轮椅的。我赶忙过去蹲在她跟前问候。母亲对我笑着一脸轻松，说前几天出门想去买把青菜，走在超市门口时右小腿突然痉挛剧痛，幸好她手扶栏杆才没有摔倒在地，一个好心保安背着把她送回的家。后来弟弟带她去了医院，拍片后没有发现骨折，但浮肿和疼痛导致那只脚不能沾地。弟弟把经过补充叙述了一遍，说医生让观察几天，现在母亲的腿已经渐渐消肿。我问弟弟为什么不及时告诉我，弟弟说妈妈不让，说让你在外面担心没必要，影响工作。我听了眼眶里不禁潮湿，忙扭过头去。

我坐在母亲身边用餐，不时帮她夹菜盛汤，席间洋溢着中秋佳节团圆欢乐的气氛。母亲非常高兴，比平常多吃了几口。我稍感欣慰。旁边两个不胜酒力的老爸觥筹交错,每次只喝小半杯还互相劝得不亦乐乎。我偎依在妈妈身边,享受着久违的亲情。

宴饮尚未过半,母亲放下筷子对我说今天的菜真好吃,她已经吃饱了。我也没劝,她患有糖尿病,总是少吃多餐才好。过了一会儿,母亲不再说话,本来坐正的身子开始斜靠在椅子的一边,头发好像有些汗湿,嘴唇微微发乌。太太提醒我,是不是妈妈不舒服。我问母亲,她朝我摆摆手,闭着眼睛对我说不用管她,没事的,一会儿就好。我终究不放心,餐厅人多嘈杂又不太通风,便招呼弟弟一起把她扶上轮椅,让其余人继续吃饭,我推她出去透透气。

才到餐厅门外,母亲身体忽地往前倾,捂着嘴嘟哝着说:"我看不见,我想吐。"那时母亲的脸色晦暗,眼角里溢出泪水。我一下慌了,刚弯下腰去扶她的手,她实在忍不住哗啦呕吐了出来,那难受的样子让我如万虫噬心。我一手扶她,一手为拍她背,直到她稍稍缓过神来,我才三步并做两步从餐厅里喊出弟弟等一干众人出来帮忙收拾,推她到卫生间清洗。从卫生间出来,母亲看到我们,惨白的脸满是歉疚,对着我说,你回来几天也让你不得安生!我握住妈妈的手使劲抑制住眼泪对她说,只要您没事才是我最大的安生,咱们马上去医院。

母亲患风湿性关节炎已有20年,患糖尿病也有12年了,前些年她一直在安徽老家,我也多次带她到成都和重庆的医院治疗,开过很多药,但因为不能陪在她身边,还是对她疏于关心,以至于这些病愈发严重。每次电话问起她的腿最近怎么样,她总开心地说,这阵子比之前好多了,你这次寄来的药管用,我走路腿都不疼了,做什么事都不耽误。可我回家后又总是从邻居和亲戚处得知,很多时候她腿疼得下不了床，彻夜不能入眠。糖尿病也终于发展到需要注射胰岛素，我嘱咐她按时打针，经常测量血糖，可她要么忙起来忘了，要么觉得药贵只要身体状况稍有好转就偷偷地节省。终于有天晚上她因血糖过低休克在家里，恰逢弟弟一家人也不在老家，幸好关键时刻父亲通知了表弟，表弟把母亲及时送到医院救回一命。就是这样，直到她住院第五天我才知道情况，她愣是不准任何人告诉我。我知道过程后恨不得头撞东墙，若母亲真有不测，我这不孝的儿子肠子怕要悔青。

我在重庆工作后，就一直跟父母商量让他们跟我来重庆住，可他们就是不答应，一是心里离不开那片熟悉的地方，二是不想给我添麻烦。母亲常说，我和你爸不能给你帮忙，但不能给你添乱，你工作顺利、家庭和睦，生活得好，我们就放心了，不用牵挂我们。可他们，尤其是生病的母亲，我又怎能不牵挂。

2015年始，经不住我和弟弟的一再请求，父亲和母亲来重庆开始尝试从短住到长住，总算慢慢习惯了重庆的气候和生活。2017年已经可以长住达到10个月。我也欢喜得很，虽然已届中年，但能在父母膝下承欢，那是满满的幸福。有我们常常陪在身边，母亲的身体似乎也好了很多，但他们的衰老也日趋明显，父亲的背不知不觉间驼起来，生病的母亲越来越唠叨。他们住在弟弟那儿时，我去看望，母亲常常拉住我有说不完的话，那些陈年往事一件一件被翻出来反复地说。她说，我刚出生时家里穷得叮当响，父亲常常不在家，她奶水不多，大冬天经常需要夜里起来煮杂面糊糊和面条喂我；有阵子我爱夜里哭，能哭上一整夜，她就抱着我摇着、哄着直到天明；有一次，她把睡着的我放在床上后去厨房做饭，当听到哭声赶回房间时看到我在地上爬,嘴皮磕破一块,满口鲜血,她见状心疼得几乎哭晕过去;还有我背上的伤疤,是她晚上太困倦了,没注意已经醒了的我从床头爬出去一头栽到床下,弄得背上满是伤,哀号不止,至今还留有疤痕,说着掀起我衣服看看,看完已是泪眼婆娑,自责没有照顾好我;6岁时我调皮,夏天穿着小短裤就去捅了马蜂窝,被几十只马蜂蜇得遍体鳞伤,一群邻居围着我用马蜂菜给我全身消肿;9岁时我跟父亲生气离家出走,一整天不见人影,急得她和父亲跳脚,满世界发疯似的到处找。我读书上学时什么时候给我买的第一双白球鞋,什么时候考试考得好拿了奖状,什么时候考得不好挨了父亲的打,她都记得清清楚楚,连细节都毫厘不爽。与亲戚邻里的恩怨,一家人曾有的开心幸福和受过的苦难,她也一遍一遍地讲。就是这样,只要在她身边她总有回忆不完的故事,一会儿悲伤地哭,一会儿高兴地笑,这是母亲毕生忘不了的经历。弟弟听得多了不耐烦,要么拿话岔开或者轻轻责备她几句,要么赶紧跑开。我陪母亲少些,开始耐着性子听她讲,后来也借故有事走开,母亲也不恼,但我能看到她颇为失望的眼神。

  我们的家庭,是典型的严父慈母,父亲很少与我交流心情,多是严厉的话语,有时也不乏用巴掌掌掴几下;母亲见到总是护着我,所以我与母亲最亲近,有心里话、想要什么东西都是找母亲。我也最听母亲的话,总是顺着母亲。可有一次回老家,我没有按她的意愿行事,坚持了我自己的做法,母亲很是生气地责备我,你回来干什么,长大了再也不听我的话,赶紧走吧。那一刻我觉得母亲思想陈腐,总抱着过去的恩怨不放,简直有点不可理喻,便生气当天要走。上车的那一刻我有些后悔,便不由得回头去看母亲,母亲也正偷看着我,当我回头的那一刻,她倔强地扭过头去,但随后我分明看见她抬起手臂低头擦拭泪水。我也倔强地只给父亲打了个招呼决绝地走了,当时我希望通过这件事让母亲有所改变。可这一次,是我无数次离家时母亲唯一一次没有完整地看着我离开,但她的眼泪却一次也没有缺席。整整两个星期,我没有给母亲电话,她也没有打给我,我便忍不住向弟弟打听母亲最近怎么样。弟弟说他打电话给母亲,可以听得出她不开心,也从不提我。我再也忍不住,拨通母亲的手机,响铃过后,我轻轻喊了一声妈,就听到电话那头母亲的声音颤颤地从千里之外传来:"乖乖,你终于打电话给我了,妈妈错了好不好,你别生我的气了,我老了,总忘不掉你小时候跟我吃过的苦,我对那人有恨。"我终于放声大哭:"妈妈,您别说了,是儿子忤逆了您,是儿子错了,是我混蛋,我发誓今后再不惹您生气!"就这样,我和母亲的唯一的一次置气便这样消弭了。

在重庆时经常见着母亲,听着她的唠叨还觉得有点不耐烦。可忽然之间我的工作要变动,离开他们去北京工作,也意味着我要再次远离父母。我征求他们的意见,母亲一听,眼神里满是不舍。自我读高中起,我和他们总是聚少离多,她也刚刚体会到跟在我身边的温暖,现在我又要远去。但母亲总是明智和大度的,沉吟之后说:"孩子,放心地去吧,不要因为我们耽误前程!我和你爸的身体还行,不是还有你弟弟照顾嘛。"可我知道,在父母心里怎么会舍得我离开,他们不肯拖累我罢了。父母是应该我们两兄弟共同赡养的,我岂能推脱责任,弟弟也要为抚养自己的子女四处奔波,哪里能时时刻刻陪在他们身边。

我还是带着父母亲对我的牵挂和我对他们的牵挂去了北京。每周我会给母亲打几个电话,偶尔母亲也会打来。我打给母亲,问她身体最近可好,她回答总是好得不得了,能吃能喝能走动。母亲打我的电话从来小心翼翼,通常铃声响一小会儿见我没接,不等自动挂断就会摁掉,唯恐打扰了我的工作。电话里母亲每次都反复叮咛我,一个人在外千万注意身体,不要冻着了,不要热着了,不要喝醉了,有头疼脑热早点去看,又给我包好了饺子下次回来记得拿走,在母亲眼里我还是那个十几岁就离开家没有长大的孩子。

母亲因糖尿病几次紧急送往医院,并发症越发凸显出来。之前每次突发紧急情况我都没有守候在她身边,这次中秋节看到母亲依靠轮椅行走,从好端端的到突然发病就在须臾之间,我才猛地意识到母亲的身体正在日渐衰老羸弱,那个善于烹炒煎炸、缝补浆洗,做事身手敏捷、里里外外一把好手、无所不能的母亲正在渐渐远离我,母亲的心还是那个亘古不变的心,可身体已经不是当年的那个身体,而我尚不知,仍在继续索取着她的爱和牵挂。母亲的爱于我,假若她有十分,恨不得再借一分添作十一分给我;我的爱于她,设若我也有十分,却没能拿出一分给她。我心里是有母亲,但却不由自主地忽略她的感受、无视她的需要,总觉得她能理解我、原谅我、宽宥我。她不开心时,我因在远方看不到,不能及时宽慰她;她生病了,我没能带她及时就医,失去了最佳治疗时机;她思念我,我总是佯装很忙,不能来到她的身边;她来电话了,我若在忙就会马上给她摁断,可有时其他人的电话我却会及时恭敬地接听。

亲爱的母亲,您无奈地坐在轮椅上的情形,刺痛了我的眼;您难受时紧紧抓住我的手，震撼了我的心；您反过来安慰我不要担心你的话语，唤醒了我的神志。我是您的儿子，我也有儿子，养儿方知父母恩，我不想等来生结草衔环再报您深恩，也绝不待他日徒叹"子欲养而亲不待"，今生虽不能做到割肉还母，但我必须尽心竭力，设法给您体贴的照顾和暖心的安慰，从今之后定耐心地听您唠叨，我知道经年之后，这将会是我最思念、最想听到却再也听不到的声音。

  从今日起，我要设个每日提醒闹钟，天天按时收听母亲的唠叨！

（2019年9月15日下午由渝至京航班延误，
写于重庆机场T3贵宾厅一隅）

手　术

记得母亲的风湿性关节炎是我大学毕业那年发现的，10年后又诊断出糖尿病，向来闲不住的母亲行动日趋迟缓迅速苍老起来，而这些变化都是我不在她身边的时候发生的。工作后，我与她相聚的日子少而又少，每每电话里都是听到母亲正常的声音，像是她从没有被病痛折磨。

之前我每每问起她的腿疼不疼，她总说这几天不疼了，吃了药轻松不少，能到处走呢，前段时间疼得有点厉害，找了个偏方很有效果，希望这次能好了。其实前段时间我也给她打了电话，她丝毫没提腿疼的事。

母亲说这样的话不知说了多少遍，弟弟告诉我她经常疼得下不了床，去输了液才缓解。至于止痛药，更是不离身。

关于偏方，她用得数不胜数，用花椒外敷、用粗盐包裹、服用药酒、针灸、涂抹生姜汁等等。无论是正规医院的治疗方案，还是江湖游医吹嘘的神药，哪怕是亲戚邻居处道听途说的偏方，她都去试一遍，虽然屡次失败，但一旦听说谁用的药方有效，她都要找来再试试。我屡次提醒她，外面的游医不能信，偏方也不能信，治不好病还会害了你。但是母亲总是又去试了，稍有起色还忍不住喜悦地告诉我，不过结果还是以失败告终。后来，不在身边的我也不忍再责备她，我知道我不是她，理解不了她那难以忍受的疼痛的煎熬。

我在成都工作时，专门接她来治疗，挂了医院最好的专家号，抽膝关节的积液、输液打封闭、物理按摩、吃特效药，但只能解决一时，终是无法根除，医生说考虑换人工关节吧，只有这样才能彻底解决。

我征求母亲的意见，她坚决不同意，一是出于对手术的恐惧，二是高昂的手术费她舍不得。我说我承担全部费用，不用她操心。她更是摇头说："你还没有成家立业，要花钱的地方多，我不能帮衬你，但不能拖你的后腿。"

于是母亲的风湿性关节炎就这样拖了下来，我经常按她的要求给她买些药，终究都是权宜之计。不知不觉间母亲的腿弯曲变形，成了罗圈腿，恶化为双膝重度骨性关节炎，走路摇摆，若是一阵大风吹来都能将她吹倒。情况好时，走上百多步就要休息一下，不好时只有坐卧不动。

我去了北京工作，让父亲带她来北京看看，她嘴上答应，可就是一直不能成行。我知道凭她的腿脚很难走出家门，于是提前买好轮椅在北京准备着，然后回到老家亲自去接她和父亲。我搀扶着她走到高铁站台，她颤颤巍巍吃力地挪动脚步的样子让我的心针扎一样疼，鼻子发酸，眼泪不禁流了出来，妈妈已经受了太多太久的苦。

在北京的日子，我和父亲轮流推着轮椅带她看天安门、瞻仰毛主席纪念堂、逛故宫、参观颐和园、恭王府、鸟巢体育馆，吃烤鸭、涮羊肉，母亲高兴得合不拢嘴，直说这辈子活值了。我趁机做她的工作，您这才看多少好地方啊，中国大了去了，好看好玩的地方多得很，若您换了膝关节，能走能跑，我可以带您和爸去更多的地方。在我的劝说下，母亲有些心动，还是觉得花钱有些多。

2020年初，她和父亲在重庆住弟弟家，因为疫情，春节也没能回安徽老家，可就在春节后不久，母亲的糖尿病突然严重。我冒着疫情赶回重庆，紧急治疗后她又度过一次危机。那时我觉得照顾好一家老小责任重大，且刻不容缓，尤其是对久病的母亲，我不能让自己人生留有"子欲养而亲不待"的遗憾。

我和弟弟商量，决心尽快给母亲做膝关节置换手术。

10月底我返回重庆工作，立即把手术提上最紧急的日程。

我们轮番做思想工作，打消母亲关于手术风险的顾虑。今年初，我甚至专门央求朋友请了大医院骨科主任上门给她看病和讲解，母亲在数次同意和反悔中总算点头应承下来。

患有糖尿病的母亲做如此手术还是有很大的风险，医生建议分两次手术，一个膝关节手术成功后再动另一个膝关节。果不其然，在动完右膝关节后，伤口愈合期间血糖忽高忽低，把母亲折磨得无法好好休息，她甚至一度不愿意再动另一条腿。好在血糖总算控制到正常范围，伤口愈合还好，弯曲了多年的小腿术后变直了，母亲在这点上很是满意。我笑着打趣她，如果只动右腿不动左腿，以后就成为瘸子了。母亲说，瘸子比罗圈腿还难看，那可不行。左膝关节手术比预计时间晚动了一周，好在很顺利。后面的恢复期间，母亲用行走辅助器开始新的蹒跚学步，那绷直的双腿让母亲无比开心，逢人就挣扎着站起来展示她下垂笔直的裤腿，个子也比之前高了一些，她炫耀起来眉飞色舞的样子像个孩子。

  还没出院，她就嚷嚷计划着回老家去哪里哪里，还要继续耕种她荒芜的菜园，要邀约着好朋友骑着电车去赶集。就是衣服也新买几套，我许诺恢复好后带她去大商场买漂亮的衣裙和皮鞋，任她挑选。母亲高兴地边笑边擦拭眼泪，她憧憬的健康新生活就要开始了，我感到从没有过的欣喜和心情舒畅。

  手术后的母亲在重庆静养了一阵子，完全像换了一个人。每天主动给我打电话，言语间充满了兴奋，报告我她天不亮就起来锻炼，走了多少步；还去菜市场买了菜，和父亲一起去小区外面哪里溜达了一大圈，好像糖尿病在她身上也不存在了一样。

  暑假一开始，她就迫不及待地拉着父亲一起回了老家，一切如她想象的样子，老邻居们对她忽然行走如常充满了惊奇，看望她的人络绎不绝，高兴的时候她还打视频电话给我，让我给他们说话，家中院子里一片欢腾。她昨天去串门，今天走亲戚，明天去赶集，因腿脚灵便，她的生活丰富多彩起来。

  母亲今年已近70岁，我感觉现在的她至少返老还童到20年前那个年轻的母亲，做事干净利落，走路衣带生风。

（写于2021年9月18日）

造 屋

我的父亲排行老大,在他16岁时祖父因病去世,留下祖母带着四个孩子生活,父亲便开始挑起一家生活的重担。

祖母曾对我说,最穷的时候她带着孩子们去南乡讨过饭,几个孩子都能活下来实属不易。祖母还健在,今年92岁,头脑已经不太清晰,去看她老人家,要问上好几次我是谁。

听母亲讲,她嫁过来时家里很穷,她和父亲住在麦草盖土墙的两间西屋,我便出生在那里。堂屋是三间,也是麦草盖土墙,祖母与我的两个叔叔一个姑姑居住。据说这是父亲当年为了结婚亲手造的第一套房,因为家里人多还是让给了祖母和弟弟妹妹居住。

土屋的建造非常漫长。先是打地基,在准备建房的地皮上用土堆高,以防止雨水倒灌;接着请人抬着石头一下一下夯实地基,再用石块或者青砖在画好的墙体基座上铺上薄薄一层打底;然后开始用水和黏土垒墙,每垒几十厘米就要等干了再往上垒一层,还要脱泥坯垒高高的屋山。整个墙体基本都是父亲打主力,弟弟妹妹搭把手,一点一点利用上工回来的间隙垒成。最后的上梁和盖房顶须得买好酒菜请十几个邻居帮忙。三间土屋造好需要一至两年的时间。

我出生后，叔叔和姑姑也陆续长大了，祖母的房间不再宽敞，于是父亲开始着手建造第二套房，准备搬出去另立门户。

这套房有三间，离祖母住房有百多米的距离，紧挨着曾祖母，那时曾祖母还活着，她和孑然一身的长子（我祖父的兄长）住在一起。

屋子还是麦草土屋，只不过地基以上的青砖垒高到近一米，上面接着垒泥墙，这已经是很大的进步，墙体结实多了，窗户也比以前大了些，明亮了不少。建造当然还是父亲操心，母亲跟着打下手，三间房子又造了近两年，母亲搬进新屋时非常高兴，总算有了独立的新家了。

这边父母亲带着我刚搬进新屋不久，眼看大叔到了结婚的年龄，那时没有房子同样不好成家，何况我的祖父不在了，更增加了找对象的难度。父不在，长兄为父。他这个大哥当然责无旁贷，就带着兄妹一起干，他自己还晚上悄悄帮人去拉货，常常通宵不眠，能多挣一点就是一点，还节约着每一个钢镚，总算攒够了造新屋的钱，就在我家的西南面不远处的新宅基地上，新造了三间瓦屋，不过墙体中间的腰部还是土垒，又垒了土墙院子，独门独户。有了这栋房子，大叔便很快娶了妻。

土地包产到户后，农村的日子好起来，父母过日子都是好手。那时种棉花是重要的经济来源，我们家就拼命地种，每到收获的季节，简直忙死人，一天到晚都是在地里拾棉花，我放了学也得去帮忙，连饭都没得吃。尤其是下雨前要匆忙摘下欲开的棉桃，晚上必须加班剥出来，就连我这个学生都被强制加班帮忙干，好几次我困得栽倒在棉堆里，那时简直恨死了棉花。但也就是种棉花使家里每年的盈余多起来,父母暗中开始筹划建造新砖房。

终于有一天,我家土屋的旁边送来了一车车红砖,新崭崭的,码得整整齐齐,父亲和母亲脸上挂着喜悦的表情。一年后我们搬进了四间红砖红瓦的新屋,第一次住上砖混新屋,父亲每天把院子扫得干干净净,母亲把屋里扫得一尘不染,全家都觉得扬眉吐气,我也体会到了新砖房宽敞明亮的好处。过了两年,父亲又在旁边建了三小间红砖东厢房。

我渐渐发现,父亲的使命和乐趣好像就是造屋。

我读初二时,父亲的造屋计划又启动了。这次是为我,为我结婚准备。我知道了便加以阻止,我说我不需要,建造房屋的钱留着供我读书,我要读个名堂出来。父亲哪里肯听,他说给你建造房屋结婚成家是我的责任,不造好我和你妈不安心,你能否读出个名堂来还另当别论,如果不成,再建造房屋就来不及了,到时候对象都不好找。我赌气说,我决不会在你给我建造的房屋里结婚,不信咱走着瞧。

新瓦房五间在我读初三时如期建成,与原来的四间连成一线,又建造了三间西厢房,围合的院子装上宽阔的大铁门,煞是壮观!于是前来说媒的人络绎不绝,我的父亲每次都是喜滋滋地迎进家里来,我却苦不堪言,总是悄悄地溜走。

考上省重点高中后,我自此便远走高飞。七年后这屋子成了我弟弟的婚房。

曾祖母去世后,我大祖父无儿无女,由我的父亲尽赡养义务,便跟着我们一家生活。

父亲对母亲说,大伯忙碌了一辈子也没住上好房子,咱们不能亏待他，于是决定为他专门建造三间新砖房。大叔结婚后去做了倒插门的女婿，留下的院房便给了小叔结婚成家；再后来小叔在他处新建了房屋，他们住过的房子和宅基地通过置换给了我们家；于是父亲就把老房子推倒重新建造了三间新砖房，外加一个院子，供大祖父居住，直至他86岁高龄去世。这是父亲主持建造的第五套房子。

我工作10年后，终于安好了自己的家，手里便有些盈余，想到父母辛苦一生，早年建造的房子房顶已经出现漏雨，窗户相对今天的房屋较小而显得室内阴暗，地面湿气很大，于母亲的风湿性关节炎十分不利，便与弟弟商量给父母建造一栋新院房。

父母亲听了，虽然怕我花钱做了推脱，但我坚持后还是十分高兴，充满期待。于是由我主要出资，弟弟张罗，父亲负责监工，前后小半年便在大祖父住房原址上建造了一处前后两排共计五房两厅白墙灰瓦的新院落，添置了崭新的家具和家电。院内专门设计了小花园给母亲种花，父亲从别处移栽了两棵银杏树，其余地面都进行了硬化，院子安装了足以通行轿车的宽阔的实木大门。

新房落成，我专门回去了一趟，看到了父亲母亲脸上洋溢着的开心笑容和邻居们无比的羡慕之情。

母亲比以前更喜欢收拾屋子，家里的东西样样都摆放得整整齐齐，擦洗得纤毫不染。父亲则喜欢拿一把扫帚把大门前的空地洒扫干净，然后搬把椅子坐在大门前抽烟，同过往的路人热情地打招呼。

（写于2020年1月6日，修改于2020年6月21日父亲节）

美丽的早餐

也许是从小养成的习惯,我对早餐向来不讲究。

满脑子能想到好吃的就是豆浆、稀饭、包子、油条,居住在重庆,还能想起油茶和小面,如果还有一小碟刚刚出坛的新鲜泡菜就更好了。

有段时间,我们一个有相同大小孩子的朋友圈里,不知怎么大家就比起了做早餐,每天爸爸们勤劳得像鸟儿,天不亮就起床,忙着给孩子们做早饭。听了所谓专家的意见,要求肉蛋奶果俱全,据说这样才能保证孩子成长需要。于是早上晒出来的有花式煎蛋、白水煮蛋、葡式蛋挞、基围虾蒸蛋,有煎饺、烙饼、油泼面、小笼包,有煎牛排、煎培根、烤披萨、烤五花肉,孩子们一边饱口福,一边还挑三拣四。妈妈们则悠悠地起床先拿过手机批阅,表扬哪家的色泽好,哪家创意新,哪家摆盘美,还批评哪家的懈怠,哪家的敷衍,哪家的缺少艺术造型。我好不容易回趟重庆,也只有不辞辛苦头天考虑菜谱,次日早早起床表现一番,忙活完顾不得解下围裙,赶紧把早餐拍照上传至朋友圈里,催促儿子赶紧趁热吃,然后忐忑地等着接受评头论足。若是得到了肯定或表扬,会有一天的好心情。若是被批评，就找下别家的茬，上去踩踏几脚，拉个垫背的。

终于也有不堪劳累起不来床的时候，突然灵机一动，想起好吃的早餐来，于是哄老婆儿子，今天睡个懒觉，之后带你们去美丽厨吃早餐。

我们曾经去过，美丽厨的滋味自是心照不宣，全家欢欣鼓舞起来。

起床梳洗完毕，妆扮齐整，直奔美丽厨。

美丽厨是个粤菜馆，装修得很有格调，最关键的是坐落在棕榈泉公园边上，从靠公园的落地玻璃幕墙看过去，清澈的湖面就在眼前。若是初夏晴日，湖里的荷花正在盛开，莲叶何田田，有蜻蜓飞上荷尖；岸边花草姹紫嫣红，树木郁郁葱葱，时而有几只白鹭惊鸣掠飞。坐在临玻璃幕墙边干净的餐桌边，如画美景映入眼帘，即刻心旷神怡起来。

开门是在十点，早餐供应的是广式早茶。

先泡一壶普洱，点上虾饺、XO酱蒸凤爪、蟹仔烧麦皇、酱香金钱肚、蜜汁叉烧包、妙龄炸乳鸽、深井烧鹅、肠粉、炸春卷，再点上白油灼菜心，还有皮蛋瘦肉粥、生滚鱼片粥。只是看这一桌，红的、橙的、黄的、绿的、白的，瞬间就滋生出满满的食欲。

吃早茶是不能急的，绝不能赶时间，必须慢慢地品、悠悠地吃、轻轻地聊。

吃一筷子歇一歇，起筷落筷之间优雅从容一点；再喝一口茶，需仔细咂摸舌尖上陈普的清香；抬眼望一望窗外，看荷叶上的水珠随风滚动；转头问一问孩子最近喜闻乐见的事，任他东答一句西扯一句,不愠不怒,不教训,只需欣赏他贪婪的吃相;深情凝视一下爱人,温柔关心她最近的心情,仔细察看辛劳在她美丽的脸庞上是否留下岁月的痕迹。就是叫服务员,也不要大呼小叫,只需在她们经过的时候微笑着轻轻招呼,然后耐心地等待,给她们以好心情就是给自己好心情。

再或者,静静地不说话,默然用眼角逡巡一下周边的客人,也多是一家人来吃饭,帮着给老人夹菜的,逗着孩子玩耍的,恬静地读书看报的,拿着手机拍照的,无不洋溢着会心的笑容,哪个来这里吃饭不是吃的愉快心情呢?

就这样,任时光流转,任岁月蹉跎,在繁忙的人生里按一下暂停键,让美妙滋味蔓延一下舌尖,让其乐融融滋润一下亲情,让缓慢脚步等待一下希冀,让美丽景色填充一下行程。你将体会到生活的美好,风光的旖旎,人生的曼妙。

(写于2020年9月29日,修改于2021年7月24日)

露营桃花源

听闻开平的桃花开了,朋友三番五次催促,相约带孩子们去赏花露营。

赏什么花不是孩子们在乎的,他们在乎的是野外露营。在这乍暖还寒又多雨的季节,选择去露营确实需要勇气,但经不起孩子们兴奋的期待和厮磨,于是收拾好装备出发了。

天公还算作美,虽无风和日丽,倒也净空无雨。

桃花已然开了,粉的一片片,红的一团团,灿若烟霞;桃树下不知名的野花儿也竞相开放,异彩纷呈;远处山坡上油菜花开得正艳,金黄耀眼。

"桃花浅深处,似匀深浅妆。春风助肠断,吹落白衣裳。"在元稹的喟叹里,崔护的"人面不知何处去?"这里"桃花依旧笑春风",还是谢枋得的诗句"寻得桃源好避秦,桃红又是一年春。花飞莫遣随流水,怕有渔郎来问津"更有韵味。陶渊明老先生的桃花源是我们乌托邦般的精神寄望。

跳下车的孩子们欢呼着奔向原野,融入春光里,猴到桃树上授粉,钻入竹林下采摘野菜,沿着溪流玩水。须臾间,不是被草籽粘得像个刺猬，就是浑身扑满泥土。晚上返回营地时有的鞋袜被打湿了，有的裤子被挂烂了，有的手被割伤了，但这些都挡不住他们，他们是田野里撒欢的精灵。

  天黑前，我们早已搭好帐篷，就在桃树旁，一任落英缤纷！

  昏黄的灯光亮起，熊熊的篝火燃起，露天的坝子上火锅熬起，牛油混合着麻辣的味道香飘四溢，欢快的笑谈和小儿的打闹声此起彼伏。虽非"西塞山前白鹭飞，桃花流水鳜鱼肥"，亦是"桃花篝火帐篷睡，火锅美酒惹人醉"。

  是夜无月。风悠悠，露涟涟，竹涛阵阵，溪水潺潺；帐外花香绕，篷内鼾声起，多少喜忧事皆随自然去！

  次日清晨，在啾啾鸟鸣声中徐徐醒来，撩开帐篷，清新湿润的空气迎面扑来，沁人心脾。极目远处，群山如黛，薄雾朦胧，又见炊烟袅袅。

  不一会儿，淅淅沥沥的小雨下将起来，打在帐篷上仿若拨动琴弦奏出天籁之音。再过一会儿，竟然云开雾散，阳光挥洒下来，盛开的桃花也变得愈发鲜艳起来……

（写于2017年3月19日）

养狗记

我家现在养了一只狗叫Harry，中华田园犬，今年春天我带儿子贝西去乡下亲戚家的桃园玩耍时带回来的。当时亲戚家有两只小狗，一黄一黑，大小相当，十分可爱，皆是邻居送给他们看家的。贝西自从到了桃园就一直跟它们玩，渐渐地喜欢上了两只小狗，走的时候非要都带走。我自是不许，他把卖萌、耍横、发嗲的手段都用了一遍，亲戚实在看不下去了，就劝我说给他带一只回去养几天，玩够了再送回。我看贝西那哀求的眼神只好同意了。贝西纠结了半天，选了黄色的那只，两只友好的小狗自此天各一方。

我之前正式养过两只狗，它们的离开让我很伤心，所以决定不再轻易养。

第一只狗是小时候在老家的时候养的，叫摆摆，普通的黄色田园犬，小个头，不聪明，但会一直跟着你，就是你经常欺负它，它一样不离不弃。摆摆一岁的时候，因为有时候会突发"癫痫"的类似症状，口吐白沫，家里决定把它卖掉，在狗贩子将要把套索套进它脖子上那一刻，恰巧我游泳回来，我大吼一声救下了它的命，之后它又活了14年，直到终老。摆摆给我的儿童、少年时代带来了很多乐趣，多少个周末暑假陪我在田野里疯玩，无论我怎么戏弄它，它都不记仇，总是忠诚地跟随在我身后。老去的时候，它已经耳聋眼花、牙齿掉光，但当我从外地返家的时候，它仍会摇起尾巴蹒跚地走近我的跟前打个招呼。

第二只狗是只白色的比熊，从狗市带回家的时候是装在太太的大衣口袋里，因此取名兜兜。兜兜9个月的时候我们把它送到玉峰山警犬基地上学三个月，于是它学会了听口令坐、立、叫、恭喜、直立行走、卧倒、匍匐、随行、三条腿走路等本领，于是在小区成了明星，自然也更加让我们喜爱。在贝西出生的时候，外公推着贝西遛弯时经常让兜兜在前面拉车，那是小区的一道风景。最记得兜兜做错事，我总是让它前腿趴在墙上面壁来惩罚，只要我不说"下来吧"，它是不敢动的，那面壁思过的样子确实挺逗。可惜好景不长，一天晚上在小区大门口同往常一样放开绳索让它同其他狗狗玩耍时，转眼的工夫就不见了，我们怀疑被人留置了，看来狗也怕出名。兜兜的丢失让我们全家伤心了很久，不过还好，它悄悄耍的女朋友，就是邻居家的那只京巴儿给它生了个女儿，有时我和太太还去看望，以解思念兜兜之苦。

Harry刚带回来的时候，我还担心太太不喜欢，她向来有品牌观念。岂知，她回到家看到Harry觉得挺乖，马上亲自给它洗澡，连我的毛巾都给征用了，又是忙着买狗碗、狗项圈、狗粮，真是让我大跌眼镜。我则和贝西一起动手，利用家里剩余装修材料给Harry做了一个漂亮的房子。

再说贝西，有次我让贝西带它出去遛，贝西却问我说，带只土狗出去遛是不是丢人？这小子，不知是谁给他灌输了面子观念。

唉，现在的小孩子！

Harry本来起名叫"贝利"，承"贝"字辈，不过后来娘俩一商量改成了"Harry"，原因是准备再养一只狗就叫"Potter"，这样一回家就可以大叫"哈利波特"。

Harry是自由的，整个花园都是它的地盘，小区也可以闲逛。每天我和太太去上班的时候它都会一直送到车库进口处或小区门口，下班的时候只要听见我们的脚步声就会箭一般的跑来，摇头摆尾，还往身上蹭，让人心里暖暖的。

蓝猫贝多芬的到来，让Harry着实不高兴。起先，只要贝多芬在花园里一露面，Harry就会冲上去吠它，吓得贝多芬不是缩回屋里就是被追得上墙，Harry在围墙下朝它耀武扬威。久了，贝多芬胆子慢慢大起来，不时也会回头朝Harry发出警告声。更多的时候是贝多芬坐在墙头用不屑的眼神傲慢地看着在地面上吠叫的Harry，Harry只好狂叫一阵后无趣地走开。

贝多芬熟悉地盘以后，胆子渐渐大起来，开始试着去吃Harry碗里的狗粮，等Harry跑过来她就立刻跳开，逗得Harry来回奔波，等Harry真一直守着饭碗的时候，贝多芬就眯着眼睛一边睡觉去了。再后来，Harry也懒得管了，任凭贝多芬蹭他的饭，趴在旁边连眼皮都不抬一下。

贝多芬大部分时间都在屋里，偶尔出来晒太阳赏月光；Harry总是徜徉在花园里，偶尔进屋撒娇纳凉。它们互相倒也相安无事。不过这一天，贝多芬在屋里刚生了小宝宝，不知情的Harry像往常一样看到我打开客厅旁的玻璃门就往屋里钻，刚进门，贝多芬像旋风一般以迅雷不及掩耳之势对着Harry的脸，用它利爪左右开弓，打得

Harry不知所措，一路嗷嗷叫着败退进花园里，我慌忙过来关上了玻璃门。

委屈的Harry不明就里，对着玻璃门后的贝多芬大叫，像是大骂又像是申诉。

不过Harry并没有就此罢休。第二天我又开玻璃门的时候，候在一旁的Harry迅速冲进了屋，刚进去不到1秒，贝多芬突从天降，龇着牙举着左右爪朝Harry攻击过来。Harry完全懵了，张开大嘴朝贝多芬咬过来，贝多芬灵敏地跳开又是新一轮的左右开弓，如此三次，Harry已被戏耍了三圈，猫毛都没挨着一根，倒是它的脸上已血丝斑斑，见势不妙，哀嚎着从后门抱头鼠窜。

至此，Harry再不敢从玻璃门进屋，纵是外面酷热难耐，它也绝不敢越雷池半步！太太实在看不下去，把衔接花园的主卧室门打开，让Harry进来纳凉，Harry在门口试探了许久，确认贝多芬不在，才警惕地慢慢进去。

后来，我带贝西又去过一次乡下桃园，看到Harry幼年时的伙伴小黑，被一条铁链拴在室外用砖和水泥搭成的小窝里（跑到路上会被车轧死，之前发生过），食盆里是主人的剩菜剩饭，浑身污迹点点。它见到我们向我们叫了几声，像是打招呼也像是在询问我们Harry的消息。我对贝西说，你带走Harry的那一刻就决定了它们小兄弟俩不同的命运。本来我还想把Harry送回来，念头也至此打消了。

Harry越长越大，它在小区里经常到处闲逛，遇到老人小孩，喜欢摇着尾巴凑上前去表达友好，怎奈人的世界里不懂狗的温情。在两次被投诉后，我只好白天把它关进铁笼里，每次看着Harry眼巴巴乞求和失望的眼神，着实让人心酸。

（写于2015年8月28日）

后记

让Harry在笼子里一直待着总是不落忍，我就把它放出来在院子里放放风，家里的阿姨去买菜时，它竟然从围墙栏杆的缝隙里钻出来，尾随着她出了小区，可是阿姨并没有发现它，这一去竟然没有返回。后来还是认识Harry的门卫告诉我们的，这只狗被附近的民工打了牙祭。

城里养土狗的人很少，或许可怜的Harry被认作了流浪狗，它也终归没有逃脱出生卑微带来的悲惨命运。

再记

Harry走后，我们几年都没有再养狗，每次养狗都最终换来伤心一场。

2021年初，贝西看到了朋友家的狗很好玩，就闹着养条狗，实在拗不过他就给他买了一条幼小的边境牧羊犬，据说这是世界上最聪明的狗。贝西给它取名雪莱，这可是英国大诗人的名字。

家里猫只有小黑了，小黑看到莽粗粗的雪莱到来很不安逸，遇见它过来，就举起前爪一阵乱铲，打得雪莱嗷嗷叫。但雪莱从不惧怕，知耻而后勇，只要看见小黑在地上就立即冲撞过去，它的块头毕竟比小黑大不少，如此情况下小黑也只有快速叫着开溜。

随着雪莱慢慢长大，小黑和它也可以相对和平相处，尤其是吃饭时,我的左边是小黑,右边是雪莱,都眼巴巴看着我挥动的筷子,心里都祈祷着赶快给它们来一块肉。但猫狗打架是少不了的,小黑后来知道跳到高处的椅子上,居高临下跟雪莱开战,两个总是打得乐此不疲,谁也不肯认输。

  我和贝西闲实在无聊也会主动把它俩找来放在一起,有意教唆它们打架,两个表演得非常卖力,很是热闹。

  这一猫一狗和我们生活在一起,平添了很多生活的气息和乐趣。

(补写于2021年10月1日)

养猫记

搬了新家,经不住儿子如唐僧念经般的乞求,从乡下带来一只狗养在花园里,起名Harry。原没准备养猫,可就这么一天还是养了。

有一只成年蓝猫(毛色灰蓝),女性(小时候听长辈讲猫要说男女),主人家准备送人。我们那个充当媒介的热心朋友蛊惑我太太说这只蓝猫是如何地漂亮和乖得不能再乖,关键可以自己上厕所,卫生习惯超级好。太太就来磨我,我是不太赞成养猫的,原因是客厅里有我喜欢的皮沙发。

可始终经不住磨,儿子也来助阵,我无奈地屈服了。这还不算完,还要求我亲自去迎接,意思是我亲自接来的以后不仅不能抱怨还要承担责任。唉,这到哪里说理去!太太甚是激动,早早就在淘宝买好了猫咪用品,吃喝玩乐一应俱全,一周内包裹密集而来,大大小小摆满了屋子里的一个角落。一个晚上我被不情愿地拉出了门,在热心朋友的陪同下,我们一家三口全部出动把这个叫"蓝妹妹"的美猫接到了家。原主人家亦是恋恋不舍,抹着眼泪,一再叮咛,生怕我们虐待了她的宝贝。蓝妹妹刚来陌生的地方非常怕生,放进屋子后,谁也别想近前。一晚上惹得太太抱怨:毕竟是半路抱养的,没感情。我在一旁幸灾乐祸。次日一早,我坐在吧台前吃早餐。忽然感觉背后有毛茸茸的东西,一回首,呵呵,蓝妹妹正坐在我屁股后面的半截椅子上望着我,虽然还有点胆怯,毕竟主动示好了嘛。我赶紧看我的早餐哪个适合她,把鲜肉包子的馅挑给她吃。我竟然是她第一个信任和愿意亲近的人。太太看到了很是妒忌。太太和儿子商量给蓝妹妹重新起了个名字叫"贝多芬",原因是我儿子小名叫贝西,承"贝"字辈,这下家里有两个"贝"了。这年头向来把动物跟人媲美,懒得管了。

　　一周后下班回家,坐在客厅里皮沙发上,右手不经意抚摸过扶手,怎么有凹凸感,定睛一看,天,我担心的事情发生了,是贝多芬爪子作的案。那一刻我想立即找到贝多芬把她扔出去。太太被我吵了,可是沙发也损了,再怎么着无济于事了。我特别沮丧,贝多芬来到家的那一刻我就预料到要发生这样的事,可还是心存侥幸,没有坚决阻止而导致如此恶果。于是乎,我灵机一动,有意无意地把门敞开,希望贝多芬出去遛弯。当然,如果没回来……这天,贝多芬一晚上都没回来,第二天上班前也没发现她的踪影。太太着急了,好像从我诡秘的面部表情里觉察到了我的"阴谋",质问我是不是有意让贝多芬出去的。我当然回答那么名贵的猫怎么舍得让她走丢,安慰她猫是聪明的,她出去流浪没有吃的自然会回来的。

　　果然"不出我所料",我们下班回到家的时候贝多芬已经在花园里等着了。唉,贝多芬,外面自由的世界真的不好么?接着一阵子,贝多芬经常出去,太太再也不担心她不回来了。不过晚上经常听到猫打跳和尖锐的叫声,扰得容易失眠的我睡不好觉。更可气的是，她有时候还带朋友来我家花园里，就是邻栋那家的黑白花猫，不过每次我瞪着他，他就怯怯地逃跑了。既然贝多芬安心留下了，我也只好找了被单时刻把我的宝贝皮沙发罩着。贝多芬和Harry虽然不和，除了偶尔被先来的Harry追得上墙，倒也相安无事。两个多月的日子就这样过去了，这期间我们请了位阿姨，照顾儿子的同时也照顾着Harry和贝多芬，另加四只刚孵化出来的昆虫独角仙以及一只鹿角花金龟。有一天，阿姨在饭桌上对我们说，贝多芬可能怀孕了。啊，我一听，吃了一惊，含在嘴里的饭把我给呛着了。太太说，你激动什么？天啊！还让人安生不？于是，太太每天出门前都要嘱咐阿姨照顾好她怀孕的猫。

6月底，太太带岳父岳母和儿子一起欧洲游了，因为工作的原因我在家留守。7月2日，阿姨也休假去了，我一个人下班回家，想先把孕妇贝多芬、Harry、独角仙和鹿角花金龟伺候了再自己弄点吃的，却寻贝多芬不见，早上明明把她关在屋子里。我唤了十余分钟，贝多芬才来到我跟前，浑身汗涔涔的，肚子明显小了。以我成长几十年的经验判断，贝多芬生了。我到处找，把可能的地方都找完了，也不见小猫咪的身影。贝多芬坐在起居室里一动不动，看着我拿着手电上蹿下跳，不急不闹。找不见小猫，就先给贝多芬喂食吧。她喝了很多水，又吃了点猫粮，才一步三回头慢慢地走向客厅窗帘下面的角落里，我悄悄跟过去，把窗帘掀开：呵，一堆小猫咪偎依在一起睡得正香，两黑两花。花的黑白相间，恰如经常贼头贼脑来我家花园找贝多芬的那只。

赶紧发条短信给太太儿子报喜。不一会儿，太太高亢的声音从罗马传进我的耳朵里，一连十几个惊喜的问题问完，又一番频频嘱咐，我立刻走马上任成了月嫂，开始伺候月母子。还好儿子出生时积累了点经验现在全部用上了。我默默地饿着肚子打扫卫生、铺垫子、开猫罐头、端牛奶……明天早上还要去买鱼。

以前，Harry还经常可以进屋逛逛。自从贝多芬生了小猫，Harry一进门，贝多芬就会冲过来对着Harry的脸用爪子一顿乱铲。可怜的Harry只能在花园里忍受酷暑。窗帘下的地方太窄小，我就给他们换了地方在楼梯下，比较隐蔽也安全。开始贝多芬也接受了，等太太儿子回来，一阵亲密接触，贝多芬不干了，频频叼着她的宝贝换地方。这天，我们下班回家，到处找不到小猫咪，等我到书房去换衣服的时候，发现这一家老小正在我的书桌下享受天伦之乐。我迁就了他们一晚，还是把他们搬走了。后来贝多芬又带着蹒跚的小猫咪住了进来。太太打趣道，贝多芬信任你喜欢你，就让他们和你住在一起嘛。我想想，这娘儿几个也不易，喜欢我这儿就住阵子吧。可是第二天，这几个小子竟然把尿撒在了我的床底下，我怒不可遏，一手抓起两只，不顾他们妈的哀求将他们逐出了书房。

又记

四只小猫咪长得很快，全都养着实在太多，于是送了两只给朋友。剩下两只，一只黑的，起名黑猫警长，又叫小黑；一只花的，因为他的脸半黑半白，贝西给他起名裂脸怪，又叫阿怪。再加上贝多芬，家里三只猫可就翻了天。

原则上，Harry住在院子里，贝多芬一家三口住在屋子里，平常倒也相安无事，只是Harry从不敢进屋，稍越雷池便被贝多芬张牙舞爪地轰出来。可是小黑和阿怪长大点后，非常好奇外面的世界，于是便试着踏进花园，Harry自然也对两个小家伙好奇，用嘴去感知，岂不知贝多芬就横冲过来一阵狂风暴雨，打得Harry落荒而逃。自此Harry的花园地盘也失守了，三番五次尝试后，小黑和阿怪也开始在花园里打闹嬉戏，每每如此，Harry总是在一边远远地望着。

就这样，两只小猫咪在无忧无虑的时光里安静成长，随着孩子们长大，贝多芬也越来越放心，不再死守着他俩不让Harry靠近。偶尔小黑、阿怪主动接近Harry，Harry也温柔相待，并无恶意，于是奇怪的事情发生了，就在某一天我下班回来发现，小黑竟然和Harry一起蜷缩在猫咪的小窝里。此后太太说Harry是小黑和阿怪的叔叔，当是两家认了亲。

再说小黑和阿怪一母同胞，但性情完全不同。小黑对人毫不戒备，总是主动凑过来亲昵，哪怕你烦的时候削了他，不一会儿又蹭了过来，于是我很喜欢小黑。而阿怪特别机敏和胆怯，总是在你附近转悠却不靠近，当你向他伸手时他立即逃离了，所以我不喜欢阿怪，若是趁他不小心逮住了他、就故意将他蹂躏一番，初始惊恐，后来也习以为常，只要被逮住就一动不动眯起眼睛，一副认栽的样子。久了，看到小黑受宠，阿怪不禁妒忌了，现在只要我蹲下来，他比小黑往我身上蹭得还快。

因怕贝多芬又不小心怀孕，家里实在不能再多养了，太太就带她去做了节育手术。住了两天院，从医院接回来的时候我分明看到了贝多芬眼中的忧郁，孤独地缩在角落里。唉，我埋怨太太此举是不是不太"人道"，太太瞪我一眼，生了你养啊？我自此闭嘴。

此前贝多芬十分溺爱两只小猫，无时无刻不温情地守在他们的身边，为他们梳理毛发，任凭着两个小家伙在她身上上蹿下跳地淘

103

气。手术后,贝多芬性情大变,不仅经常躲在一边不见小黑阿怪,就是对小黑阿怪靠近她一点也会大发雷霆,弄得小黑和阿怪怔怔地不知所措,眼里满是忧伤,两个小家伙只有互相拥在一起,我们甚至不止一次悄悄看到阿怪趴在小黑的身上吃奶。不过,在吃饭的时候,贝多芬总是让着两个小家伙,那一刻我又看到了她作为母亲的温情。

有一天晚上,太太很晚归来,我都已经睡熟,被她拉起来看家里的不速之客,一只花纹斑驳的瘦猫正在起居室里狼吞虎咽。

第二天早上太太给我讲了头晚的奇遇。她进入小区大门口的时候,一只猫咪走到她跟前,叫声凄凄地望着她,她初也不以为意,不知是谁家的猫咪跑出来或是流浪猫。当她继续要走的时候,这只流浪猫竟然三番五次萦绕着她的脚一路跟随,其实这时走进小区的不止她一人,可这只流浪猫就只跟着她,一直跟到我们家的门口。太太生了恻隐之心,听那羸弱的叫声估计多半是饿坏了,加之本来也喜欢猫,家里也有现成的猫粮,于是就把她带到家里,在灯光下一看,这是一只有白虎皮花纹样子瘦骨嶙峋的猫,皮毛甚是漂亮。太太给她端来猫粮,又打开一听猫罐头,她一阵狼吞虎咽,看样子不知多久没有进食了,水足饭饱后,一脸感恩的眼神望着太太,咪咪叫着一副求收留的媚态。可以断定她是一只谁家里的宠物猫,不知什么原因出来找不到了回家的路。

太太十分喜欢这只漂亮的美短银虎斑,但又觉得不能夺人所爱,问了物管,也发了朋友圈,终究一时没找到主人。看她那千金小姐般的做派,真逐出去,多半也流浪不出个样子来,于是就暂时养着吧,临时起了个名字叫Luky。

可贝多芬不干了，一双眼睛虎视眈眈充满敌意，只要我们一不在Luky身边，就冲过去厮打，吓得Luky四处乱躲。为避免战争升级殃及池鱼，只好给Luky专门收拾了二楼的房子，添置了水食盆、卫生间、攀爬架，感情收养个小动物也不容易。

总把Luky关在一间房子里也不是办法，她又和贝多芬无法相处，只好把贝多芬母子全部迁到花园里和Harry住在一起，这时的他们已经渐渐可以和平相处了，Harry叔叔已经可以担当起带孩子的重任，一天到晚和小黑阿怪嬉戏打闹玩得不亦乐乎。贝多芬由从最初的袒护、担心到放任自流，乐得在逍遥椅上眯着眼睛看他们玩耍。

当然，贝多芬母子不甘心被赶到花园里，只要一有可能趁我们不注意就会钻进屋里，伺机修理Luky。Luky经过一段时间的熟悉，已经自认为是屋子里的主人了，开始强烈反击，不甘示弱。再后来发展到试图把入侵的贝多芬母子阻挡在屋外。我们家里的人只好担当战争里的调停角色，左右劝慰。Luky的胆子越来越大，也开始向往花园的世界，一次终于不甘寂寞溜了出来，被小黑、阿怪和Harry发现立即追赶，情急之下拿出看家本领一下就冲到了花园的橙子树上，没想过已经长肥了足足1公斤多的Luky身手会是如此的敏捷，还没学会爬树的小黑和阿怪在树下盘桓。

从这时候开始，我们开始有意放Luky出来，和贝多芬母子及Harry生活在同一屋檐下总得学会和平相处，我相信战争也是和平的手段，果不其然，几次大的冲突之后，慢慢地趋于和缓，再后来也就相安无事了。

正当我们沉浸在猫狗和平的美好时光里时，不幸的事情发生了。

我一直给Harry足够的自由，虽然也备有封闭式犬舍，但终究没用过几次，实在听不得看不得它那哀求的声音和眼神。之前我一直不允许它出小区，每次送我出门时到小区门口我总会呵斥它回去，它也会乖乖地依依不舍返回。不过自从阿姨屡次带它一起外出买菜或散步时，它的胆子变得越来越大，经常自己溜出小区去和别的狗狗去约会。可就在一天早上我起床后没有见到它，起初尚不以为意。晚上也没见到它，我隐约感觉到不妙，带着儿子贝西一起找遍了周边的道路和小区也不见它的踪影，问门口的保安，保安亦说之前经常见它出去，最近确实没有看到。之后数日漫长的等待，半夜听到外面的响声我都会起来到外面去看，以为Harry回来了。

但Harry至今没有回来。

Harry离开后，有天太太突发奇想，在朋友圈发出了给Luky征婚的消息，正当我们期盼能给她找个如意郎君的时候，Luky却在某天出去后再也没有回来，也许是回到她原来主人的家里了吧。是的，她本不属于这里，只是不希望她又迷了路，靠着颜值去如法炮制求包养的闹剧。

之前，我们晚上都会带Harry和贝多芬去散步，如今Harry不见了，贝多芬竟然也很少再跟随。不过惊奇的是，小黑和阿怪渐渐地在不知不觉中学会了跟随散步，贝多芬也许是不放心她的两个孩子，经常悄悄地在后面尾随。

哈哈，你能想象出我们一家三口带三只猫悠然散步的样子吗？

（写于2015年12月20日）

再记

写过《养猫记》《养猫又记》,现在我家的猫又发生了太多的变化。

先说那只生了四只小崽的蓝猫贝多芬吧,她的两只崽儿送了人,余下小黑和阿怪继续留在她身边,每天晚饭后陪着我们在小区里散步。可是谁知有一天,贝多芬竟然不见了,找遍了整个小区也不见踪影。就这样,贝多芬无声无息地消失了,太太和儿子为此伤心了很多天,每逢散步都要喊几声贝多芬,期待有奇迹发生,但这种希望越来越渺茫,最后只有祈愿留置她的人家能够善待她。

小黑和阿怪成了没妈的孩子,最初的几天还有些异样,不过之后他们好像就慢慢接受了事实,或许在他们猫族的基因里,长大离开母亲独立生活都是自然而然的事,极少有一直陪在母亲身边的幸运。也许贝多芬的出走是为了让她的儿女独立,我姑且按照人类的思维来猜度猫吧。

小黑和阿怪相处得倒也友善,毕竟是亲兄弟,每天除了打打闹闹,饮食起居都很和谐。从性格上看,小黑比较呆萌愿意亲近人,基本不设防;阿怪比较敏感,戒备心很强,只要看出你稍有控制他的意图就会立即逃之夭夭。所以小黑是我们饭桌上的常客,只要一开饭,他便跳上上首那个靠近我的空椅子上,后腿蹬椅面,前腿趴餐桌沿,挺着身子,两只琉璃球样的眼珠一会儿盯盯菜,一会儿盯盯我,满眼乞求之色。若我总不理他,他便试着用前爪来轻轻扒我的碗,还不时用眼睛瞟我,像是在提醒,也像是在威胁。反正不吃到肉决不肯罢休,就是你生气把他削下去,不一会儿他厚着脸皮又跳上椅子趴在桌沿上望着你。有时我削他的次数多了，他便转移到太太那里，从她怀里钻出来趴在桌沿上，还是可以得到恩典。久而久之，餐桌上首的那把椅子便成了小黑猫爷的专座。而阿怪呢，他是从不守嘴的，也看不起小黑厚脸皮的做派，因而总是在餐桌旁不远的地方躺着休息，不嬉不闹，偶尔主动送块肉放他跟前，他也懒洋洋很勉强地站起来不慌不忙地吃，好像特地给主人面子似的。

小黑是个自来熟，来家里的客人时间稍稍一长，他也会来跟你打个招呼，接受你的抚摸，想撸猫就撸吧，他乐得享受。阿怪只喜欢我太太，对其他人都很戒备，我甚至被他的利爪伤过，至于客人，则很难见到他的踪影。

因为是放养，我们从不把他们圈在屋里，任凭他们来去自由，所以他们多是徜徉在我家花园里或者在小区里的草地上，抑或四处串门。终于有一天，阿怪外出一晚未归，再等一天仍未归，我们才意识到事情有些不妙，在小区各处呼唤仍见不着他。三天后，从物业管理处得知他在车库里被车撞死，清洁工已经把他同垃圾一起处理了，我们是从监控画面上确认这个消息的。太太和儿子得知阿怪死去的消息悲伤不已。但是关于阿怪之死，我仍心存疑点，猫是多么敏捷的动物，怎么会躲不过车辆？

突然孤单的小黑也很悲伤，一度精神萎靡，在屋里四处转悠，像是在寻找兄弟阿怪，但阿怪终是不见了。

一只猫咪在家里，太太总觉得他很孤单，所以又动了再养一只猫的念头。

一天晚饭后散步时，太太和儿子一人一边抱住我的胳膊说，小黑太孤独了，还是给他找个伴吧。我说，猫咪都是喜欢独来独去的动物,最耐得住寂寞,没有必要再养一只;再说小区里那么多同伴,我们又没有圈禁它,他随时可以出去会友。其实,太太和儿子早有预谋,已经了解到流浪猫收养中心可以领养猫咪,现在不过是来劝说我同意而已。征求我意见的结果可想而知,我又"欣然"同意了。第二天是周六,一早就被他们娘俩拖去领养猫。

流浪猫收养中心猫还真不少,都圈在干净整洁的笼子里。负责收养这些流浪猫的都是年轻的志愿者,他们介绍说,这些猫都是在各个住宅小区流浪的,他们经常去固定的地方投食喂养,确定是流浪猫,就把他们诱捕,然后给他们洗澡驱虫、打疫苗,再给他们做绝育手术,为的是不让他们再繁殖,增加流浪猫的数量。做了绝育手术的猫会在其耳朵上剪一个小豁口作为记号,然后喂养着等待爱心人士来收养。这些猫基本上都是杂交品种,品相说不上好,有些还是残疾的。我们选来选去,最终听从了儿子贝西的意见,挑了个橘黄色的猫,看起来比较健康,就办了领养手续。这尚未成年的黄猫虽然流浪过,不过倒没野性,贝西抱起他时还很温顺,偶尔抬头看着我们轻轻"喵"上几声,像是感谢我们的收留。

贝西给这只黄猫起名"火星",不知他是从哪本动画书里看来的,开始我有些嫌弃这个有点尖嘴猴腮的家伙,故意叫他"黄大仙"。

这黄大仙初见小黑时着实有些畏惧,那怯生生的表情像极了一个腼腆的小孩子初见到生人时的样子,每走一步都东张西望,小心翼翼,唯恐触犯了谁。小黑是敦厚的,对火星的到来没有多少敌意,但初始也不太理他。还好,他们还算相安无事,我们都松了一口气。

火星先是在屋里单独被圈养了几天，我们怕他一不小心跑出去又成了流浪猫。经过几天观察，火星在屋里也温驯得很，对能吃到现成的猫粮很是知足，经常把肚子吃得鼓鼓的，像挨了几天饿乍一见到食物的样子。来到家里不几天，瘦弱的小身板明显地呈现变胖的趋势，毛色也亮起来了。

一周后，我们尝试着放他到花园里，看他是不是想跑出去，岂料他除了对新环境表示新奇外，竟然不越雷池出花园一步，不一会儿就往屋里钻。这时候，小黑和他也熟稔起来，偶尔与之有些互动，并不欺负他。渐渐地，火星对新环境越来越熟，我们也任由他自由活动，若是他想离家出走再去流浪也随他了，猫各有命！确实奇怪，火星很少离开我家的院子，就是出去也会很快回来，看得出他很喜欢现在的新家哩！

小黑算是有了新伙伴，慢慢地，火星也可以随我们一起在小区里人行环道上散步了，作为猫族爱动的天性也展现出来，经常和小黑打闹，在灌木丛中追逐，安静时也常和小黑睡在一起。

吃饭时，黑爷的位置，火星是不敢挑战的，他总是在餐桌下逡巡，偶尔得到一点我们的赏赐，很是知足。黑爷的宝座稳稳地，一如既往地把后腿蹬在椅子上前腿趴在餐桌沿上，懒洋洋地等着伺候。

火星对家的眷恋超出我们的想象，有几次晚上不小心把他关在门外，早上起来发现他就在门外的洗衣机上蜷缩着睡觉，我们担心他再去流浪，简直多虑了。看来流浪的日子再自由，还是不如有家的日子过得温暖。

两只猫和谐相处的宁静，突然有一天被打破了。

太太不知从哪里了解到，某个好心人收养的流浪猫怀孕生子，小猫送不出去，她又爱心泛滥答应别人领养一只，大晚上我又被逼着陪同她和儿子去接小猫。唉，真是没完没了。每年双十一，她都要存储一大堆猫粮猫罐头猫砂，对猫的关心比对我还多，我都有点妒忌了。

这只小猫刚刚满月，背部是花狸色，腹部纯白色，不过有点烂眼，猫主人一再叮嘱要给她滴眼药水。因为是端午节那天接回来的，太太给她起名叫端午，昵称小午。我赌气说，她是我们收养的第二只流浪猫，就叫"二流"得了，话刚出口就被那母子俩一阵批判，只得赶紧溜走。

小黑见小午时，满脸淡定，一副无所谓的样子，看一眼就慢悠悠地走开了。可火星见到弱小的小午，却如临大敌，是倒退着离开的，眼神很不友好。此后的几日，火星都有些反常，除了进屋吃饭多数时间在屋外徘徊，还常常不见踪影。好不容易来到屋里待一会儿，也是焦躁不安，尤其是看到小午，非常敌视，甚至露出凶神恶煞的样子。有天晚上，火星卧在贝西的床上，贝西睡觉时去拉被子，火星竟然大发雷霆，伸出爪子把贝西的手背给挠出一道血印。

火星的反应为何如此大？的确让人纳闷，一只蹒跚的幼猫对他有那么大威胁吗？真的不得而知。

月余后，小午长大了些，在屋里到处乱窜，这时火星连屋几乎都不进了，常常在院子外面溜达，只有饿了才跑进屋里快速吃上几口猫粮，便匆匆而去。火星的做法让我们百思不得其解！

没过多久，终于有一天，火星没再回来，我们像找贝多芬一样在小区里到处呼唤也不见他的踪影。他曾经那么眷恋着这个家，热爱这个家，现在竟然不辞而别！难道就因为我们收养了小午？他就妒火中烧？后来我了解还真是，猫也会有心理问题，就是因为小午的到来威胁了他的地位，让他很不爽才愤而出走。

火星或许又去流浪了。我和太太、儿子还有些歉疚，曾以为好心收留他，他会珍惜有家的生活，一直在我们这里愉快地生活下去，岂料就因为收留小午伤害了他，他竟然赌气离开了。是我们忽略了他的感受，也希望有一天他能自己治愈心理疾病再回来吧，这里还是他的家。

只有小黑还是那样没心没肺，火星不见了，没看到他的悲伤，也许他见惯了生离死别，已经见惯不惊了。小午一点点长大，出落得很是漂亮，烂眼病早好了，一双眼睛古怪精灵，一身花狸色大衣油光水滑，一条尾巴像深秋的芦苇花，好不好就从高处一个跳跃朝小黑俯冲过去，小黑一如既往地淡定，能忍则忍，随她胡闹，实在不堪其扰就双爪卡住小午的脖子，假装教训她一下。

家里又恢复了两只猫的生活，平和而宁静。我现在偶尔和太太、儿子晚饭后一起散步，小黑和小午也会悠悠地不远不近跟着。我们常常谈起贝多芬、阿怪和火星，慨叹他们多舛的命运。

作为我们家的猫，必须秉承传统，那就是要做一只会跟着主人散步的猫。

（写于2019年12月22日北京琨御府，
修改于12月27日首都机场）

再补记

　　小午长大后怀孕生了四只小猫,她初为母亲不会照顾小猫崽,频繁地叼着换地方,因为天气寒冷,四只小猫全部感冒夭折,让人痛心不已。失去幼儿的小午也精神恍惚,终于有一天她出去再也没有回来。

　　家里只剩下小黑,经常蹲在庭院的门垛上等我们外出回来。

(补写于2021年10月14日)

养兔记

太太和儿子贝西心血来潮,不知在哪里看到别人养的兔子很萌很乖,就从网上买了一只安哥拉兔子来养。那只小兔崽儿黑色的眼睛,灰白相间的细长毛,不停翕动的小嘴,像只毛茸茸的玩具,的确令人喜欢。养兔子的笼子里分有饮水区、用餐区、排便区、玩耍区、就寝区,简直就是一套设施齐全的小房子,还置办了干草、饲料,没想到养只兔子也能如此精致。娘儿俩还给它起了个名字叫 Rabi,贝西经常把它从笼子里抱出来玩耍,有时写作业也要把它放在书桌上陪伴,乐在其中。

对此,我是不屑的,只因小时候养兔子伤了神。还记得那时,父亲在家里的院子边上挖了一个洞穴式兔窝,有点模仿野兔的生存环境,用砖块和混凝土管道砌好。平时喂食时只需要往兔窝里丢青草菜叶,定期清理兔屎和食物残渣就可以了。我喂的是一对白色的长毛兔,兔子毛长长了就可以剪掉卖钱。母亲说我负责割草喂养,兔毛的收入归我零花。我自然新鲜而欣喜,起初干劲十足,每天早上睁开眼第一件事就是看兔子,给它丢草喂食,期盼着快快长大,期盼着快快剪毛,放学后家都不回,一溜烟跑去田野里打兔草。可新鲜劲很快就过了,经常需要母亲提醒督促才去喂兔子,有时贪玩起来就会忘了它们的存在,以至于把它们饿上一整天。但总归还是等到剪了毛,第一次卖了两元钱,于当时的我而言可是笔不小的收入,见人都要有意无意地炫耀一番。后来这对兔子生了几窝,兔子多了,父亲就做了木笼在地面上养,十余只兔子简直能把人吃疯,它们永远在吃,草永远不够,打兔草成了我繁重的负担,有时因我偷懒而让兔子挨饿,兔子急了就把木笼啃出大洞四散逃亡去觅食,甚至跑到院子外面去,为此我没少到处寻找兔子,也挨了不少责备。再后来,学习任务重了,便央求父亲同意不再喂养兔子了。

现在,兔子却成了城市孩子的宠物,真是没有想到。

春节放假回到重庆的家里,看着儿子侍弄兔子,我便给他讲起我小时候养兔子卖兔毛赚零花钱的励志故事,不料他没有接受这种自力更生的教育,反而对挖洞穴做兔窝来了兴趣,转身央求爷爷再一显身手给他挖个洞穴兔窝。爷爷一听孙子有所求,又是他的拿手活,自然是满口答应,大年初一就要开动,我赶紧拦下,大过年就让老爷子劳动,也是大大的不敬不孝。不过第二天一大早,父亲便早早地赶到我家,带着贝西热火朝天地挖起兔子洞来。

父母亲没有同我们住在一起,平常和儿子见面少、交流少,他们一直遗憾在我们抚养孩子的过程没有帮上忙。这次儿子提出的要求,父亲满是欢喜,母亲也催着他赶紧动手。这不,年初二就带着贝西在家中花园边上忙活起来,贝西在正挖的坑洞里上蹿下跳,说是铲土,可哪里是帮忙,简直是捣乱;可是父亲没有一丝埋怨和愠怒,一直呵呵笑着和贝西交谈,解答他关于建造兔窝的十万个为什么。

温/润/的/时/光

天气晴朗，和煦的阳光从树叶的缝隙里洒下，在父亲苍老的身上留下斑驳的影子，他灰白的短发下渗出亮晶晶的汗水，弓着本来就有点佝偻的腰，缓慢而沉着，一下一下挥动铁锹，舞动锄头，在土里认真挖着、刨着，像是精心雕琢一件艺术作品。贝西在一旁不停"爷爷、爷爷"欢快地叫着，父亲每听到一声就应答一声，浑浊的声音里是掩饰不住地愉悦。我也不能袖手旁观，找来了不少建筑材料，我们爷孙三人忙碌了一整天，傍晚的时候，一个崭新的洞穴式兔窝建成了。父亲很好地利用了我装修房子剩余的建筑材料，以瓷砖、红砖和石材在内壁镶嵌，整洁而坚固。贝西高兴地围着新兔窝儿打转，父亲浑身沾满泥土，黢黑的脸上绽放着开心的笑容。

我告诉贝西，Rabi是不可以放进洞穴里养的，它这个品种太娇贵，极易生病，只能精细地养在笼子里，需要另买本土的短毛兔养在里面，才能存活生长。

第二天，我们就迫不及待地去花市买了三只小兔放了进去，在这宽敞的洞穴式建筑里，它们活泼极了，一会儿钻进洞道里探秘，一会儿钻出来吃草。兔子有了，可食物供应是个不小的难题，它们每天要消耗大量的青草菜叶，我不可能把任务交给贝西，以我的亲身经历，他是完不成的。于是父亲又自告奋勇承担了这个任务，负责给兔子供应食物，之后便骑着自行车到处去捡拾菜叶送过来，若是遇上贝西在家，就和他围在兔子窝边玩耍一会儿。

建兔窝、喂兔子是一种机缘，也是一种纽带，很自然地将爷孙俩的感情连接在一起。我一直担心贝西长大后对祖父祖母的感情淡漠，现在看来实在是妄加揣测，这骨子里的血缘亲情，无论相隔多远，相隔多久，总能一触即燃。

（写于2019年3月8日D701列车上，修改于3月9日苏州）

补记

这边新建了洞穴养雏兔，而那边Rabi因被放出笼子在院子里自由活动，不知误吃了什么花草拉了一晚的稀，第二天早上便一命呜呼！唉，这兔命着实脆弱，生为笼中宠物，野外生存能力已然退化，自由于它便是毒药，以致性命不保！

温/润/的/时/光

陪 伴

又是一年西方平安夜,下班后我接贝西回家,车上他问我:"爸爸,圣诞老人今夜会来送礼物给我吧?"眼神里尽是期待。因为前段时间他告诉我,圣诞节他想要一个雷蛇毒蜂赛博朋克2077限定版鼠标,我一直未置可否。

我逗他说,新冠疫情在欧洲这么严重,圣诞老人即使来了也有可能被隔离,估计来不了了。

他听了有些失望,辩解说圣诞老人的驯鹿车神出鬼没,我们国家管制不了它吧。我看着他笑说,你晚上回去赶紧把我安排的作业完成,表现好点也是有可能的,圣诞老人喜欢尽力达成乖孩子的愿望。

贝西是听得懂的,回家吃完饭,一股脑地把我今天另外布置的听写、古文阅读、网上物理和英语课快速高效完成,然后找来针线和布,要亲自缝个大口袋挂在床头。我看他坐在地上笨拙和一本正经的样子,真担心他被针刺了手,就找了个包装新鞋的布口袋给他。他看到足够大,就乐滋滋地收拾起针线盒,把布口袋挂在了床头。

早上我起来去他卧室,赫然发现朋克鼠标已经被他从布口袋里取出来摆在桌子上充电了,显然半夜他就去检查了床头的口袋,按捺不住早已把玩了一番。

我叫醒他,他睁开眼笑着对我说:"圣诞老人真不错,还是摆脱隔离冒险来了,太感谢了。"他朝我竖起大拇指,还调皮地眨眨眼睛。

我们会心一笑,这心知肚明的剧目,父子俩年年都要扮演上一回。此刻,总算又看到他今年以来最开心的笑容。

对于贝西,我认为他从出生就是个阳光快乐的孩子。但是今年疫情来袭,完全打乱了生活和学习的节奏,他竟然性格突变,变得固执暴戾、精力不集中,甚至难以沟通,学习成绩也是直线下降,完全是我不认识的样子。记得6月的一个周末,我从北京回来,去外婆家接他,本想带他出去吃顿好的,他刚在学校和同学打了架,于是坚决不肯合作,就坐在马路牙子上歪着头,狠狠地瞪着我,眼睛里流露出敌视的神情。那一刻,我的心在颤栗,鼻子一酸,泪水瞬间模糊了我的眼睛,让我几乎崩溃,儿子你到底怎么了?

作为父亲,我决心做点什么。10月底,我调回到重庆工作。

我回到重庆的第一个周一下午,就接到贝西老师的电话,请我到学校领他,他用拳头把教室里的挂钟玻璃打碎了。我立即到学校领他回家,没有批评,只说爸爸愿意听你讲讲这样做的原因,然后我们一起写检讨,一起去买新钟赔给班级,他没有抗拒,我们和平解决了这个问题。

之后,我坚持每天陪他吃早饭、看电视新闻,送他上学。上学路上,我们一同听《得到》,他有点喜欢听罗胖叽歪,还有各领域大咖的课程。若遇到他感兴趣的科学话题，他会叫暂停然后滔滔不绝地给我讲，我只需边倾听边点头就好，有时会被他知晓的深度和广度所折服，他是什么时候了解的这些知识？我深为汗颜。

放学接他，或者去培训班接他，他常会提点小要求，比如请他吃根辣条、喝瓶糖水饮料，我欣然答应，也让他分点给我尝尝。看他背着沉重书包片刻满足的样子，那是妥妥地看得见的幸福。

晚上盯着他作业，给他听写，他不愿意一次听写太多，于是我们就约定每次听写20个字或词，错一个字词更正写3遍，再多听写2个新字词。他认错服输，这样我们合作愉快，总是会很快完成任务。作业完成，我给他签字，若还有时间，我就答应他可以看课外书或者玩会儿电脑，他对电脑有点痴迷。

21点许督促他洗澡，有时我陪他一起洗，两个人故意争抢花洒，打打闹闹，小小的卫生间里充满了欢乐的惊叫。然后，我就故意挤在他的小床上，父子俩聊天，诸如我套他"你喜欢哪个女生？哪个是你最好的朋友？"聊着聊着，我们搂着沉沉睡去，那一刻，我的心里是那样踏实。现在，他睡觉有时会主动要求我陪他睡一会儿。

周六，他照例是参加小升初的培训，一整天的课。早上我若起得早一点，便亲自给他做早饭，诸如做鸡蛋煎饼、馒头芝士披萨等。然后去送他，中午去接他，下午再去送他，晚上再去接他。有时中午应他的要求不回家吃饭，就带他吃一顿心仪已久的肯德基，他会快乐地在餐厅里来回蹦跳。晚上接他，他要去罗森便利店买点小食品，有一次我侥幸把车子停路边，被罚款两百，他买的韩国烤年糕才13块钱，他自嘲说吃了一顿奢侈的烤年糕大餐。

周日的早上,我拉他起来去跑步,然后父子俩一起找地方吃早餐,可以是重庆小面、可以是贵州米粉、可以是家乡的水煎包,也还吃广东的早茶,他也一改往日不爱跑步的习惯,对每个周日的早上充满期待。

学习是贝西的主要任务,但完成作业之余,我也在旁边陪着他玩游戏,或者看看他喜欢的微信公众号"回形针""混知"等,他的很多科学信息来源于此。

最好玩的莫过于陪他玩打仗,他从小特别喜欢军事,家里的军事图书摞起来会超过1米高,所有的军事武器他只要看到图片或视频基本能说出型号,甚至在什么战争中主要使用过。我买了两套玩具枪,放学后的饭前我俩就武装上,满屋子里跑,玩互相射击的游戏,当一个人生命指数被对方清零的时候,必须就地躺下装死。父子俩就这样傻傻地玩得不亦乐乎!

回来的每一周,我都这样陪着贝西度过,除了工作以外似乎无所事事,我那些个人的提升计划几乎都被暂时搁置了。

前几日,班主任杨老师给我打来电话,表扬说贝西最近的状态基本回来了,作业能及时完成了,上课精力集中了,发言积极了,人际关系改善了,学习成绩上来了,那个昔日的阳光小子又回来了。还说,有你这个爸爸的陪伴真的不一样。我很激动,很后怕,也很感慨,我终于把弄丢的儿子找了回来,虽然也有新的失去,但对比得失,当下我更在乎贝西的成长。因为这个成长是不可逆的,一旦错过,再也无法弥补,我不想留这个遗憾。

在地球上,自然环境有突如其来的变化,如让恐龙灭绝人类诞生;在人的一生中会有很多突如其来的变化,会让一些事情变好,同时也会让一些事情变坏。好坏转换，得失之间，在于自己利弊权衡，在乎什么，什么便是最重要的，想清楚了就全力以赴。

我知道有一天会目送贝西离开我的视野，但现在他还需要我留在他的跟前。我必须珍惜不多的现在，陪他成长，助他变强，努力做一个有责任心的父亲，做一个不后悔的父亲。

2021年即将来临，祈愿新的一年，疫情阴霾早日散去，受影响的社会秩序恢复，人的纯然心性归来。

（写于2020年12月26日）

拥抱的力量

接到贝西班主任杨老师的电话，督促我马上来趟学校，此时还不到放学时间。我知道，贝西又惹事了。

匆忙请了假，赶紧奔赴学校。

果不其然，贝西悄悄拿了一部旧手机到学校，偷偷地在桌洞里看小说，被同学用手表拍照举报给了班主任。

早上出门时我就感受到了他的异常，想搜他的书包，他不让，说回趟房间。我以为他领悟到了我的意思，把不该带的东西放回去，岂知他是虚晃一枪，还是偷带手机出了门。

班主任请他主动把手机交出来，他死活不交，还要和举报的同学干架。既不承认错误，也不回教室，就在走廊里犟起来，班主任没办法，只有请家长。

我和杨老师做了交流，了解到事情的原委，自然十分气愤，但仍然忍住，想先带他回家，先处理了情绪，再处理问题。可他就是不肯走，长大了个子，我也拉不动。

我和杨老师几次三番和颜悦色地讲道理，他油盐不进，就是不肯屈服。我的气恼也冲上头，几乎要动手抽他。

一扭头，注意到这是四楼，我还是生生忍住动手的冲动，稳了稳自己的情绪。

我和杨老师办了交接，请她先回教室，我想办法先带他回家，处理好再给她报告。

杨老师走后，我连哄劝带拉扯，费了九牛二虎之力总算把他从四楼拉到一楼外的小路上。他的倔强已经再次激起我的怒火，真想把他痛扁一顿，让他长长教训。

当我喘了几口气盯住他看时，竟然看到他泪水涟涟，眼睛里充满怨恨，还有些许恐惧。

心头一震，猛然想到，或许他也有委屈和顾忌不为我知，我只看到了问题的A面，没有了解到问题的B面。

此时我一反常态，靠过去把他紧紧地抱在怀里，不再批评和埋怨，只是在他的耳边轻轻说："你是我的儿子，让爸爸拥抱一会儿。"

慢慢地他从抗拒挣扎到顺从安静，一会儿他也抱住了我，抽泣声没有了，眼泪鼻涕糊在我的衣服上。

小路上，有师生人来人往，好奇地打量着我们父子。

几分钟后，我们慢慢地松开彼此。他的情绪稳定了，耷拉着头，把玩他的书包带。

我对他说，你有什么委屈可以告诉我，有什么想法也可以告诉我，你当爸爸是朋友，可以倾诉，我保证不再批评你，你相信我，我也是从你这么大的小屁孩过来的。

他沉吟了一下，说，周XX还算是我的好朋友，因为他昨天玩手机被杨老师没收过，今天他用手表拍照也违反规定，还来举报我。

"哦，你不能接受被朋友检举揭发，是不是？"

他点了点头。

"你不肯跟我回家是怕什么？"

他说："我妈知道了，就会宇宙大爆炸，决不会轻饶我。"

"你的诉求是这件事我不告诉你妈妈，是不是？"

"嗯。"他小声哼道。

"好吧，我知道你的委屈和诉求了。但你偷拿手机到学校看小说这件事知道做错了没有？"

"知道错了，我喜欢那个小说，看到关键处，情节太吸引人了，一时没忍住。"

我掏出纸巾边给他擦拭泪水冲花的脸，边说："我很理解你，爸爸小时候看小说也着迷过，我的眼睛就是这样开始近视的。我也知道被自己身边的朋友同学揭发举报，无论这件事你做的对与错，都有点难以接受。"

我的共情让他舒服了很多，眉眼也舒展开了。

"我们达成个协议，你看如何？"

"什么协议？"他问。

"第一，这件事我们两个处理好就结束，共同保密，到家不告诉你妈妈。"

他使劲点头。

"第二，周同学举报你，虽然令你不爽，但你也是有过错才被他抓住，至于他也是违反用手表拍照的规定，那是他以错纠错，自有杨老师处理，你不可找他干架去报复，否则同样也是以错纠错，希望你今后不要用像他那样检举揭发的方式对待同学朋友，他们有不恰当的行为，友情提醒会更好。

"第三，今后爸爸把这台手机收好，你有需要可以向我申请，在我和你妈妈的监管下使用，不可以再犯同样的错误。否则要接受戒尺惩罚。"

三条协议，贝西郑重地表达同意，脸上瞬间阴转晴。

我搂着他的肩膀，父子俩亲密地说笑着走出校园。

走至校外的小卖部门前，贝西向我申请买一瓶水喝，我欣然同意。他去买了一瓶叫"尖叫"的饮料，回到车上还和我一起回忆起他的朋友圆圆和她爸爸在沙坡头旅游时关于"尖叫"的故事。

父子俩相互补充着讲完，然后共同开怀大笑，今天的烦恼顿时烟消云散。

原来一个深情的拥抱，其温暖可以拉近彼此的距离，瞬间融化情感的坚冰，让情绪稳定，让委屈遁形，让信任萌生，解决问题只在微微一笑间。

（写于2021年6月5日，修改于6月19日）

夜　灯

家中庭院的大门，因为一侧门垛沉降得厉害，导致木门已经无法关闭，且倾倒的危险与日俱增，我便考虑重修大门。

刚装修时，这个大门用的是半高木门，门上方是木材做的拱形花廊，栽种了四棵藤爬三角梅，想象着三角梅爬满花廊盛开的样子，必是十分壮观。

可是这美好的场景一直没有出现。

因为背阴，三角梅虽然长得还算旺盛，每年新发的枝条不仅爬满了花廊，还需要时不时剪掉一些，但是花却不开一朵，夏天还成了蚊子的庇护所。直到一天忍无可忍的太太和儿子"合谋"，趁我不在的时候果断地砍了。因为我描述的美好花景没有出现，且给家里带来无尽的烦恼，我也只得忍了失梅之痛。

其实当初装修这个庭院门，我只考虑如何把花廊打造漂亮，却忘记了在门垛上留灯线，以至于每次深夜回来都得摸黑开门，若是上了密码锁，还得打开手机里的电筒照亮，方能开锁进门。

没有在门口装夜灯成了我的装修之憾，有时候只能用一句"装修是遗憾的艺术"来自嘲。

其实，我是很喜欢夜晚院门口的灯光，它不仅能驱除邪祟，还能照亮我回家的路。

在老家，父亲建造院子总不会忘记在大门的上方朝外安一盏灯，虽然节约的他总是用功率很小的灯泡，不过在夜晚，能让从学校上完晚自习回家的我，远远望见家门口那一抹昏黄的灯光，心中便骤然生出许多温暖。我知道灯光后面的院子里，有等着我平安回来的家人，还有母亲做好等待揭锅的热腾腾的消夜。

为了弥补庭院门口没有装灯的缺憾，我买了一盏装干电池的人体感应灯，安装在进门的花廊上，但总要走近才能发出亮光，有时没有及时更换电池或被雨水侵蚀，忽然就不亮了，深夜归来时，望着漆黑的家门，总感觉到一丝冰冷。

进门的花廊历经几年风雨侵蚀，已经腐朽。院门也因为旁边的门垛砖墙下沉，不能关闭。于是索性请工人师傅拆除门垛砖墙和花廊，把地基垫实，重新垒墙贴上石材，安装了新的铝合金大门。这次我专门交代工人师傅在两边的门垛上留了灯线，装上了两盏崭新的墙灯。现在，每当夜幕降临，在家的人就打开开关，让院墙灯亮起。晚归的人，远远地就看到昏黄的灯光，顿时觉得安心，想那柔和灯光后面，是正在做作业的孩子和等待的家人，心里不禁暖暖的、润润的，一天的辛劳和奔波便在进门之前消弭大半。

家是港湾，也是憩园，门前一盏黑夜中的灯火是家人对未归者的殷殷期盼。

人不归，灯火不熄。

（写于2021年5月22日，修改于5月28日）

看猫狗打架

　　家里养的猫和狗历经变迁,来来去去,很长时间只有一猫一狗。猫叫小黑,狗叫雪莱。

　　数日前的晚上刷朋友圈,看到朋友小武哥发布了一条肥猫的消息:布偶,6个月大,可爱,与人亲近,因无时间照顾求人收养,附送自动猫砂盆。我看其照片,品相甚乖,有点动心,可与小黑做伴。家中养猫皆是太太负责,养狗是我的职责。于是将消息转发于她,半天没有回应,又追了个电话过去,她果然一见倾心,决定收养。

　　次日接来布偶,果然肥硕,看那肥嘟嘟的肚子吊着,我还以为是只怀孕的母猫,岂知是只公仔,面容倒是英俊清秀,就是头与身子不甚协调。

　　初到家中,布偶有些怯生。小黑见到上去给它打招呼,它龇牙咧嘴地防范,小黑却淡然。在这个家里来来去去的猫猫狗狗多的去了,唯小黑仍在,地位不容撼动,不是你个新来的小猫能威胁的,不过是收留个日日问安可以陪伴左右的小马仔罢了。

　　之前小武哥叫布偶咪咪,这是对猫的通用称呼,等于没有名字,到这个家里来就需要有个正式的新名字,起名的任务交给了贝西。贝西想了一阵给它起名"山新"。我还以为叫三星,还调侃说不如叫四喜,三星四喜,我们老家喝酒划拳总是这样喊。惹得贝西很生气,他纠正我是"山新"不是"三星",来自动漫电影《罗小黑战记》中的角色,家里有了小黑,所以布偶就叫山新。

我方恍然大悟,原来如此,还有出处。

好吧,我以后就叫它山新,虽然喊起来怪怪的。

山新就这样成了我们家庭中的一员。

雪莱的地盘主要在前花园,晚上吃饭时才能放进屋里来与我们一起共进晚餐。我家的餐桌是长方形,我和太太坐在一边,贝西坐在我的对面。山新来之前,吃饭时通常小黑在太太的左侧,后腿蹬着她的椅面,前腿趴在餐桌上;雪莱在我的右侧,那里有个闲置的椅子,它就后腿蹬地,前爪趴在椅子扶手上,头伸在餐桌边上。一猫一狗,一左一右,看着我们吃饭,等待赏赐。

小黑和雪莱相处,两个从猫跑狗追见面就打,到小黑稳站在椅凳上不再躲闪,一顿乱拳无影爪把前来挑衅的雪莱打得晕头转向。可是雪莱不记打,总是在屋里转上两圈无所事事后又找小黑寻衅滋事,还低声狂吠着用强壮的身躯前来冲撞,张着大嘴佯装来咬,但从来不真下口,只是把口水弄到小黑身上。小黑总是淡定地稳坐钓鱼台,用万变不离其宗的无影爪一阵狂铲,击退来敌。

唯有吃饭时两个各自占据固定的位置,和谐相处,不越雷池。有时小黑看到雪莱吃到了食物,而它没有,就会用喵一声或爪子来碰太太以示提醒;雪莱也是一样,经常把下巴搁在桌子沿上眼巴巴地望着我,露出乞求的眼神;再不理它,它就会用爪子来掏我或者哼哼几声表示抗议。

山新来了，家中时局大变。

首先，熟悉环境后的山新开始主动找小黑打架，真是初生牛犊不怕虎，两猫经常扭打在一起，还好都不下死手，是为嬉戏。山新虽然只有六个多月，可体型不小，打起来，年近半百的老家伙小黑还不占上风，只不过小黑灵活得多。其次，山新是个吃货，像是没吃饱过，猫粮消耗量比之前增加了两倍不止，看猫砂盆里外的便便就知道山新是个大肚汉，铲屎官的工作量也大增，连家里的阿姨都抱怨起来。还有，雪莱更是对山新鬼火冒，因为自从山新来了它再也没有上桌和我们一起吃过晚饭，只有在前花园哀嚎的份。

每次雪莱趁我们开门不防备就冲进屋里，狂吠着直奔山新杀将过去，悠游自在的山新看到从天而降的雪莱立马魂飞魄散，从不敢迎战，撒丫子就窜，地下室是它的安全岛。终于有一次，我下班刚进屋，看到山新四仰八叉地躺在起居室中间的地上享受惬意时光，可雪莱从前门悄无声息地进来，也许是它悟出了新战术，由先声夺人的强攻改为偷袭。等山新看到张开大嘴的雪莱抵达眼前，惊恐地几乎爬不起来，被雪莱一口哈上，虽没咬住，但一撮猫毛骤然飞舞说明了偷袭成功。好不容易几个趔趄爬起来的山新，慌不择路朝最近的窗口逃去，雪莱跳起来步步紧逼。山新情急之下蹿上了打开窗子的半截外墙，墙外便是地下室的天井，距山新的位置足有7米深，天井上沿周边均是钢纱窗，顶上是玻璃，全被密封，眼看山新插翅难逃。更可悲的是，外墙虽然略粗糙但山新的爪子也难以持久抓住，终因抓不牢摔下天井。我眼睁睁看着，喝斥雪莱已经来不及，只有爱莫能助地看着山新摔下悬崖。心想，完了。

我急忙下楼查看情况。奇怪,在天井底部,不见山新,更不见一丝血迹,难道我看花眼它没有摔下来?还是挂在了半途?抬头也不见山新。它去了哪里?我悻悻地回到一楼把雪莱狠狠收拾了一通,拉到前花园关了禁闭。

太太回来,我告诉她经过,她也急忙下楼去找山新,最后在负二楼一隅的跑步机边发现山新,表情虽惊恐未定,但仔细检查毫发未损。我们这才松了口气,猫是有九条命的,小黑出生刚满月就验证过,此言果然不虚,再次印证。约莫半小时后,山新探头探脑出现在一层楼梯口,猫眼逡巡四周,没有发现雪莱,便小心翼翼地跳到起居室的沙发椅上葛优瘫,看来它的心理素质还是蛮不错的。

之后,如此猫狗大小数战,山新已经习惯战争,雪莱闯入已再不惊恐,虽然依旧第一时间在小黑嘲笑的目光中迅速去地下室躲避,但雪莱走后不出几分钟它就会立即返回一层,然后去挑衅小黑。小黑烦了,就躲开它去屋外逍遥,山新还不敢出户,只能在雪莱和小黑不在的屋里耍横。

山新果然黏人,每天从我进屋开始它就像个跟屁虫,亦步亦趋,时而喵叫,时而蹿跳,时而脚边磨蹭,意图引起我的注意,求撸一回。

现在我家的猫狗是三国演义。山新嚣张地挑衅小黑,小黑淡定地收拾雪莱,雪莱见一次揍一次山新。

三个不能同框和谐相处终究不是办法,于是我经常闲来无事,冷不防把雪莱放进屋里来,唆使猫狗打架。或许,山新再长大点,战斗历练再多点,身体和心智逐渐成熟,终究会有一天和小黑演一出"孙刘联合抗曹",直至"三国鼎立"各安其事,应该时不久矣。

疫情又起，宜多居家。

处变不惊，闲坐读书喝茶；太平无事，笑看猫狗打架。

（写于2021年11月5日，修改于11月6日）

补记

早起逗猫，抱山新隔玻璃门窥视雪莱，甫一见，遂急，立挣逃，吾被其利爪伤。贝西补刀：No zuo no die。

呜呜！

叛逆的雪莱

我家雪莱1岁时，小区里新搬来的邻居也养了一条边牧，名为十月，女性，1岁2个月。我们是在小区草坪上遛狗时遇到的。两狗相见，颇为一见钟情，推断的依据是，十月见狗就吠咬，任何狗都不能友好相处，唯独雪莱例外。十月的主人赵兄如是说。

我和赵兄经常微信约着在晚上十点遛狗，那时小区基本没人出来散步了，可以任由两条边牧在草坪上欢快地嬉闹，我们狗主戏称它俩在耍朋友，雪莱也好像明白似的，还常跑到赵兄跟前摇尾讨好。

不久，十月发情了，雪莱单独关在院子里整天焦躁不安，把我的花器花草糟蹋不少。晚上俩狗一见异常亲密，在草坪上追打翻滚，偶尔躲到灌木丛后逃离我们的视线，赵兄紧张不已，赶忙前去制止，他不想让十月生育带来麻烦。

接下来的周末，我傍晚带雪莱从前门出去遛了一圈，没有遇见十月，便带着雪莱从后门进入院子。我有事紧急外出，不久接到赵兄的电话，说他家的监控里发现家门前有一条边牧在来回溜达吠叫，引起不停报警，问是不是雪莱。他家可是住在另外较远一栋的6楼，我出来时雪莱也明明在家的嘛，为弄明白只有赶紧给家里打电话问雪莱是不是在家。结果是，雪莱不见了，是我带它出去的时候忘记随手关前门，它便悄悄溜之大吉去找十月。至今我们没有弄明白的是雪莱怎么进入十月家楼栋有门禁的大门，又怎么爬上楼梯或者坐电梯到的6楼，边牧的智商确实不一般。

　　幸好是在小区熟人那里，如果是跑到小区外面，怕是找不回来了。为了长治久安，为了不惹麻烦，我决心给它做绝育手术。

　　雪莱在懵懵懂懂中被我送到了宠物医院的手术台上，给它做手术的是位有特征的光头中年男医生，他对动物们言语温柔，可下刀稳准狠，三下五除二，雪莱糊里糊涂就成了公公。

　　住了3天院接它回家养着，在笼子里除了有点发呆，精神状态还算好，不知它是否明白发生了什么事。

　　两周后是拆线的日子，我从笼子里牵它出来在小区里遛一圈希望它把屎尿拉了，免得拉在我车上。它一点也没尿，我只有带它上车。到了宠物医院外，下车后又带它溜达一圈，还是不拉，也只好算了，便带它进入医院找医生拆线。

　　光头医生仍在，见到雪莱，热情地喊它名字，抚摸它的脖颈，雪莱并无抗拒，甚至摇头摆尾顺势躺在地上。这一姿势倒是方便检查伤口情况，光头医生直夸乖，就在医生俯下身子用手接触到伤口的周边时，雪莱一尿冲天，光头医生立马跳起，可还是躲避不及，呲了满身。

　　在旁边的我忍俊不禁笑出了声，打趣他："是你割了他的蛋蛋，这是报仇呢！"

满身黄尿的光头医生苦笑着说:"雪莱,你真有尿性,是我干的,今天我认栽了。"

成了公公的雪莱并没有失去活泼的天性,还是如同没做手术一样,出来遛弯时依旧上蹿下跳,见鸟追鸟,见狗追狗。

又到周六,它在花园里折腾,把一个飞盘咬得碎屑满地,我把它训斥了一通。正好下午天气热,我拿着它的浴巾拉它洗澡,它见状很不情愿,被我拖着到后院水槽边,我去开热水的空隙,一不留神,它趁贝西开院门便逃之夭夭。

我那个气,一阵连喊带追,总算把它弄回来,高高举起轻轻落下削了两巴掌,它嗷嗷叫着,在我的淫威之下不得不温顺地配合。

晚上遛它,完全不是之前听话的样子,出门就一溜烟窜出去,任凭怎么喊它,完全不理不睬,我在后面猛追。

这狗东西简直中了邪。

好不容易把它赶回笼子里,我决定好好教训它,便一边口头批判,一边拿报纸卷成筒来抽它,这报纸筒就是声音大伤害小,很多下抽在笼子上,把它惊吓得嗷嗷叫,直到蜷缩在角落里不再反抗低头认错,我才作罢。我想这回它总会长记性,不敢再不听招呼了吧。几分钟后,我还是过去抚摸它的头安慰了它,它眼神里还是有瑟瑟惊恐。

周日的上午,贝西和他妈妈要外出,我在收拾东西,屋里院里几道门都没有关。雪莱瞅准机会,从后门冷不防窜了出去,我紧跟追着喊它回来,它略停顿回头看了我一眼,充满了蔑视,一骑绝尘而去。

  我想在小区里总归是好找回来，便也没着急，不过这次它常去撒欢的地方一个也没去，在小区里其他地方和我玩起了躲猫猫，见我过去就跑，我怎么跑得过它。

  这时阳光正好，小区里老人和小孩们都出来晒太阳，我生怕它冲撞老幼惹出事端，急得满头冒汗。几个在中庭扎堆晒太阳的老人见我追狗，开始还害怕地责备问我，你家的狗到处跑小心咬人！我说它很温顺不咬人，这次不小心跑出来了。老人们便为我指雪莱遁去的方向，几次三番经过中庭，老人们见我过来，看我狼狈的样子，开始嬉笑着给我指引。

  这回雪莱真是疯了，怎么都不肯回家，我追了一个小时，满身大汗，实在没了精力。

  回家休息了一阵，还是放心不下它，又出来找，碰到小区守门的保安，便问他见到一条黑白色的狗没有。保安说他5分钟前看到它出了小区，他知道是这小区里的，可没有截住它，他指给我雪莱逃窜的方向。

  我顿时心凉半截，这雪莱是铁了心要离家出走。我沮丧极了，也气急了，决心不再找它，让它当流浪狗吧。

  我午饭也没吃，回家蒙头睡了一觉，期间太太和儿子电话来问雪莱找到没有。我没好气地说，找不到了，这狗东西蓄谋已久想逃离束缚，向往自由。他们也没埋怨我，就打电话去找物管帮忙，看附近他们管理的几个小区有没有雪莱的踪迹。

  我睡了一阵起来，也无心做事，终究放不下它。不由地骑着自行车到小区外面转了一大圈，无果。儿子回来了，连问我雪莱会不会丢,平时他不怎么关心它的,这次好像担心得很。4个小时过去了,物管也没有传来消息,我们以为雪莱赌气出走,肯定不回来了。

家里的洗衣槽漏水,我一直拖着没修。鬼使神差,我骑着自行车去小区外面的五金店买玻璃胶,返回路上,我赫然发现小区外的丁字路口,一个年轻女孩身边待着一条边牧,没栓狗绳。当我骑车过去时,那狗竟然躲到女孩的身后,我一时也不敢确认就是雪莱,因为这周边出现过很多只边牧。

我忍不住问那女孩:"这是你的狗?"那女孩望望我说:"算是吧。"什么叫"算是"?我立即叫:"雪莱。"雪莱怎么能佯装得过去不认识我,它那一扭头的眼神出卖了它,我也看到了属于它独有的特征,便确信是雪莱无疑了。一阵欣喜,对它的恼怒瞬间烟消云散。

我对那女孩说:"这是我的狗,跟着你是怎么回事?"

女孩不好意思地说:"这是我捡的狗,它跟着我已经半天了,我走哪里它跟哪里,赶都赶不走,正不知怎么办呢,原来是你的呀。"

雪莱见我找到它,便低眉搭眼默默朝小区大门走去,像做错事又想明白了的孩子。我也来不及问女孩细节究竟,赶忙道了谢,跟着雪莱进了小区。

这次它没有再躲藏,一路直奔家里,大门开着,太太和儿子见雪莱安全归来,喜出望外。雪莱进家狂喝一阵水,才安定下来,不过还是躲着我,我叫它,它别过头去不理;太太叫它,它却屁颠屁颠地过去让她抚摸,还主动蹭她的手。雪莱这一出负气离家出走的闹剧到此结束，我本来想要么它一去不回，要么回来后非得狠狠修理它一顿，可它回来后我却不忍再责备它一句。

事后分析，此龄的边牧可能处在叛逆期，又善于记仇，我几次三番教训它，它怀恨在心，我看过有边牧报复主人拆家的案例，看来雪莱没有拆家只是离家出走已经是最好的发泄不满的方式了，真还得感谢雪莱的不拆家之恩。

为了缓和关系，我只得主动示好，家中锅里煮的大棒骨，我捞出来送给它吃，它望望我不为所动。我撕下一大块肉送进它嘴里，它扑闪扑闪委屈的眼睛才缓缓咀嚼起来。一根大棒骨啃完，我再走过去喊它，它走过来坐在我跟前，主动伸出前爪和我握手。

至此，我们冰释前嫌。

晚上10点，贝西放学回来，我知道这娃正处在叛逆期的前夜，听到他喊爸爸，我应答着赶忙迎出来，声音也不由地温柔了几分。

（写于2022年3月13日，修改于3月19日）

第三篇

相逢恨不知音早

WENRUN DE SHIGUANG

追忆似水年华

冥冥之中,缘分天定。

我本来在成都读书,毕业后留在成都去了电信工作,然后买房安居乐业,已然是个新成都人。岂料2002年,国家一场南北拆分电信的改革,把我裹挟到了重庆,之前我可从来没有到过重庆。当时想,到重庆最多三年,肯定还要返回成都,不想山水之城竟然魅力无穷!

设在重庆的西南通信公司就位于石桥铺破旧的渝高大厦里,我在综合部工作,成立伊始人手总是不足,于是招聘应届毕业生提上日程,领导把部门面试和录取的任务交到我手上。记得那是个冬日的下午,两个重邮的女孩前来面试,其中一个让我眼前一亮,她穿着一件粉绿的修身中长大衣,身形窈窕,梳着整齐的马尾,皮肤尤其白皙,明媚的脸上笑靥艳艳,落落大方,无丝毫紧张,倒是让我有些拘谨。

理所当然,我录取了她,也录用了另一个女孩。鉴于她当时尚未毕业,和那批很多个应届生一样先留在公司实习。我顺理成章成为她们的实习老师,从基础工作教起。我是严肃而不苟言笑的,她们有点怕我,觉得我过于一本正经。在几个实习生中,她有点与众不同,学习领悟快,交办的事情完成得爽利,遇人不怯场,见再大的领导既不唯唯诺诺,也不刻意奉承,一副特立独行的样子。我若有些事情交办得稍有不妥,她竟敢立即反驳,气得我牙根痒痒,真是枝带刺的玫瑰!所以我给她交办工作总是不自觉地要先掂量一下,不过,只要她承接的工作,总能完成得很好。那时综合部的女孩多,其他部门的男同事有事没事来我们办公室溜达,没话找话来打趣,很多时候她就笑笑,懒得应付,因此高傲出了名。

次年办年度工作会,我负责统筹会务,她正好感冒请假,晚上整理会议材料布置会场急需人手,我一个电话要求她务必赶过来帮忙,没留丝毫可商量的余地,当时想不就是个感冒嘛,哪有那么娇气。后来才知,她当时扁桃体已发炎化脓,十分严重,我就此在她心中又落下个不近人情的狠角色,她对我恨恨的。部门有三个实习生,其中的一个男生,我给他配了新笔记本电脑,而给她和另一个女生用他人使用过的笨重电脑,两个女生认为我明明可以给她们配发新电脑却有意不配,背地里没少骂我。

一次下班后,很意外地在公司不远的地方遇到她独个散步,我正要去商场买件换季的衣服,给打了招呼后,我竟然心血来潮随口对她说了一声"走,陪我去逛街!"而她竟然答应了,实属意外。她热心且有见地地给我挑选衣服,作为感谢我请她喝了咖啡,一路下来,彼此都非常愉快,一下改变了我对她的印象,也产生了点异样的感觉,是个挺好挺可爱的女孩子嘛!

因为领导变动,我主持部门工作,周末搞团建,我带他们去蜀南竹海。因为全是年轻人,一路上大家叽叽喳喳十分热闹,像出笼的鸟儿。晚上一起喝了些酒，我被多敬了些，心情比较放松，就同他们聚在一个房间里打扑克，谁输了就要被赢家用眉笔或口红在脸上画一笔。她赢了我，就会故意在我脸上画很长一笔，我赢了就会报复过去，没多久我们大家的脸上都面目全非，比戏曲里的大花脸还要花。

  又一个周末，重庆还是春寒料峭，我突发奇想，有意约了她和另外一男一女两个同事去三亚游玩，她没去过，很爽快地答应了。在三亚，我们一起站在摆渡船头乘风破浪，感受海风的吹拂，一起在蜈支洲岛的沙滩上奔跑，一起在海水里游泳潜水，也一同吃海鲜时挨宰、租车时被骗。后来为了节约，我们一起去海鲜市场采购，带到青年旅社请厨师加工，个个吃得张牙舞爪，全无绅士淑女形象，嬉闹着互相取笑。我悄悄观察她的反应，一副全无心机欢乐开怀的样子。我们租了两辆双人自行车，我和她一辆，她不太会骑车，全仰仗我在前面把控方向用力蹬，她在后面大撒把搞怪，故意在上坡时一动不动，跷起双腿享受，只是大喊加油加油！任凭我汗流浃背。不过在休息时，她竟然主动过来用遮阳帽为我扇风送凉。离开三亚前，我拉着她的手照了一张照片，她一点都没拒绝，很开心的样子，而我的心里荡起了涟漪。后来的后来她给我讲，她妈妈听了她在三亚游玩的叙述，看了我们的照片，当即判断，说我起了贼心，她兀自不信。

  2004年国庆七天长假，多么难得的时机。我撺掇朋友庆策划自驾泸沽湖，然后我就诚挚地邀请她和她的好朋友青一起参加，再加上男生旭，我们一行五人自驾前往泸沽湖。她毫不犹豫地答应了，我欣喜若狂。经成都、雅安、西昌、泸沽湖，一路狂奔，我和她的交往已没有任何隔阂，每次我驾驶的时候就让她坐在副驾驶座上负责配合我看路递水、聊天解困。我们讲笑话、说趣事、谈人生，路程很长却时光易逝，我精神好得出奇，全程不打一丁点瞌睡，开得又稳又快，连续驾驶5个小时也不觉劳累。在泸沽湖，我们手拉手参加摩梭人的篝火舞会，坐猪槽船荡舟湖上，我时常凝视她的脸，主动嘘寒问暖，感觉她情绪的变化，我猜测她可能感觉到了我的心意，只不过装作若无其事罢了。

返程的路上，我们坐缆车登上螺髻山。那时螺髻山刚开发旅游，山上游客稀少。我们沿着湖边坎坷的道路行走，我就走在她的身边，随时在上下坡吃力的时候拉她一把。在一个延伸到湖面的宽阔木台上，我们玩游戏，每个人都要自编一个舞蹈跳，其他人击掌伴奏，大家都恣意地发挥着，我不惜跳出牛鬼蛇神的样子，笑得她捧腹，上气不接下气以至于直不起腰来！这也是我最为放开的一次。

山顶天气出奇地冷，我穿上租来的军大衣，而她虽穿了自带的厚衣服可也冷得发抖，我不由地双手扯开军大衣微笑着望着她，她见状飞快地投入我怀中，我便用大衣把她紧紧裹住温暖着，也极力抑制着我超速跳动的心脏！

坐缆车下山，这时候朋友们都已经看出了我的意思，故意让我俩坐在一辆缆车上。这时候整个山浓雾弥漫，前后临近的缆车皆不能见，她因冷而紧紧偎依在我的肩头小寐，那楚楚动人的样子尽收我眼底，淡雅芬芳的气息氤氲在我周围，我终于忍不住大胆地吻了她的额头，她没有动；我忍不住又吻了一下，她睁开眼瞥了我一下，似愠而非怒，把绯红的脸向旁边略扭了扭。我不敢再造次，只是揽着她的腰,安静地享受着最令人激动幸福而短暂的旅程。

晚上按计划住宿西昌,一起去吃了特色彝餐,她没表现出异样。回酒店住下,我再也按捺不住心绪,发短信给她:"洋洋,我很喜欢你,相信经过这么长时间,你对我也有了些了解,做我的女朋友好吗?"其实在追求女孩子方面,我很不开窍,只想得出这不咸不淡没有激情的语言。很快收到回信:"我们俩不合适,我不喜欢office恋情,还是做同事的好!"我懵了,明明她对我没有表现出厌烦和躲避,这是为什么?我又发给她:"在同一个office的事可以解决,先不着急拒绝,无论你以后是否答应,我都永远爱你!"她又回过来:"不答应,你还永远爱我?自己信么?"我隔着层层房间的墙壁都能分明看到她鄙夷的眼神。后面怎么狡辩回的她,都不记得了,第一次表白就败下阵来。一夜几无眠,如《诗经》"求之不得,寤寐思服。悠哉悠哉,辗转反侧"。唉,一点也不悠哉!

从西昌回到成都那天,恰逢我的生日,庆热心地安排地方为我庆祝。我得到了这几位朋友的生日祝福,她也笑意盈盈地举起红酒同我碰杯表示祝贺,我佯装很开心,喝了很多酒,没想到平常几乎不喝酒的她不用劝也频频举杯,活跃得非同寻常。我主动找她喝酒,本想借酒传意,几次欲言又止,到底还是没敢再表白。结束的时候,我邀请她和青住在我成都的家里,旭去庆的家住了。在我家小区门前下了车,她还没走几步就吐了,我们才知她喝醉了。仔细安排她和青住下,我反而清醒了,索性泡一杯茶坐在客厅里仔细回忆我们的旅途。

没想到时至凌晨1点,卧室的门推开了,她走出来见我还坐客厅,就走过来和我并排坐在沙发上。不知怎么开的头,我们轻轻絮语，唯恐惊醒了卧室里正酣睡的青。聊过往，聊家庭，聊读书，我给她翻看了我所有的相册，给她看了我曾写的文章，给她讲我经历的趣事，我们捂嘴偷笑。

是夜，如此美好！

天亮时，青起床看到我们俩并排坐在沙发上，惊大了她那本来就大的眼睛！

这一日，我和庆带着她们三人在成都的新三环兜风，心情无比舒畅。由于接下来我请了年休假，就送他们四人回重庆上班，我留在成都的家里，其实这时候我有些不想休假了。8日上午我在成都接到她发来的短信，说她第二天要被派去北京出差办事。我装作不经意问了她的航班，立即推翻所有的休假计划，提前赶到首都机场，在她出来的那个时刻我上前拥抱了她，看到了她惊喜激动的眼神！

那日正赶上北京举办重大活动，她预订的酒店房间阴阳差错没有留住，我就到处电话朋友帮忙，终于找到了唯一的一间套房，我们只有同住"共克时艰"。不用我想入非非，当然是她住卧室，我睡客厅沙发，那个沙发比我的身高短5厘米，本来就有点激动的我，睡得一夜清醒。

白天她去集团公司办事，我就在楼下等她，围着那栋大楼转了足足20圈。

我也不再继续休假，和她一起回重庆，出了机场她带我去吃最正宗的翠云水煮，主动挑鱼到我的碗里，眉眼低垂，似水柔情里漾着蜜意！在回城区的出租车上，她对我郑重地说："我早年给自己定下三种男人不嫁，而你却符合两个半，但我感受到了你对我的好，愿意试着与你交往。不过我的性格你也是知道的，所以我们能否在一起不要抱太大的希望！"那一刻，我欣喜若狂，激动得无法言语！没有希望都要争取，何况我已经有了至少六分希望，我紧紧握住她的手一路上都没有松开。

同一个办公室，与她的工作关系不得不做作，几天后为了长治久安，在征求她的意见后，协调相关领导把她调到了集团客户部。只不过当其他同事知道我们在一起时，莫不惊呼："怎么可能？这两个根本不是一路人！"

在一起的日子总是过得特别快，我们一起去新加坡、马来西亚，一起去越南、柬埔寨、缅甸、泰国，也一起背包走过敦煌鸣沙山、看过额济纳旗的胡杨。有过不愉快，有过小争吵，但从没有分分合合，我深深知道，每一次的分合都会让爱情留下裂缝。

2006年，我去基层单位任职，刚交接了部门的工作，由于感冒两周没愈，就听从她的劝说去医院看病。拍出来的胸片，左右肺部各有一个1元硬币大小的阴影。医生严肃而郑重地问，你家属一起来了吗？因为当时是上班时间，我一个人去的医院。便对医生说我还没结婚，一个人在重庆，是什么病直说吧。医生吞吞吐吐地说，你这病不太好，很有可能是——直肠癌，而且是晚期，癌细胞已经转移到肺部了。我强忍住眩晕，坚强地问医生，若确诊我还有多少时间？医生说大概三个月的样子。

我跟跟跄跄回到住处，不知道该怎么办，我甚至不敢告诉远方的父母，他们既承受不了打击也不能帮我求医问药。面对她，我们的恋爱正如火如荼，又如何接受得了、面对得了这样的不治之症。我苦苦冥想，我是不是应该像电影里的桥段那样，为了她好狠心与她分手独自承担这恶劣的后果，还是直言相告直面她的选择。权衡之下，我选择了后者，因为我深谙她的性格。晚上当我把就医结果告诉她时，她很冷静，让我莫着急，医生没有下定论，自己更不要下结论。她紧紧抓住我的手认真地告诉我，无论什么情况，我们共同面对。

第二天，她请了假，也不让精神崩塌情绪沮丧的我跟着，一个人就带着我的胸片去了西南医院，又让她的妈妈电话询问了知名胸外科老医生，得出的结论基本一样，治疗方案要么做活检确诊，要么直接手术确诊。但这个病灶无论良性还是恶性都要切除才是最好，权衡之下我选择了第二种治疗方案。

手术前，我写了两封遗书。一封给父母，里面是我对不能尽孝无尽的自责，若有来生儿子再结草衔环相报；一封给她，里面是对我们美好时光的回忆和对她无尽的爱恋和不舍，天不佑我，但我会在天国守你护你，珍重，保重！

手术前一刻我才电话告诉弟弟真相，嘱咐他不要让父母知道，更不要赶来，你们什么忙也帮不了，我若命大，自会再相见；若是命薄，遗书里都有交代，等消息吧！现在想来，其实我很自私，并没有结婚的我们，我是她家的谁？我把手术风险的所有压力都给了她和她的父母，而她什么也没埋怨，毅然决然地承担下来，果断地在我的手术单上签字。

四个小时的手术，四个刀口。当我被推出手术室的时候，我第一个看到她，她眼睛溢满泪水，高兴地告诉我："是良性病灶，都切除了，你会好起来的，你会好起来的！"而带着呼吸机的我只能一动不动地凝望着她，觉得似乎已经离开她一个世纪！

手术后的我恢复很快，身体各项指标比手术前还要好。2007年7月，我们相约去西藏，那时朋友庆在西藏工作，我们最远的目的地是珠穆朗玛峰第一道大本营。

　　还好我俩都没有太大的高原反应，只适应了一天，庆就陪我们一起出发了。一路蓝天白云，尽沐高原的日光；一路虔诚，朝拜无上的圣洁。在海拔四千多米的地方，我们停车休息，一个藏族小女孩过来叫卖，我一眼看见了她笸箩里躺着一枚古老的戒指。

　　历经盘桓的九十九道拐，到达海拔5200米嘎玛沟珠峰大本营，我们相拥在只有数顶简陋帐篷耸立的大本营欢呼雀跃。我突然单膝跪地向她求婚，把那枚偶得的戒指套在她左手的无名指上，抬头看她正不知所措微笑着点头，然后把她抱起来旋转……停下来时，我们都晕了，那幸福的眩晕伴着我们一路昏昏沉沉回到拉萨！这喜马拉雅山地区原本是一片海洋，强烈的造山运动猛烈抬升形成今天的珠峰，所以那里遍布着海螺化石，我带走一个作为此行的美好纪念。

　　她就是我追求到的那个女孩，现在是我10岁儿子的妈妈。

　　在我的眼里，她从来个性鲜明，从来与众不同，从来美得不可方物。

　　韶华似水成流年，追忆此情不惘然。

（写于2019年9月29日，
修改于2019年9月30日北京机场T3航站楼）

温/润/的/时/光

匆匆那些年

很高兴在北京能见到阔别十六载的朋友程君，他现在深圳工作，是一家上市公司的副总，一身休闲商务装儒雅得体，一张略显苍白的脸干净亲和，就连见面打招呼的话都热情得恰到好处，只是头发略显稀疏，白发杂于其间，和之前的浓黑茂密大相径庭。现在四十多岁的年纪，多数人都已是油腻的中年相，而他在日渐沧桑中还透出一股精干劲。

认识他是我在成都工作的时候，程君是我一个师兄的朋友，比我大一岁，当时一脸的忠厚老实，给人的感觉既不多言又可靠，在成都的一家研究所工作。我俩真正结交是源于他追求一个女生叶嘉，当时他费尽心血写了一封情书通过老乡怯生生地请我看看帮忙润色润色。本来写情书这事比较私密，一般没有请人帮忙的，但他却羞涩而诚恳地向我请教，可见对叶嘉的看重。他学的是理工，对写这情感类文体不自信，我学的恰好是文学，外行认为很会写风花雪月的文字。帮助朋友追女孩，应该是一件很功德无量的事，加之师兄的撺掇，我就答应帮他提些建议。我问程君女孩子长什么样，至今清晰地记得他一脸沉醉描述那女孩子的样子：她，明眸皓齿兮长发飘飘，肤如凝脂兮亭亭玉立，清高孤傲兮遗世独立。我听了，打趣他这女孩子不适合你，你这土了吧唧的酸工程师哪能征服这不食人间烟火高冷的仙女。他却说，七仙女还喜欢董永那样的呢，所谓"精诚所至，金石为开"。师兄则笑称，鲜花插在牛粪上的事不仅神话故事里有，现实生活中偶尔还会发生的。

  从程君详细介绍情况来看，我揣测着女孩肯定不是那种贪图虚荣，喜欢甜言蜜语和华丽辞藻的人，她肯定更在乎精神的而不是物质的，所以把恭维她貌若天仙、才比林徽因的马屁话划掉了，但借用了一句徐志摩的"最是那一低头的温柔，像一朵水莲花不胜凉风的娇羞"这等朴实无华的白话诗表达有节操的仰慕；把努力奋斗给她创造丰裕物质生活的承诺给划掉了，改为期盼一起共读研讨《理想国》《追忆似水年华》致力于价值观趋同；把赌咒发誓一万年不变心煽情的俗诗词给划掉了，新创写下"尊重你的独立，若蒙今生不弃，我誓寸步不离，待你烦了，我愿黯然而去，绝不纠缠，还一个超凡脱俗的你"。韦小宝式的油嘴滑舌死缠烂打肯定打动不了她的清高孤傲，唯用郭靖式的蠢傻呆萌死心塌地方可春风化雨。一生爱情的承诺是每个女孩子都期盼的，所以我给程君修改的情书终结在这样的语句："我知道你不会主动展现柔情与蜜意，但我会；我知道你今后或许永远不会向我说一声道歉，但我会；我知道你可能不会像我爱你一样爱我，但我不在意。我今生于你，定是不离不弃生死永随相依；我今生于你，愿意全部接纳你的任性淘气；我今生于你，无怨无悔呵护你的高雅心气。"程君读了，心里有些忐忑，他疑惑地问这行吗？叶嘉还是很喜欢古典诗词，尤其李清照的，连一句都不投其所好，通篇大白话，成吗？我说，如果这都不能打动她，你就撤退吧。我自负地认为，人间最动人的情话就是软化包裹她心中最坚硬的地方。

程君的钢笔行书还不错，我让他精心抄写在薛涛笺上，很像是一件书法艺术作品，选在叶嘉过生日的前一天，把情书送达。第二天叶嘉主动邀请程君，两人消失了24个小时才露面，再见他们时已是成双入对。据说叶嘉生日那天收到足有十余束鲜花，她回来时看都没看，请保洁阿姨全部抱走了。

2002年我因工作变动去了重庆，几年后程君和叶嘉结婚时我因故没能参加。之后通过很多次电话，再后来渐渐没了联系。

今年9月初，我刚到北京，程君突然闯进我的微信，我们加了好友。他说最近会来北京，找我聚聚，十六年没见了。

北京的涮羊肉，热气蒸腾。56度的二锅头下肚，一点点燃烧出青春的回忆。

程君说，叶嘉收到那封情书的时候，激动了一夜，感动了一夜，反复想了一夜。她觉得程君就是她众里寻他千百度的那个男人，她都不知道什么时候他静悄悄地来到了她的身边，他只是默默地帮她做事情，从不啰唆，甚至被抢白两句也不解释的人。那时他在叶嘉的众多追求者中最不起眼：身高中等、长相普通、职业一般，家庭贫穷，体育音乐艺术无一精通，也不幽默。但她就是因这封情书打动了她的心而选择了他。

程君说，恋爱阶段的相处并不难，叶嘉为人做事爽直干练，决不婆婆妈妈；对人好起来可倾其所有，讨厌起人来面挂冰霜。简而言之，直来直去、诚实有信就是相处之道。结婚前，岳母大人问话，程君你可想好了，我和她父亲分开得早，只有这一个女儿，你的承诺叶嘉是认真的，你不能伤害她！程君毫不犹豫地响亮回答，早想好了，说到做到。

婚后不久他们就生了一个女儿，如叶嘉一般漂亮。两人虽偶尔有矛盾，但从没正式大张旗鼓地争吵过，无论谁对谁错每次都是以程君道歉而重归于好。有阵子，叶嘉幸福地向闺密炫耀，真想跟程君打一架，这日子太闷了！程君知道后对叶嘉说，夫人您想打我哪儿？我先准备着，若打脸，我先把假请了。

如此，正是天府之国家庭幸福美满的样子！

2010年，在女儿四岁的时候，程君有了一个离开国企加盟创业公司的机会，公司前景没问题，可地点在深圳。程君几次欲言又止，可他实在不想放弃这次机会，鼓起勇气告诉叶嘉的时候，叶嘉想了一天，最后把那封程君追求她的情书悄悄地铺开放在他书房的桌子上。那情书上的两句"若蒙今生不弃，我誓寸步不离"，"我今生于你，定是不离不弃生死永随相依"下面画着线。是的，那是他于她的承诺，现在变成了叶嘉的态度。程君还是不想放弃，他觉得男人就该去奋斗去打拼，只有挣得财务自由，才能给妻女家庭足够的幸福安全，才能真的永随相依。他动员了周边的亲朋好友来劝叶嘉，他先去深圳，一旦安顿下来就接她们娘俩过去。当然，最终叶嘉平静地答应了，程君欢欣鼓舞，终于可以放手一搏了。

程君在深圳公司的发展十分顺利也十分繁忙，叶嘉在家和老人带着女儿，起初还是一派和谐。有一天下午，叶嘉突然来短信说："我想见到你，就现在！"程君正在与客户谈判，立即找了理由飞奔机场。其实她什么事也没有，就是一时想见到他就率性发了短信。程君虽有些懊恼但还是高兴，叶嘉还有一颗小女孩那样撒娇的心。再后来，叶嘉突发奇想带着女儿出发去云南大理，半路一个短信让他立即赶到大理，他丢下一切赶去了；女儿有点小感冒，半夜电话让他立即回家，他就凌晨赶最早的航班；再后来，他头天刚到深圳，第二天家里的狗狗生了崽儿都非要让他立即回来一趟，说狗也是家庭成员之一，他怎可不尽责。之后便一发不可收拾，程君认为是无理取闹的，有时候就干脆不理了，当然那后面会有风雨。终于做好准备让叶嘉带着女儿来深圳团聚了，她的工作和女儿的幼儿园全都安排妥当，叶嘉突然说她不想来深圳了，不喜欢不适应没朋友，管他费了多少心血反正就是不来。有时候叶嘉给他安排了家里的事，他因为忙起来忘了又或办得不够好，她会一个微信语音过来，一通责备，几天不再理他，道歉也不理。又有一阵子，她和朋友心血来潮去开美容院，干脆整周整周都不接他的电话，短信微信通通不理，就一句"忙得很，无事莫来打扰，烦"。美容院最后开垮了，她这次电话打得很长，对程君一顿劈头盖脸猛批，而且绝不允许被批判者一丁点态度不端正，让程君觉得这美容院就全是因为他不在不用心不帮忙才开垮的，那个委屈无从申诉。

"有一段时间，深圳的公司发展蒸蒸日上，处于上市冲刺阶段，也可能忽略了她们娘儿俩，我忙得充实也忙得绝望。那时只要接到叶嘉的电话，十之五六是埋怨、指责，什么白痴、蠢货、混蛋都能出自她的口，一如泼妇，可她曾经纯洁得如同天上的白云，我到深圳之前从未听她爆过粗口，现在这是怎么了？我曾一度看到她的来电就肾上腺激增，手都要发抖。忍了再忍，直至忍无可忍，当场摔了几次手机。但是只要我回到成都的家，她几乎不与我吵架，浅笑盈盈安静如初，一如什么也不曾发生。你没见那时的我，常年奔波在深蓉两地,头发掉得厉害,脸色苍白,胃病频发,体重下降。"

我沉默地看着他,两人碰下杯,为男人的不易,喝一大口。

"想过和她分手,我身边也不是没有莺莺燕燕的诱惑,可我真的下不了决心。每当我要痛下决心的时候,她就能体察到,那封情书就会发到我的微信里,什么多余的话也不说。那一刻,我觉得自己追求她时就是一头发情的蠢驴,自己给自己下了套。不对,是你给我下的套。"他突然指着我,然后自顾自地笑了,我怎么觉得一点也不好笑。

"是的,那确实是我对她的承诺,虽然是你小子帮忙炮制的,但我认!"他苦笑着,猛喝一口,"我曾怀疑她是不是得了抑郁症,但她除了和我一般见识,在别人那里都很正常。这一晃八年,我的宝贝女儿都十二岁了,那性格也如她一般清高,但女儿总能融化我的心。"

匆匆数年,斯人已非如斯。那时年轻不谙世事的我,自以为高明,甘当狗头军师与枪手,把别人追求爱情当游戏,无意中替程君做了人生最重要的承诺,这承诺熨帖了那个女孩子的心,成就了他们的爱情,也让他们彼此撕扯。

听了程君的讲述,我未料想这封情书对叶嘉的影响如此之大,她是如此偏执地笃信爱情的誓言。

我对程君说,这符合叶嘉的性格,偏执本就是清高孤傲的一种,是你未能做到承诺,哪怕这个承诺是我替你炮制出来的!也哪怕你有千般理由,结果是你没做到寸步不离,没有做到永随相依,也许是她孤傲内心的深处缺乏安全感,也许是她对爱情固执的心被刺伤,所以才有如此不得体的行为,究其根源——是怕失去你!

我举杯向程君道歉,实在对不起,是我自以为是,以为洞悉了人心,便游戏文字,一时帮了你,不想也折磨了你。我赔礼了!一干而尽。

程君已然醉了,迟缓地摇摇头和摆摆手说,是我自己的事,与你何干。罢了,我再想想这日子怎么办吧。今天同你倾吐了,心里突然感觉畅快了,这事情不是没办法解决,其实就是简单的舍与得的问题。我永远记得她当年清纯的样子,也永远记得她答应时我心花怒放赢得全世界的那种感觉,更记得当年送给她的那封情书和誓言。拜托你永远替我保密,你无须道歉,这是我的选择!

后记

一个多月后晚上,我在北京接到程君一条微信。

我已辞了副总的职务,自愿降职当了西南大区的负责人,今天终于回到了成都的家了。你嫂子(虽然她年龄比你小,但你是该叫嫂子哈)破天荒下厨张罗了一桌菜,虽然味道奇怪了点,但我和女儿还是捧场吃了很多,点了很多个赞。

我去,今天二两酒竟然就把我喝醉了,女儿正给我捶背呢!孩她娘去给我泡茶去了!〔捂嘴〕

又记

今天我在开封出差,程君又发来一条微信。

我在天府新区找了个绝佳的临街铺面准备开个咖啡馆,让叶嘉当老板,成全她的青春梦想,她坚持要把情书里我那几句骚情的话设计到墙上,我若去只准面对那个墙坐。哈,她是不是有点过分!其实咖啡馆离我办公的地方只隔两条街,我偶尔也可以到那里办公,顺便当个托也不错。你到成都一定来捧场,先打个招呼,到时不准索要版权,更不准偷笑。

再记

我正在做晚饭,程君又发来了几条微信,估计这厮又喝高了。其中两条:

人生是一张单程票,从出生就已开始倒计时,读书、事业、爱情、家庭、友情,我们不停地在几者之间腾挪平衡,是否成功不是简单的结果判断,过程也很重要,爱你的人认可更最重要。我之前怎么不明白呢?

不经历分别不晓得珍贵,最近重读《长恨歌》,终于理解白居易的"在天愿作比翼鸟,在地愿为连理枝"了,嘉嘉比我明白得透彻。

我给他怼过去:秦观还说"两情若是久长时,又岂在朝朝暮暮"呢!爬远点,好了伤疤忘了疼。自炖鸡汤自己敞开肚皮喝,老子不喜欢你这个味道。不晓得我现在正异地,天天晚上一个人煮清汤挂面吃么!

(写于2018年11月24日北京,修改于12月1日北京)

温/润/的/时/光

木槿花又开

我家的花园里栽了一棵木槿花树,现在正是开花的时候。树长得很茂盛,枝条繁密,叶片碧绿,可惜花朵不是太多,而且集中在树梢。仔细观察,它的东侧是一棵桂花树,遮住了它,只有蹿高的树梢能够较多的沐浴阳光,也许就是这个原因吧。近几天风雨飘摇,吹打的木槿花树纤弱的枝条弯下了腰,略显得凌乱。

早晨起来,雨后的空气异常清新,站立在木槿花前,忽然忆起30年前老家院子里那棵。那年我读初一,班主任高老师刚毕业任教,第一次带班,对我们这群毛孩子非常好。也许跟高老师接触较多,他对我尤其青眼有加,经常单独辅导我写作文,后来选文科专业就是受了他一定的影响。

初一的下学期开学,高老师带来一个女生,介绍给我们说她叫陈霞,在我们班插班就读。记得她当时的样子,低着头,一脸羞涩,高高的个子略显单薄,穿着一条合体的牛仔裤,红色的上衣,梳着简单的马尾辫。那时尚且青涩的我们看到这样时尚(主要是牛仔裤,那时没有同学穿)的女生,引起一阵骚乱。多少年之后我仍能清晰地记起当时的情景,从她走进我们的教室,高老师说过三次

"请大家安静",但下面仍是窃窃私语。我记得自己当时只有一个感觉,她真好看!

因为她是我们班最高的女生,高老师把她安排在教室的后面,正好是在我的背后。高老师还指着我嘱咐她:"这是我们班的班长,有什么需要帮助的事情你可以找他。"我激动地点头,她则朝我莞尔一笑。

后来那一上午的课,我都心不在焉。

其实那时的我们,思想保守,跟女生说话是不敢太多的,而且每次说话都要找个光明正大的理由,现在想起真的幼稚好笑。

除了第一次见面时的腼腆,陈霞其实是个大方的女生。因为她刚来,有很多问题问我,如数学老师姓什么,作业本交给谁……我的后背经常感受到来自钢笔轻轻的叩击,随后我扭头就会听到柔声细语,感受到和煦温馨的空气。

从此我每天上学都很早,放学后都不着急离开。

轮到陈霞第一次值日,当时我们班是两个同桌一组下午放学后打扫卫生,那天她的同桌生病请假,我知道只有她一个人值日,于是就放学后悄悄留下来帮她。她很开心,我当然很卖力,那天的教室我敢说是有史以来打扫得最干净整洁的一次。我们边打扫卫生边聊天,因为就两个人,所以打开了话题。我才知道,她是因为生病休学一年半不愿意再到原来的学校才转入我们学校,家离这里比较远,年龄比我大差不多两岁。她性格很好,没有林黛玉式那种久病的忧郁,脸上永远都挂着淡淡的微笑。卫生打扫完了,我放置扫把回来时候,她对我掩着嘴嘿嘿地笑,我觉得莫名其妙。她走近前对我说闭上眼睛,我忐忑地听从吩咐,只感觉到额头被轻轻地拭过,睁开眼睛看到她右手正拿着一块手绢擦拭我的额头,嘟起的嘴巴吹去散开的粉笔灰尘。

月末小考,在最后的一刻钟我的钢笔坏了,花了几分钟都没修好,正着急,感觉到背后熟悉的轻轻叩击,一回头一只钢笔正递在我眼前。我回过去一个感激的眼神忙接过来奋笔疾书,依稀感觉到指尖尚残留着主人的温度。判完的卷子发下来,无意中发现她的最后一道题竟然没有做完。

那年初春的第一场雨在中午放学时分不期而至,我和大多数同学一样饿着肚子等着雨停回家吃饭。陈霞则去了食堂,她因为家远中午在教师食堂搭伙。正当我对中午回家吃饭绝望的时候,透过窗口看见陈霞从食堂的方向打着伞急急而来,脚踩下的地方水花四溅。回到教室她坐到座位上悄悄地从课桌的侧面递给我一个报纸包着的东西,我抬头看到她湿漉漉的刘海结成一绺,楚楚动人。陈霞用眼神示意我拿出去看,我迟疑地接过来,一低头看到她那被泥点污了的裤脚和湿透了的白色球鞋。我来到教室外走廊的尽头,打开纸包,里面是一个铝饭盒,饭盒内是馒头、菜和一双筷子,就在那一瞬间,突然而至的水雾迷蒙了我的双眼。

高老师不小心摔断了腿,我组织了几个同学决定周末去他家看望。陈霞知道了,告诉我她知道高老师的家,可以带路。星期天的时候,我们几个班委和陈霞在她家附近碰了头,她给我们指了她家的位置,然后带领我们顺利地到达了高老师的家。高老师自然很高兴,留下我们吃饭,陈霞只坐了一会儿就回去了,告诉我们说吃完饭回去的时候路过她家进去坐一会儿。下午告别高老师返回,按照约定我们来到陈霞家的门前,那是一个红砖大院子,占地足有好几亩,很有气势的大木门敞开着。我走进门内一看,一条笔直的小道直通里面,两边则是花圃,远远地就听到陈霞喊我的声音,这时一只黑狗从旁边冲出来,我大叫一声拔腿就往里面跑,那黑狗从后面吠叫着狂追不止,这时我看到陈霞正站在小道的终点手持花铲笑得前仰后合,那开心的笑容是我见到过的最美的她。陈霞的爷爷是个花匠,院子里全是他种的各种花草,陈霞正用花铲挖一些准备送给我们。记得我带走诸多花草中两种印象最为深刻,一种是我在陈霞指导下剪的蔷薇花茎,另一种是手指粗的木槿花树。木槿花是陈霞挖下特意送给我的,我栽种在家里的院子中央,这株花树蓬后来长到直径2米多,我和父亲还专门为它垒了一个花圃。这株木槿花长得很旺盛,每年都开很长时间粉红色的花。

不知什么原因,初二开学的时候,高老师告诉我们陈霞转学回她原来的学校了,没有告知我们具体原因。我后来悄悄问高老师,高老师说陈霞不愿意转走,她家人非让她转回去,毕竟她家离我们这个学校太远,家人不方便照顾她。此后的很长一段时间我觉得很失落。

我再一次见到她是初三的时候,那次我骑着自行车正好经过她学校门口,远远看见更加清瘦的陈霞着一袭白裙,整齐的长头发披在身后,胸前抱着几本书,亭亭玉立在一棵白杨树下。她也发现迎面而来的我,曾经熟悉的笑容呈现在她那苍白的脸上,感觉是那样陌生。将自行车停在一旁,我们就这样对视着,简单地打着招呼,寒暄着不知所措的话,似乎又回到了第一次见面的时候。

再后来一直没有听到她的消息,倒是母亲看到我站在木槿花前总会说:花开得真好,不知你那个女同学怎么样了。

我读大二那年暑假回到家,发现院子里那株木槿花不见了,急忙问父亲,父亲说他也不知道怎么回事,今年刚发了一点芽就枯萎了,到夏天枝干就完全干枯,就只好把它挖掉了。当时在旁的母亲没有说话。过了几天,母亲才对我说,送你木槿花的那个女同学春天的时候病逝了。

　　我听得怔住了,怎么可能如此巧合!

　　对这样的结果我一直没有勇气去核实,只是不相信,唯愿母亲听错了人。

　　木槿花又开,伊人何在?独忆旧情怀。

(写于2015年8月18日)

翩跹的蝴蝶

读大学的时候,一位外系的研究生老乡介绍我勤工俭学,为一个民办专科学校代课,学校位于成都的郊区华阳。

我是本科三年级,民办专科学校要求代课老师的学历至少是在读研究生,也有高校的副教授在那里兼职,毕竟可以额外赚一份薪水补贴家用。老乡推荐我时谎称是在读研究生,校方也没多问就让我试讲,好在我历来是学生干部,有不少在台上演讲的历练,所以并不怯场。充分备课后就讲了《语言艺术》,获得了校方的肯定,于是侥幸成了一名民办专科学校的代课老师。专科学校的师资力量大都来自我们学校和周边的高校,所以我们去上课时有小巴车接送,还是非常方便省心。

大学三年级我本身的课还比较多,每周去讲一个半天,读四年级时我要修的课程比较少了,课余时间非常充裕。华阳专科学校因为我课讲得好,深得学生们的喜爱,所以教务主任就找我商量给我加了课,又开设了《公共关系》。

需要讲授公共关系的班级是一个新班,胖胖的女教务主任说要先把我介绍给该班的班主任,让我们先沟通一下。说完,她扯开嗓门朝隔壁房间用四川话大喊:"小胡老师你过来一哈,介绍新代课老师给你认识。"

随着一声回音"要得",须臾就从隔壁跑过来一个小女孩,一袭黄色的连衣裙,拖曳着长长的头发,飘然而至。及近跟前,我抬眼看到两只浅浅的小酒窝镶嵌在瓷娃娃一样的脸上,黢黑而修长的睫毛扑闪着,双手绞在一起倒背在身后不停地晃动,透着古怪精灵。

"是张老师吧?我听过你的课,所以认得你。"她声音清脆,语速飞快。

我愣住了,脑子里飞快地过了一下,不记得班上有这个学生,而且是如此靓丽的女学生。

"哈哈,我是在教室的窗外偷听的,你应该没有注意到我。"她看了我一眼,见我还没有反应过来,接着说,"听说你课讲得好,我就先去偷听了,嗯,才央求主任请您来给我们班代课。"

我愈发糊涂了,这个学生怎么如此特殊,还可以选老师?

一旁的教务主任这才从悠悠地抬起头打断她:"张老师,这个就是公关文秘班的班主任胡小青。"

她是班主任?就这个乳臭未干的丫头?

看到我的惊讶,教务主任继续解释道:"这小胡老师就是从我们学校刚毕业留校的,现在是这个公关文秘班的班主任。"

小胡老师故意睁大眼睛直直地看着我,还调皮地朝我吐吐舌头。

我回过神来,忙说胡老师好,又惯常地抬起右手去握,抬到一半,忽然觉得不怎么合适,便又准备放回去。

小胡看出我的尴尬，忽的从背后抽出手来伸到我面前，大大方方地说："欢迎您，张老师，相信您不会让我们班的同学失望。"

我讪笑了一下，只好抬起手轻轻握了一下小胡老师的指尖。

教务主任接着说："不瞒张老师，这个公关文秘班前几天把他们的公共关系老师轰走了，有学生推荐你，所以小胡老师偷听了你的课后找我来请你。小胡老师也是刚接手这个班，你要支持她的工作。"

"我的前任也是被他们轰走的，这个班是烫手山芋，不过你肯定没问题，我看好你哦！"小胡老师快言快语，说完觉得不妥，忙捂住了嘴扭过头去嗤嗤地笑。

教务主任立即嗔怪道："你这小丫头，没大没小！好吧，张老师，祝你们合作愉快！"

小胡老师说，马上上课了，我带你过去吧。

她一路给我简单介绍了下班里情况，特别叮嘱要注意哪几个捣蛋鬼。到了班上，她先开场把我介绍给学生，没想到我得到了雷鸣般的欢呼，竟然有人吹起了尖锐的口哨。我眼神扫过去，看到了那个吹口哨的长发男孩，不用说他肯定是捣蛋鬼的带头大哥。

小胡老师介绍完，走到最后一排的空位上坐下，看样子要听我的课。

我介绍了下自己，说完精心准备的开场白，活跃了课堂氛围，便开始讲课。抬眼瞥见小胡老师双手托腮全神贯注听我讲，脸上挂着微笑，她那杏黄色的衣裙和白皙的皮肤在学生中十分惹眼，长发男生不时地拿眼睛朝小胡老师瞄去，前面也有几个男生频频回头。

之前没有遇到过有人目不转睛盯着我讲课，一时还有点紧张。

第一次讲公共关系，我准备得很充分，专门设计了包袱，甚至模仿了古代妇女如何向人行礼道万福，乃至莲步轻移，课堂上不时爆发出开心的笑声。课堂氛围活泼、秩序井然，学生的注意力非常集中，知识点编成的顺口溜当堂被记住，没有一个人捣乱，两节课一口气上完。下课时，小胡老师面若桃花娉娉婷婷地向我走来，由衷地对我说："张老师，您讲得真好，以后我也是您的学生，我也要重修这门课。"围过来的学生也跟着起哄，好啊好啊，一起听张老师的课。

我微笑颔首，突然郑重用江湖抱拳向大家道："谢谢各位女侠好汉捧场！献丑了。"又引起一阵欢呼骚动，教室门口挤满了外班的学生，连教务主任也跑过来一看究竟，想必是怕我遇到麻烦。

小胡老师异常高兴，一边驱赶学生让开路，一边扯着我的衣袖往外走。

这个班是个中专班，学生年龄不大，似一树青涩的毛桃。想让他们崇拜一下还是不难的。

这天，小胡老师一直把我送上返程的校车，车开动了才挥手而去。车上的同行打趣我，张老师你要注意影响哈。

下周又去上课，本以为一进教研室就会见到小胡老师。

但是没有。

或许她在教室里管理学生吧。我想。

上课铃响了，我迈步走向公关文秘班，还没进门就听见里面传来咆哮声。后来知道那声音来自政教主任，他在整顿纪律，班里又出了闹剧，没见着小胡老师就和这有关。

我不明就里，推开了教室的门。政教主任看到我，点头招呼，声音缓下来对学生说:"今天暂时说到这里,先请张老师上课,这事没完,谁参与的课后主动写检查明天交给我。"

政教主任气急败坏地走了,留下一片耷拉着的脑袋。我大概猜得出来班里有人带头闹了事,肯定与小胡老师有关。这课不好上了,必须临时改教案。

于是,我一反常态跃身坐上讲台,笑而不语地望着台下。众人被我的举动惊呆了,这可是课堂,老师的屁股竟然坐到了讲台上,还前后荡着双腿,如同坐在操场的双杠上,怡然自得。

全都瞠目结舌起来。

见吸引了大家的注意,才说今天我们不着急上课,我今天先给大家讲一个故事,再讲如何帮助大家化解今天的危机,你们今天发生的事我推测是一个典型的公共关系事件。如果我们大家能齐心协力化解,这门课的意义大家就理解深刻了。

这是我读大一时遇到事件,几位同学晚上一起出去散步,遇到豪车的车标被偷,他们正好在现场,就被列为嫌疑人关进派出所。我当时是班长,参与了全程解决。

我用半堂课讲了这个真实的故事,故事有悬疑,跌宕起伏,非常精彩,调动了他们的胃口,统一了情绪,当然也赢得了他们的信任,解决了思想顾虑。当故事讲完,对于他们班今天发生的事,那个长发同学,我知道了他叫丁宁,绰号钉子,主动讲了今天在操场发生的群殴事件。他们几个男生把外班的一个男生打破了头,还有三个有皮外伤,小胡老师来解决时被顶撞、被无视,气哭了。至于他们为什么殴打那个破头的男生,他有点回避,语焉不详。我知道,里面肯定有缘由。但动手的几个男生受我讲故事的感染,都主动站起来承认自己动了手,主动担当。第一堂课结束时,我请大家想想如何解决今天发生的事情,处理这个涉及班级荣誉的公共关系危机,下节课我们讨论方案。

课间休息时,我找到丁宁单聊。请他告诉我动手的真正原因,我替他保密,否则我没法帮他。丁宁选择了信任我,我明白了他动手的真正原因。

第二堂课,我分析了事件的性质,和平息这件事的关键点,听取了大家的意见,制订了公关计划和实施步骤,详细分了工,并由班长和钉子分别牵头负责实施,并要求全班盟誓保密,我下周来上课时检验公关效果。大家竟然非常兴奋,原来公关就是这样去做。

再下一周,我来上课,车还没到门口就远远看到了小胡老师站在校门口,这次她穿的是一袭白色的长裙,有微风吹拂,裙裾飘飘,旁边竟然还站着钉子和班长。

我一下车,他们三个就围过来,拉着我往班里走,喜形于色。

走进教室,全班起立,掌声潮水般响起来。突然,钉子举臂一挥,掌声戛然而止,全班同学异口同声:"张老师,谢谢您!"我惊讶了,也猜到了原因。

事件解决得很好,校方虽然批评了钉子和参与打架的同学,但也表扬了他们。小胡老师悄悄告诉我,校长也表扬了她,说这个班怎么就团结起来了,几个刺头也突然懂事了。

我嘿嘿一笑,打趣她说,上次不来听我的课,我连她哭鼻子的样子都没看到。

小胡老师一脸娇嗔愠怪,挥舞着粉拳打将过来。

我只有佯装落荒而逃。

一个散乱的班级因为一件事而凝聚在一起，我所代的公共关系课得到学生们的热捧，小胡老师也是每堂课必到，一如听话的乖女生，这使得我讲课的每一分钟都不能懈怠。为了让课程精彩，我在大学的图书馆查找了很多资料，古今中外的公关案例研究了不少，连我自己都没想到，对这门课我是如此地卖力。

有时下午我还有其他的课程，中午要在专科学校吃饭，小胡老师常会主动帮我打饭，班里的同学见我在那儿吃都会主动凑过来，我感受到了作为老师的被尊重，很享受这种师生融洽的感觉。

这些学生毕竟都是大点的孩子，安宁了一阵，个别调皮的又出幺蛾子。一个男生周末同高年级打牌赌钱，把一个月的生活费输了个精光，上课无精打采，课后我找他聊聊什么原因，他编理由说钱丢了没吃饭，饿得难受，顺便找我借钱，我只有借了。小胡老师不知怎么知道了，非要帮他还给我，说这孩子谎话连篇，明明是把生活费输光了，一时半会是不会还你的钱；他还找了很多同学借，能找的老师都没放过，包括她自己。我肯定不能收她的还钱，笑着对她说，被学生骗也是一种经历，说明他们有比我高明的地方，演的那么逼真，我这好老师的形象也需要用钱来维护。小胡老师只好说对不起，让您遇到这事，都是她这个班主任没当好。

周六的上午，突然接到小胡老师的电话，她焦急地说她到了成都市区，想找我帮忙，班里的一个叫肖薇的女生周五一天都没来上课，同学说她来了成都市，到川大附近的成教自考班找她男朋友，她怕出事所以赶紧过来找。可她路都不熟悉，学校周边的那些成教班在哪里更找不到，问我能不能帮忙。她的声音里带着哭腔，这也是个没长大的孩子。我很快找到她，看到她正靠在路边的一棵法桐树上，化着淡妆的脸上已有泪水流过的花痕。时间已经到了中午，我先请她吃了饭，问清了情况，根据提供的线索我带着她一个地方一个地方的找，终于找到了，肖薇正和她的所谓男朋友闹别扭。小胡老师带她走一点也没费劲。我送她们到公交车上，车开了，看到了小胡老师孩子般开心的笑和不停地挥舞的手。

临近元旦，小胡老师在课后找我，吞吞吐吐地说希望我能帮她一个忙，还说不准拒绝。她说让我帮她策划班里的元旦晚会，她没什么经验，也怕这帮熊孩子不听招呼，他们非常喜爱、非常尊敬、非常崇拜张老师，希望我能帮忙策划并参加。

临近期末，我也要考试，忙得很。看着小胡老师一脸无邪眼巴巴望着我乞求的眼神，实在让人不忍拒绝，我答应了。她高兴地跳起来，马上一阵风似的跑进班里大声宣布，张老师要参加我们的元旦晚会，学生们瞬间沸腾了。

经过策划，在元旦的前一天晚上，我专门来到专科学校参加他们的晚会。平常他们上课的教室里被彩带气球布置一新，女生们根据节目要求都已装扮上，个个浓妆艳抹、光彩照人，男生们根据分工忙前忙后，个个精气神十足。就是没见到小胡老师。

肖薇和丁宁是主持人，是我跟小胡老师建议的，两个主持人身材都高挑，肖薇一袭小礼裙微微露肩，丁宁一身西装系着领结，站在一起很是搭配。他们看到我时还有些不好意思，我向他们报以点头微笑，并用手比出肯定和加油的手势鼓励他们。

班长把我安顿到给我预留的位置上，告诉我胡老师正在化妆，一会儿就来。我的旁边就是小胡老师的位置。

晚会快开始时，小胡老师终于来了，裹着一件黑色的长大衣。

看得出，她新做了头发，发髻高高挽起，化着精致的妆容，面庞绯红，睫毛上下扑闪着，格外地长，双耳挂着晶亮闪光有些夸张的耳环，轻轻摇晃。我有些惊呆，突然听到了同学们哇哇的叫声，显然他们也被震惊了，我转过头来看到了钉子等那些男同学夸张的各种各样的表情。

小胡老师款款走过来，我微笑着站起来鼓掌，特意用绅士的礼节请她坐在我旁边的位子上，她则双手叠于腰身一侧微微半蹲道谢，学生们哗哗的掌声清脆悦耳。小女子果然聪慧，用我教过的古代女子礼节回复我，是个好学生。

晚会的节目编排得很好，几乎每个学生都参加了表演，我看到了他们课堂之外活泼灵动的一面。

压轴的节目是小胡老师的独舞《蝶恋花》。

主持人报过节目后，她脱掉黑色外套，展现出彩蝶一样蓬松的舞裙，轻展双翼飞向舞台中央。

音乐响起，她舞动起来，只见一只蝴蝶满场翩翩飞舞，时而急促，时而和缓，时而驻足，她腰身柔软，欣喜处轻灵活泼，幽怨时迟滞莞尔，似一只天上飞入人间的精灵。

舞毕定型，只见一只美丽的蝴蝶憩于花蕊。

雷鸣般的掌声足以掀翻屋顶。我看得也一时痴了，真不知道她还有如此才艺，如此温婉灵秀。

她回到座位上时，双颊潮红，我向她竖起大拇指，大声告诉她跳得太棒了！

本以为节目就此结束，谁知主持人临时串谋点了我，非要我出一个节目，我实在无才艺，百般拒绝。那小胡老师竟然推波助澜，拉着我袖子不断怂恿。始终磨不过，只得硬着头皮上。

接过话筒，我灵机一动，这是个树立小胡老师威信和形象的好时候。

我说，今天看到了有生以来在最简陋的场地现场表演的最美舞蹈，没有之一。更没想到的是在咱们学校，咱们班，作为学生有这样一位美貌与才艺俱佳的班主任老师，是何其荣幸，她就像一只翩跹的蝴蝶，一只天外来的精灵，一位九天下凡的美丽仙子，落在凡间，来到我们身边。她不仅人美、舞美、心灵更美，她悉心照顾、关怀、记挂着在座的每个同学，陪同你们一起学习成长，我为你们拥有这样一位好老师、好姐姐、好朋友感到骄傲和自豪。我也为有幸能陪同你们走一段人生路感到无比的快乐，我会永远记住人生这一程。让我们共同珍惜这份缘，珍惜这份情，珍惜这份来之不易的相聚，祝福明天更美好！

热烈的掌声后我继续说。

你们班主任姓胡，今天之后我送给她一个新的雅称：蝴蝶老师。

蝴蝶老师、蝴蝶老师，学生们叫好声一片。我转头看向蝴蝶老师，她正捂住鼻子嘴巴，努力抑制激动的泪水。

我朗诵了《将进酒》，鼓励孩子们自信"天生我才必有用"。

晚会结束后，因为华阳离成都市区较远，也没了公交车。按照蝴蝶老师的预先安排，我去住一个临时腾出的青年老师的宿舍，正好明天上午我还有课要上。我住下后发现，这个宿舍应该是个女生的房间。

确实是女生的房间，蝴蝶老师把她的宿舍让给了我。

第二个学期，整个学校都叫小胡老师为蝴蝶老师了，每次见她，这只蝴蝶都像是在快乐地翩翩起舞。

她一如既往来听我的课，我没讲公共关系了，她也同样坐到后排托着下巴听。

又上了半学期，因为论文答辩的原因，我向教务主任申请调换了专科学校的课，一整周都没去。再去上课，发现后排不见了那只微笑的蝴蝶。

班上的同学告诉我，蝴蝶老师辞职了，她的父亲接她回了县城老家，说去一所小学当老师，我怅然若失。

肖薇在课后悄悄递给我一封信，信封的右下角画着一只素描蝴蝶，孤独而憔悴。

信纸有两张，娟秀的字迹里有浸湿模糊的样子，信里最后一句写道：今生能遇到您，真好！

很快我就毕业上班去了，再也没能去华阳上课。

后来，每当我去给别人培训，一站上讲堂，眼前就会看到一只翩跹的蝴蝶。

（写于2020年3月）

温/润/的/时/光

府河在左，南河在右

又去成都，选择住在合江亭边。立于合江亭上，府河在左，南河在右，二者合流是为府南河，后谓之锦江。河还是那条河，先清后污，蓉人幡然醒悟，历经改造，水终于不再臭，便羽化身为江，此时两岸花红柳绿，白鹭纷飞，引路人侧目。

顺合江亭往下，紧挨着就是安顺廊桥，巴蜀鬼才魏明伦的《廊桥赋》题壁于桥头："反映阳光者，虹也；反映人情者，桥也。"纵横中外桥梁逸事，捭阖古今论道。重修后的廊桥像一艘画舫横陈于锦江之上，夜幕降临后便灯火辉煌，映于江中，似楼阁倒悬。兰桂坊、酒吧街列于两端，一时间，只见酒旗招招，霓虹闪闪。再往下便是九眼桥、四川大学的校门和望江楼了，这便是我镌刻记忆的所在。

行于桥上，小雨霏霏，此时正是："一片春愁酒已浇。江上舫摇，左右帘招。安顺渡与九眼桥，风不飘飘，雨乃萧萧。"

对于成都，我很有些情怀。我从大学录取通知书上标注的九眼桥地址找到四川大学报到，又从四川大学走出穿过九眼桥到四川电信报到，之后的工作和生活便是往来于双林北支路和跳伞塔之间。

踏入通信行业，本是无心之举，是一个人把我领入了通信业的大门。大四的秋天，作为毕业生的我开始了谋取职业的抉择。记得四川电信校招来得较早，辅导员通知我们准备好自荐书参加他们的招聘宣讲，若有意愿就积极递交。我便问辅导员有没有留在成都的名额，答曰没有。于是我就果断地放弃，而是去华阳为一所专科学校代课勤工俭学，我每周为这所学校上8节课，赚取可观的生活费。后来，在一次上课时收到辅导员的传呼，通知我尽快回去递交自荐书，有留在成都的名额。我还有一节课没有上完，怎可弃学生而去，于是坚持上完课才返回川大。第二天在辅导员的督促下，我去正在电子系宣讲、负责招聘的四川电信人力资源杨光处补交自荐书。第一眼见到杨光先生，身材高大魁梧，目光坚毅，语言犀利果断，是否录用，随手翻阅自荐书，几乎瞬间定夺录用与否。我插空递上厚厚的自荐书，简短说明来意，他抬头看了我两眼收下，只说了一句回去等通知。我还以为会像其他同学一样被立即确定是否录用，岂知被淡淡地打发了。我讪讪地离开，在忐忑中等待。几天后，他通过系上通知我去签合同，连留在什么地方都没说，我当时打定主意，若是留在成都就签，否则就拒绝。就在文庙前街的办公楼上，他递给我的合同首页上用铅笔写了"成都电信"四个字，我才安心下来，愉快地在合同上签了字。自此踏入通信业的大门。

自从在沙河堡邮电校入局培训结束，时光荏苒，再次和几位前后两年入职的同事在成都见到杨光，一晃二十年过去了，他已是这所改名为四川省邮电职业技术学院的党委书记，仍是那么帅气和意气风发，洋溢的热情和谦逊拉近了我们的距离，谁曾想到就是眼前的这个人在毕业的那个时刻改变了我们人生的轨迹，成为我们进入通信业的领路人。

我在入职培训结束后,进入双林北支路的成都电信局工作,先是被安排到大用户销售服务中心实习锻炼,在这里有幸遇到了冯哥。冯哥名为冯寿生,当时也就三十余岁,是大用户中心营业厅仅有的两名男士之一,主要负责外勤工作,任务之一是送用户卡片资料到营业分局。冯哥是邮电家庭,父母都是老邮电人,我经常找他聊天和寻求帮助,他对我既热心又关心,很快通过他的介绍我对成都电信有了比较全面的认识,尤其是那些人和事之间千丝万缕的联系。他鼓励我参加局里组织的青年人演讲比赛,带我到他家里吃饭,陪我去买房子还借钱给我,甚至我的父母来成都,他都要来看望一下。我在大四的时候就考了驾照,他知道后主动带我出去练车,让我很快熟练驾驶……

冯哥所做的这些让刚出校园的我得到了兄长般的关爱,在我们那批入局的同事中,我是幸运的,这些美好让我记忆至今、温暖至今,也时刻提醒着我善待身边每一个刚入职的人。

离开实习锻炼的大用户中心,我第一个正式报到的部门是宣传中心,在这里我遇到工作上的第一个领导——胡普安,我们都称呼他胡处。他祖籍山东,退伍军人,身材高大,仪表堂堂,摄影摄像是专业级别,拍摄编辑的专题宣传片可以和电视台的相媲美。刚进入中心我有点惶恐,在宽大的办公室里摆放着林林总总的摄影摄像和编辑设备,动都不敢去动。胡处总是笑着说不要急,一样一样学,就和同事朱平一样一样教我,从使用最简单的蔡司数码相机开始,再到摄像,还联合云南电视台以电信人张新一家为故事线索拍了专题片《电信世家》,荣获国家省级电视台专题片拍摄大赛二等奖。可惜我终是没有把握住时机，在与他相处短短的一年多时间里只了解一些摄影摄像的皮毛。最近见到他，我自称他不成器的关门弟子，他笑得仍是开心。胡处好酒，中午吃个面也要来三两，我自是陪不起，他总是在酒桌上保护着我，也总忘不了帮我夹菜。那时宣传中心有一台半新的长安二代微型面包车，他了解到我有驾照，就把车子交由我保管和驾驶，那是2000年，开着车去做新闻采访真是有些神气。还有一次上班，有五个同宿舍区的男同事搭车，还要去接一个美女同事胡佳，她梳洗打扮个没完，迟迟不下楼以至于快要迟到，六个男生干脆恶作剧地站在她的小区大门口一起大嗓门喊她的名字，引起路人围观。

只可惜，在胡处手下愉快的日子太短，因机构改革我应聘去了综合部，他调任到了市场部。也记得他总亲切地叫我小张，这一转眼，我这个小张也到了喊年轻同事"小张"的时候。

在成都电信的日子，位于跳伞塔的南郊分局宿舍便是我们下班后居住生活的窝点，那两年成都电信招聘的毕业生很多住在那里。我们一起在李华的房间里打一块钱的成都麻将血战到底，在伍皓他们的房间里打拱猪，逗输了牌的邓小兵、陈皎朝窗外扯着嗓子喊"我是猪"，一起挤上我开的小面包车，夜里去双流吃老妈兔头；还有那食堂里大片的连山回锅肉，因耍了女朋友刚入住就神龙见首不见尾的蒋光新，经常去工程割接偶尔才现身的肖金伟，为发明汉字输入法夜里不停敲击键盘的马晓光，同居的室友张启文，自斟自酌也能喝醉的我……现在想起来，一切都是那么鲜活。

通信业就像一条河，我们都像一条条微细的支流，无论如何蜿蜒，无论曾经在左还是在右，最后都汇入了行业的洪流，亦或因为不同的机遇又溢出了河道,但这份经历和机缘能让我们相遇、相惜、相知,就是人生幸事。

(写于2019年4月3日成都,修改于2019年4月28日北京)

同桌的你

初识馨时，尚且懵懂。

那时的她，长腿，高个，短发，有着婴儿肥的白皙脸庞，和男生说话还有些脸红。

阴阳差错，我们成了同桌。我还有些不适应，长时间和男生同桌，随意打打闹闹，一下子换了个小女生，简直无所适从。就如同身边放了一件精美的瓷器，唯恐失手打翻。

可不是，午休时我一个大趴，两只胳膊就占了那个两人课桌的三分之二，还浑然不觉，等我醒来时，看到她缩在课桌的边边上看书，看到我醒来，冲我笑笑，一点都没有介意，弄得我倒不好意思。

上数学课，我不知怎地脑子开了小差，老师点名让我回答问题，我突然就懵了，正尴尬，不想同桌的小姑娘毫不着痕的，用她的笔在她那个不知什么时候已经靠近我的计算本上来回划了两道横线，我立刻秒懂，便装模作样拿着我的计算本，用眼角的余光读了一遍她本子上划横线的部分，过关。我坐下后，按捺一下惊慌的心，趁老师转身在黑板上板书的空，扭头向她用眼神表达由衷的感激,她捂嘴扑哧笑了,微微的笑声是那样悦耳动听。

渐渐地我们熟稔了,便不再拘谨,经常互相借支笔,抄下作业题。

馨有个好看的笔记本,每次从书包里拿出来,或写或看后总是及时收到书包里,似乎里面藏着小秘密。那时的女孩子在笔记里抄下流行歌词或者贴个明星的肖像总是司空见惯。我想她大抵也是如此吧,所以并不觉得奇怪。不过,有一次我从教室外走进来,正巧教室里只有她一人,她正看她的笔记本入神的时候,口中还小声朗读,我在她身后驻足倾听,原来是在朗诵一首清丽的现代诗,特别好听。我想,或许是她摘抄的哪个诗人的佳作吧。她扭头发觉我后,立即红了脸,急忙把笔记本收进了书包。后来,我慢慢发现她喜欢写诗,校报上偶尔会看到她的佳作,原来那个神秘的笔记本是她的诗作集。我也是喜欢写点东西的,便将我写的习作或诗作给她交换看,赢得了她的信任,就得以拜读她的很多作品。后来的寒假里,我买来厚白纸,裁切好,用棉线装订,打好格子,把自己的作品认真地誊抄上去,做成一个小集子送给她。她也同样回赠了我一本,里面有几首她的最新诗作,还有摘抄的席慕蓉的诗,其中一句我记得最为清楚:

  你若是那含泪的射手
  我就是 那一只
  决心不再躲闪的白鸟
  只等那羽箭破空而来
  射入我早已破裂的胸怀

我很喜欢这样的诗句，意境凄美，只可惜当时不甚理解意思。

我的家离学校有些远，做公交车两头都要走很远的路，骑自行车最为方便，有段时间家里自行车短缺就没有让我使用，于是周末回家就成了难题。课间无意中提起，她说骑她的自行车回去吧，我实在太想周末回去就借了她的坤车。车有点小，一个大男生骑上去确实有点不登对，可比起没有车走很远的路还是方便多了。回来时，我带来些家里新落的花生送给她，她很高兴地收下。

虽然是同桌，咫尺相挨，其实也不好多讲话。于是我们经常写纸条来交流，趁其他同学不注意把纸条夹到对方的书本里或者文具盒里；甚至开点小玩笑，在课间外出回来，在吃饭回来，有时候会有发现纸条的小惊喜。有一次我在自习课上看书看着看着睡着了，醒来时收到一张纸条，上写："某年某月某日某时某分，XXX同学不幸睡着，有班主任前来巡视，见其睡得香不忍打扰，遂摇头离去。"我看了大骇，问她班主任于老师真的看到我睡觉了？她一本正经地说："嗯，真的来了，不骗你，他抬手想打醒你，后来放弃了。"我听了有些沮丧，正想着是不是找班主任认个错，不料她没忍住，捂着嘴扑哧笑了，我知道被她整蛊了。

我们悄悄地维持着这样的友谊，若即若离，彼此信任相惜，有时在喧闹的课间，我们也趁乱坐在座位上聊天。

可有一次，这天聊到了英语课上，惹了大麻烦。

或许是我对她搞了点恶作剧，也或者给她讲了个笑话，两个人的笑便喜形于色得有些夸张，向来以严厉著称的张老师怎能容忍学生在她的眼皮底下嬉闹，一声怒喝点了我的名，让我站起来，问：

你和同桌的女生讲什么话，有那么好笑？

　　我猛地惊醒，满脸发烧站了起来，面对张老师的批评一点都没敢狡辩，任凭她教训了一通。作为班长的我第一次当众丢那么大的人，真正理解了"找个地缝钻进去"的羞愧心情，同桌的她也不消说，头都低到桌子下面去了。

　　课后我主动到教研室找张老师承认错误，得到她的宽宥。而同桌的馨也主动提出来和别的同学调换了位置，我们便分开来了，我明白她的心情，没有强留。

　　友谊的小船就这样被撞翻了。

　　此后，我们很少交流，就是迎面走来也是讪讪地笑笑，擦肩而过，有说不出酸涩和遗憾。

　　后来，因为她的年龄小，学习有些吃力，就主动留了一级，跨着年级我们连碰面的机会都少了。直到我高考完在学校的门口遇到她，或许以后再难见到，或许大家都成熟了几岁，反而不再因往事而拘谨，站在那里聊了一阵各自的情况，我们约着以后可以通信。

　　之后数年回忆起读书时期的无数同桌，唯对她的记忆最为深刻。在同桌共读的日子，那一幕一幕影像，一个一个片段，还有她的一颦一笑，都是那样地清晰。

　　经年之后再见，一袭白裙，长发飘飘，聘聘婷婷，还是当年清纯的模样。

（写于2021年10月7日）

大隐花事

在微信经常看到朋友"姿名度"发的朋友圈,皆是花木园艺之事。在这里,我见证了一位优秀园艺师的向上攀登之路。

她学得用心,做得耐心,经营得倾心。每每看到市面上最寻常不过的花木在她那里获得了新的艺术生命而熠熠生辉,真为她高兴。花草树木之美,在于本身的质朴和芳华,在于园艺人的打理和重塑,在于欣赏者的挑剔和赞许。

她一直邀请我到熊婆婆花园参观她的体验馆,我因一直忙于琐事,直到这个新年的第三天终于成行。

我家其实离体验馆很近,没有提前告知她,就带着儿子贝西到了熊婆婆花园。花园里有休闲区,也有花木和宠物市场。多数待售花木不过通常的样子,同样的品种堆在一起,挨挨挤挤,或批发或零售,等待爱花者慧眼识珠将它们一一领走。

熊婆婆花园的北侧,有几处不同风格的体验馆,走进去可以观赏花木梳洗打扮后的芳姿。起先我是不知道她的体验馆的名字,就一家一家从门前看进去,以我对她园艺风格的了解,我想我可以看得出哪家是她的。

我把全部的体验馆看完后才发微信问她在否,她很遗憾地说正在外面办事,马上赶过来。寒暄之后,问她体验馆的名称,她说叫"大隐花事",此时我正站在"大隐花事"的门牌前。

走进门,可以一眼尽收大隐花事的全貌,用各色花木和简单家具分割成几个不同风格的区域,或乡村田园,或欧式浪漫,或温馨小苑,弯曲的石板路,黑色的鹅卵石围绕其间,小园香径独徘徊。

既然是园艺,各色花木当然是主角,大朵的绣球、雍容的杜鹃、纤瘦的五色梅、粉嫩的茶花、鲜艳的月季、暗香浮动的腊梅、葳蕤的黄金串钱柳;还有色彩斑斓的碧冬茄、珍珠金合欢、蟹爪兰、千屈菜、金橘,等等,不可尽数。花儿们果儿们竞相展示,或风趣,或妖娆,或活泼,或羞涩,或低调,或婀娜,千姿百态竞于一台。

点缀其间的树脂雕塑,有羊羔跪乳、公鸡司鸣、麋鹿张望,无不与花园场景融为一体,栩栩如生。欧式的区域内置有西式餐桌可以坐下喝咖啡,木柱支撑的穹顶下可以品味功夫茶,抑或坐于吊篮中,重温儿时母亲唱着童谣轻轻摇晃。码放整齐的书籍散放在各个角落的桌架上,随手即可取阅。

真是一个绝佳休闲的憩园,徜徉其中,恍若仙境。

忽然想起初见"姿名度"时的情景。

那是2015年,单位有闲置的屋顶,意欲打造成屋顶花园。囿于资金预算,初选的花草公司无论供应的花草还是造型摆放都令我蹙眉,尤其是那不是白就是青的低档花器让我难以忍受。于是,我抽空去了望海花市准备自选花器和花木,慢慢更换和调整。

无意中溜达到一处花木体验馆。

那个小小的体验馆门脸在花市里实在微不足道,但一进去就豁然开朗,那布局瞬间点亮了我的眼睛,原来这样的花园才是我心目中的样子,才是花草树木各安其位的样子,其生机勃勃之美呼之欲出。

老板就是现在的"姿名度",她自我介绍姓周,让喊她小周就好,那温婉的笑和专业的园艺介绍给我留下深刻的印象。几经攀谈,她给了我关于园艺之美最初的启发。

我请她给屋顶花园的花木进行了调整,她团队的细致和敬业精神令我感动,细致到每片花叶都仔细清洁,夜很深了工人们还在劳作,而离开时场地打扫得不染一丝尘埃。调整后的花园顿时活色生香起来,赢得赞叹无数。我也顺便学会了欣赏花园艺术,也获得了些许打理花园的灵感。

友情就是这样结下,一如丁香般幽幽淡淡。

后来我推荐她给几位朋友做花园翻修调整,无不对其作品赞叹有加。

再后来,几年不曾谋面,亦无交集,只是偶尔在朋友圈里互动,我可以经常看到她:

去哪里参观了园艺,听了讲座,长了见识。

去哪里采购了户外家具和花器,惊叹巧夺天工。

去哪里租赁了土地,准备做个新时代"地主"。

去哪里做了新项目,晒一晒完工的作品,表扬工人师傅的吃苦和勤快。在她的体验馆里有位66岁的花工,在她的带动和鼓励下也兼具了泥水匠、糕点师、咖啡师的特质。

她的朋友圈里皆是花事,绽放的是花木之美,艺术之美,勤劳之美，更是人性之美。

　　在体验馆里，我暂时抛却烦恼，偎依着木炭炉火悠闲地读书品茗，小儿在旁做完作业后便捧着iPad，一会儿坐，一会儿趴，一会儿蹲，一会儿卧，专心致志地打游戏，真乃"清闲无事，坐卧随心"。

　　中午，她挽留我和贝西在如画般的花园里吃了一顿手工水饺，丁烷气炉蓝色的火焰舔着锅底，锅里的水沸腾着，饺子翻腾，屡屡烟火气冲向天空。

　　我们聊些闲话。她说去年的园艺生意很好，因为疫情很多人在家里有时间打理花园，单子反而很多；可有机农业就太难了，政策风险大，手续繁杂，和流转土地的农民不好沟通，流转的土地一时无法投产。说起园艺，她又很快眉飞色舞起来，这几年到处参观学习，见识多了，眼界宽了，设计起花园来很是得心应手，老客户很信任她，推荐了很多新客户。

　　在这里我看到了园艺生命的飞扬，也看到了这位朋友职业生命的飞扬，她那因阳光照拂略多而显得有些黝黑的面容尽显自信和勤奋之美。

　　所谓大隐隐于市，人生如能有这样一处花园，已是当代隐士。陈继儒在《小窗幽记》里说：带雨有时种竹，关门无事锄花。拈笔闲删旧句，汲泉几试新茶。

　　多好的人生状态啊！

（写于2021年1月3日，修改于1月9日）

花儿开在春风里

立春了,阳气升腾,温暖如约而至,想象如朱自清的《春》中描写那样:盼望着,盼望着,东风来了,春天的脚步近了。可惜重庆城区四面山峦环绕,挤进点东风还真不容易。

可我是幸运的,我感受到了春风拂面。

拂面的春风是霓带来的。霓是我的朋友,我们曾经是短暂的同事,彼此相继离开原来的单位后才成为好朋友。

我刚到北京工作去广州出差时,她正好也在,我们相约去吃粤菜。那时她刚换了一个工作环境,崭新的事业,崭新的开头,从头到脚都是新的,她向我请教职场,谦虚中还有点恓惶。

还记得初见她时,二十出头的年华,身材颀长而亭亭玉立,眼若秋水而明眸善睐,语出如剑而清高自傲,歌声婉转而尽显文艺范儿,一颦一笑、举手投足间,洋溢着青春逼人的气息,到哪儿都是焦点。

追求的人很多,后来终究有人抱得美人归。

结婚,生子,也是寻常人的人生路子,如此渐渐地淡出大家的视野。

再注意到她时，已如寻常女子，穿作慵懒松散。约过一次在咖啡馆里听她的碎碎念，怎么都难以相信这是霓，简直判若两人。谈的是家常，吐槽的是工作，简言之，子女教育难，夫妻矛盾多，老人赡养烦，工作浑浑噩噩，没有目标感；夫妻感情不合，一度甚嚣尘上。

这哪里还是我初见到的那个活力四溢、青春葱茏的样子。

或许，大多美丽女子都难逃这样的结局，她们被宠爱得太多，养成了接受讨好无须奋斗就可安享的习惯。

临别时，我对她说，你应该改变，从工作开始，跳出你现在的环境，逼自己一把，让自己有目标地忙起来，一切都会改变。

不久，她果真跳槽到一个刚刚上市的科技民企做客户经理，到各大城市出差多了，见识广了，资讯新了，朋友多了，一时工作业绩靓丽，风生水起，薪水更是几倍增长。她自己都没想到她的工作能力一点都不差。

立春时，她请我吃饭又见到她，此时的霓已非吴下阿蒙。我看到了一个着装商务时尚，透着知性和干练，果断和自信，有点像《穿普拉达的女王》中的安迪，走路说话都风风火火起来，大有职业经理的风范。

再同她交谈，绣口一吐，不是投资理财就是商机，还有科技和时尚前沿，至于家长里短绝口不提。问到家人，她说之前把家里的事当作生活的全部，换个职场出来一看那算得了什么，自己成长了，收入丰厚了，很多问题都不是问题了，一是现在很忙，没时间天天去想那些事；二是经济独立，很多事钱可以解决了。

真为她高兴，终于重新活得像花儿一样了，人一旦自知自立自强,也就跳出了生活的琐事,焕发出青春的活力。

见到这样的女子,岂不是如沐春风。

(写于2020年5月12日)

温/润/的/时/光

祭师胡普安

今天是清明节,深切怀念领我工作进门的师傅胡普安,撰此文以祭之。

3月29日惊闻师傅胡普安去世的消息,顿时悲伤不已。3月8日还分明看到他在朋友圈转发《手机摄影作品周展》第300期,甚至在此前几天还看到他在朋友圈给朱哥的摄影作品点赞,没想到突然间就天人永隔,可他还不到65岁。

遗憾的是我没有及时得到他去世的消息,没能去成都送他最后一程。

他是我职场生涯的第一个领导。1999年我入职成都电信,在一线销售部门进行短暂的实习后,正式入职党群部宣传中心,宣传中心的头儿就是他——胡普安。宣传中心的前身是宣传处,鼎盛时期是成都电信局独立的部门,拥有摄像机、编辑机和独立的机房,可以拍摄制作电视宣传片,于是他也被成电人称为胡处。胡处祖籍山东,退伍军人,一米八几的身高,魁梧帅气,喜欢穿摄影背心,摄影摄像是特长,拍摄编辑的宣传片可以和电视台专业级别相媲美。

刚进入宣传中心我有点惶恐,在宽大的办公室里用屏风隔出半边摆放着林林总总的摄影摄像和编辑设备，我动都不敢去动。胡处笑着对我说："小张，你不要急，一样一样慢慢学。"就和同事朱平一点一点手把手教我，从使用最简单的蔡司数码相机开始，再到用先进的索尼摄像机摄像。

初时我负责使用蔡司数码相机拍新闻照片，采编《成电新闻简报》在办公网上发布；朱哥负责摄像编辑视频，我配合写播报的文字，制作成《成电新闻》视频在公司食堂的电视机上播放。记得有次去都江堰采写新闻，我编辑简报时把当时的市委书记照片位置排错发了出来，受到了都江堰分公司领导的批评，心里很是难过。胡处知道了，不仅没有批评我，反而安慰我，说问题出在他那里，是他审核不严，是他这个师傅没有教到。对我工作上的错误和失误，胡处总是首先对外站出来担当，自我批评，然后才耐心地帮我分析纠正，就是批评几句也是半开玩笑式进行，让内疚紧张的我很快释怀。

宣传中心拟申请购买一套先进的摄像机，他让我试着写请示。我清晰地记得"妥否，请批示"是他加在《请示》的末尾，让我至今每每起草或修改《请示》，总会在文末一字不多一字不少地以"妥否，请批示"结尾。此时他那戴着银腕链的右手捉笔的姿势和遒劲有力的笔迹就会浮现在我的眼前。

中央电视台在成都启动搞一个全国省级电视台专题片拍摄大赛。云南电视台抽签抽到了成都电信，于是就由我们中心配合云南电视台拍摄，题材以时任成都电信户线办主任张新一家为故事线索拍摄专题片《电信世家》。胡处事先就安排我作为专题片的撰稿人写好了脚本，在拍摄组到来后给他们认真介绍了我，把"小张"夸得花儿一样,之后我前前后后跟随摄制组同吃同住拍摄了两个星期。拍摄结束后,胡处又特意派我到昆明,让我跟摄制组学习专题片剪辑。后来周末时他又和张新赶来带我一起在云南电视台同志的陪同下去了丽江、大理和香格里拉。《电信世家》剪辑完成后送到中央电视台参赛,荣获二等奖,成为我在宣传中心一份亮眼的成绩。

胡处好酒,酒量不是一般地好。就是中午出去吃个面也要来三两,我自是陪不起。他在酒桌上喝酒豪放,但从不让我多喝,别人找我拼酒,他总是护着我,还总忘不了帮我夹菜,像是慈祥的长者。宣传中心有一台半新的微型面包车,他了解到我有驾照,就把车子交由我保管和驾驶,那是2000年,能亲自开着车去做新闻采访和上下班还真是有些神气,羡煞不少人。

可惜在胡处手下工作的日子太短,因机构改革宣传中心被撤并,他鼓励并推荐我应聘去了综合部,而他调任到了市场部。在与他相处短短的一年多时间里我终没有把握住向他学习的好时机,只了解一些摄影摄像技术的皮毛。之后职场辗转,很少再与他碰面,但我每换一个地方总是要给他报告一声。

2019年4月,我去成都出差,知道他已经退休,身体不好,酒也不喝了。我很想见他,就专门约了他和朱平、刘曼、蒲晓蒂、伍皓等一些当时的老同事吃饭。他早早就到了餐馆,一见面就赶紧伸出双手握住我,激动地说:"小张,好多年没见了,你模样都怎么没变呀。"其实我怎么能没变,从当初刚出校门清瘦的毛头小伙子变成了有些微胖的中年人,不过也许在他眼里我还是那个当年跟随他扛过照相机三脚架的"小张"。我看他,他却有着与年龄不相符的苍老，脸色苍白，头皮光光，年轻时稠密的黑发一根也不见了，原来挺拔的身材已经变得有些佝偻。他患有高血压、心脏病，肝、肺也不好，股骨头还有坏死，戒酒很久的他还是陪我们喝了些红酒。席间，与同事们回忆起与他相处的那些日子，那些趣事，不胜欢喜。我也自称是他不成器的关门弟子，他却说我是他的得意弟子，笑得像个孩子一样开心，频频举杯，只是嘴巴有些瘪，我看着着实心酸。真是人生如梦，当年帅酷的师傅转眼间已是壮士暮年。

临别前，我双手握着他的双手和他约定，再来成都一定去看他，恳请师傅再传授我一些摄影技巧，他的衣钵，作为徒弟的我还是很想传承的。

谁料想，这一见竟是永别。

听朱哥说，师傅去世后，家人想找一张他的照片作为遗像，多方寻找，最后只能从社保那里找来登记照勉强使用，他一辈子爱好摄影，不知拍摄过多少人物，竟然没有为自己留下一张英照。

胡普安是我人生道路上的一位导师，从与他的相处里，我学会了做领导自身要谦逊、担当，对同事下属要关心、包容，如此方能让人倾心相随，工作即使苦累亦能甘之若饴。我始终铭记之，践行之。

愿天堂里再无病痛，师傅永安！

（写于2021年3月29日晚，修改于4月3日）

温/润/的/时/光

月光菩萨

今天中午,果慧师父微信发给我一个MV《月光菩萨赞》。这是她近期得意的新创佛乐。我听了三遍,很是治愈烦恼。

果慧师父出家前曾是我的大学辅导员老师,毕业于重庆某大学音乐系,俗家姓邹,四川宜宾人。那时她刚毕业来四川大学工作,记得当年系领导将她介绍给同学们时,引起下面一阵骚动,那时的邹老师年轻漂亮,音乐专业的熏陶使她全身散发出独特的艺术气质。"喜时彩霞满天,笑时山花烂漫",多年后的同学会上有同学这样评价她。

我们中文系95级的同学与邹老师的缘分只有一年,当我们大二的时候,学校将她调到了文化艺术学院任音乐老师。我当年因为是班长,所以和邹老师打的交道最多,至今我都清晰地记得她当年的样子:长发垂肩,裙裾飘飘,声音甜美如叮当泉水,笑容可掬若春风拂柳。她很信任和支持我的工作,我也经常在上午第二节课后稍宽裕的时间和下午的课间隙去系上找她汇报商谈班级工作。和她相处的日子非常愉快,她一如邻家的姐姐,全无师生那种身份隔阂和生涩。我记得我曾从家乡带砀山梨给她,她吃后满口称赞;我还带同学找工人帮她粉刷单身宿舍，她请我们去文化路吃她家乡的宜宾燃面。她开过一门公共选修课"音乐欣赏"，记得班里很多同学和外系的很多男生都跑去选修她的课，我仅有的一点五线谱知识也是从她的课上获得的。大二时为中文系参加川大艺术节，我写了短剧本《康乃馨与红玫瑰》并出演，得到她的指导和肯定，在评委席上的她给谢幕的我们报以灿烂的微笑并打出全场最高分，我们一举荣获二等奖。

与她相处的日子愉快而难忘。

再后来，她结婚了，先生是川大学工部的老师，新疆人，高大阳光，我和他也很熟。后来的日子我在校园很多次遇到他们，看得出那时的他们感情很好，琴瑟和谐。

2002年我从成都转移到重庆工作，邹老师也从川大道教与宗教文化研究所博士毕业，之后我便很少再有她的消息。直至2013年，我偶然从同学那里得到她出家的消息，十分震惊，个中缘由无从知晓。为此我上百度上搜索她的消息，也仅搜得她的博士毕业论文《中国汉传佛教梵呗（fàn bài）研究》（注：梵呗是中国佛教音乐的原声，源于印度声明学，就是和尚念经的声音），不知这个宗教学博士是不是她出家的缘由？

邹老师出家非常曲折，后来在爱道堂我亲耳听她讲过。家人舍不得她也不理解她，当然阻拦，她凭着一股对信仰的执拗辗转多地才达成心愿。2006年舍俗出家，现在到了成都的爱道堂，在那里她做了一名普通的比丘尼，而且开始从最下层普通僧尼做起。

2014年8月1日，在川大中文系95级同学会的前一天，我和同学大象结伴去爱道堂看她。去之前我给她先发短信表达想去看望她的愿望，她回短信爽快地答应了。老实说，我去之前非常纠结，我不知道见了她该怎样表达我们之间的那份师生情谊，生怕释俗之间有了不可逾越的隔膜，生怕我那世俗的语言触犯了佛家的神圣。下午三点，我和大象忐忑不安地到了爱道堂，终于见到了十年之后的邹老师——现在的果慧师父。她的一声"张前进、向伟蓁"脆生生呼喊仿佛穿越岁月是当年的邹老师仍站在我们的面前。一头秀发不见了，着一身杏黄合体僧尼便服双手合十"阿弥陀佛"，将我拉回了现在的果慧师父面前。我和大象不自然地双手合十应答，甚是手足无措。

　　果慧师父微笑着说，跟我来吧。我们跟她来到后堂，没有多的寒暄，她说每月初一至十五庵里斋堂是她轮值，帮她做做事情吧。于是在她的安排下，我们帮她从楼上抬下一台破旧的洗衣机（最早的那种双缸洗衣，在一个缸里洗完再拿到另一个缸里脱水，说师父们都不舍得丢掉，修修还能用）。让我们给弥勒菩萨和监斋大士上了香、添了灯油。又带我们参观了斋堂，斋堂干净而整洁，几口大锅一字排开，我们真不敢相信柔弱的果慧师父可以翻炒动大锅里的饭菜。之后带我们去菜园里摘菜、择菜、洗菜，劳动的时候果慧师父边做活边跟我们聊天，声音爽朗，她很高兴我们来看她，而且记得我还在成都工作的时候从龙泉摘枇杷给她送去。然后问我们的工作情况，家里情况，看了我家人的照片，称赞我的太太漂亮，儿子帅气。对于当年学校的很多往事还和我们回忆出来，有时还乐不可支。呵，完全不是我想象中青灯古佛下严肃地敲着木鱼的样子。我说出了我来看她之前的纠结，她呵呵笑了，说我想多了，不要以为出家人整天都是一副苦瓜脸，看到我你们就知道了。我顿时释然。

我凝视着现在的果慧师父,与心中珍藏着的邹老师俨然已是两个世界的人。现在的她依然美丽、气质如兰,优雅的举止中透着神圣和庄严。现在的她不只美丽和聪慧,还充满着爱、善、慈悲和欢喜。

临走时,果慧师父笑着说,你们今天帮庵里做了很多事,已是广种福田,善哉善哉!下次再来我亲手做斋饭给你们吃,我的手艺已经很不错了。

第二天,果慧师父通过手机发了几张照片给我,其中一张是她在爱道堂做燃灯会时的影像,在氤氲的经殿香雾中,法相庄严的她默诵箴言,如梦如幻。也许这就是她悟透人生追求的新境界。最后她还发来一段话:"我自己更喜欢现在的形象,每个出家人都是释子——释迦佛的亲儿子,不管世人如何评判,我以现在的身份为傲,并且一定会坚持到底——将此身心奉尘刹,是则名为报佛恩。阿弥陀佛!"

是的,我的邹老师已经不再是老师,现在的果慧师父已是释子,她都悟透了自己,放下了尘世的一切,寻找到了自己未来的光明世界,我又何必探究她皈依佛门的因缘呢?

近几年,果慧师父凭着自己的音乐修养倾心谱写和演唱佛曲,已经小有成就,每每有好的新作她都会发给我欣赏。其作品空灵智慧,意境深远。

看到昔日老师这种对信仰的坚定和佛乐的欢喜,不禁由衷地为她感到高兴,更为她昔日选择的勇气和坚毅所打动。在这个大千世界,我们随波逐流的东西太多,在意世俗的眼光,在意权力物质的欲望，唯独忘记了自己，以致泯灭了信仰和追求；被挟裹在狭窄的通道里艰难前行，为了一点可能到达俗世的高点，放弃了自己的喜好和意愿，做着看似积极向上却于己无意义的事情。

我们不敢改变，不敢停歇，不敢懈怠，宁可委屈自己也不愿辜负全世界。

我们缺乏重新选择追求的勇气，缺乏矫正人生道路的坚决，缺乏为信仰勇往直前的信心，默默放弃了人生的多种可能。

岂不知人生中，舍与得相伴、多与少并肩、苦与乐同行，忠于追求、敢于选择、勇于矫正，才是快意人生。

（写于2020年9月28日，修改于2020年10月7日重庆）

结庐在湖境

阳光挤过窗帘的缝隙洒进卧室,晃开我的眼睛!太太睡得正香,她人生的福分就是这样,吃得再好不胖,睡得多了更美。

我轻手轻脚拉开门,走进院子,沐浴着阳光的三角梅开得正艳,一缕清风拂面,让整个人清醒起来。

今天是2020年元旦,新的一年又开始了。

哦,记起了,昨天我们四家的四个孩子各自带着自己的女朋友、男朋友从全国各地赶来,为的是赴跨年之约。这跨年之约从2000年重庆南山的别止民宿发端,至今天在我们的庐境别院为止,已经坚持了整整20年。

犹记得,2000年元旦前夕的晚上,我们四家人带着四个孩子挺进南山,入住别止民宿,相约在这里度过新年之夜,帮娃娃们总结过去的一年,畅想新的一年,让孩子们尽情嬉戏欢笑,消除一年学习的紧张和疲惫,而大人们也借机放松身心、把酒言欢。

别止民宿是开张不久的,由一栋临路民房改建而来;入口处有一株高大的黄葛树,枝繁叶茂,密影横斜;从树脚下的青石台阶拾级而上,二十余步就抵达民宿玻璃大门;大门内是玻璃和钢架围成的阳光房与室内大厅连在一起，白色和原木色是它的主基调，简单的家具、玲珑的装饰处处透着股小清新；就连服务人员也是二十余岁的大孩子，服饰不统一，而是各具特点，透着随意轻松。漂亮的小女生穿着花边围裙应客人要求勤快地打理上下、端水送餐也不多言，微微一笑，轻轻一语，柔软地直抵客人的心。一个男生则站在兼有咖啡、餐饮及办理入住等功能大堂前台的内侧，熟练地操作一应事务。住宿的房间很小巧，不过倒也清爽。

　　晚上的活动照例是先吃饭，大家围长桌而坐，吃的是意面、鱼排饭等简约西餐，又配些土豆片、咸花生、车厘子等零食，女士们饮白葡萄酒，男士们喝白酒，孩子们当然是饮料，为新年到来共同举杯庆贺！本来订的是邻近农家菜馆的桌餐，女士们认为主要目的是聚不是吃，便随了她们的意取消了桌餐。没有丰盈的下酒菜，男士们酒兴阑珊，一瓶白酒喝得拖拖拉拉。孩子们吃完便结伴出去玩耍，大人们留下天南海北地八卦。

　　时至10点，招呼孩子们进入布置好的有节日氛围的小厅，请孩子们轮流总结2019年的得失，再订一个2020年的目标。大人们也不例外，也要说一个新一年努力达成的目标。为鼓励孩子们，我们准备了奖状和礼物，为每人颁一个奖，在大家的嘻嘻哈哈中，我们看到了下面这样的奖项，果果的"坚持不懈奖"、牛牛的"最温和最帅认真学习奖"、贝西的"敢于自我挑战奖"、圆圆的"进步之星奖"。大人们奖状更是欢乐，有"和蔼可亲奖"，有"减肥成功奖"，而我去年总共飞行93587公里，到达过23个城市，被颁发"空中飞人奖"。

　　美丽的跨年之夜在果果的一曲悠扬的小提琴乐曲中结束，我们相约每年举办跨年之聚。

20年,弹指一挥间,四个孩子也从10岁的儿童,成长为今天的青年,四个孩子又带来四个伴侣,我们这庐境里到处洋溢着青春的欢笑,就是有些喧嚣也是那么美好!

我走上院子南边的观景台,手搭凉棚远眺仙湖。白云镶在碧蓝的天上,朝阳柔和的光射向湖面,湖面上波光粼粼,空中氤氲着淡淡花香,想来是花园里栀子花在开放,旁边老树上鸟声啁啾,定是百灵在歌唱。四只猫咪也先后来道新年好,两只柴犬闻讯而来在我腿边摇尾低吠问安。

在这庐境别院里过新年真好!

昨晚酒喝得很尽兴。那三个老伙计还是闹得凶喝得少,依旧被老婆们嘲讽、孩子们取笑,宝刀虽老不服老,大叫再饮二两都不高,岂知年龄已如是,酒量牛皮越吹越大,用的杯子越来越小,彰显酒品越来越糟。其实,我也喝多了。

现在都还不起床。答应孩子们的营养早餐莫泡汤了,20年前自封"最佳早餐奖"被挤兑的大菜,依旧吹嘘要给孩子们露一手,可这马上要日上三竿了,他的手还捂在温暖的被窝里。还有小孙,许诺中午要包他拿手的饺子,信誓旦旦地说早上亲自去买最新鲜的肉和菜,想必现在还闭着眼梦周公呢。唯挺哥实在,怕倒得早,醉眼迷离时先说他新年第一天要在仙湖边画一幅《庐境四美图》,以表彰四位美丽女士打理庐境别院的功绩,可惜四美尚未醒,画师仍在眠。

我先喊他们起床,再去洒扫庭院吧!

庐境别院位于彩云之南,仙湖北岸,悬崖之上,可俯瞰碧水兰舟，鸥鸟翔集，如画美景一览无余。

庐境原本是废弃的一破败小学校，系石头建成的坐北朝南二层小楼一座，前方两侧各有两大间教室，围合成U形，内有古树三棵；U形建筑群左侧有小操场一个，右侧有菜园一亩。两年前我们环游仙湖时偶遇，便抓住机会谈而得之。

开民宿客栈的梦想源于同住重庆别止民宿时，憧憬数年，囿于工作无闲暇时间，囿于子女在接受教育，也囿于无合适的选址，而停留在言谈之间。

如今，解甲归田，子女成年，魂牵梦绕的想法终于有机会实现了。还记得我们的初衷和美好愿望：

> 背山面水一亩田，沐日赏月独宅院。
> 栽花种草追雅致，育苗植蔬求清闲。
> 蓝天白云相映衬，读书品茗常做伴。
> 筑就民宿五六间，挣得小钱千百串。
> 半日劳作半日闲，半生辛苦半生甜。
> 呼朋唤友饮美酒，撸猫遛狗庆余年。

拿下房子，立即动手。

设计师是现成的，挺哥可担此大任，他磨刀霍霍久矣，早就满脑子设计图了。

洽谈采购、施工监理，其余三位男士可担任。家具软装，四位女士经验丰富。

忙活一年后，改造而成的庐境别院在仙湖之畔落成。三个月后,在网络爆红,一宿难求!

在庐境是怎样的生活呢?

旭日初升时,男士们打开庐境的大门,带上小糯米和小玉米两条柴犬,走下林荫坡道,小心穿过环湖公路,踏上湖畔步道,迎着阳光开始奔跑,带湿润湖水的新鲜空气扑面而来,那一个清爽!

回望庐境,整个别院笼罩在朝晖中,浑朴而宁静。

此时庐境别院的西厨里,志君已经在熟练地烘焙,她的西点可是一绝,食客无不交口称赞。今天有个客人过生,那个高大的帅小伙很会聊天,喊她姨姐,解释说按年龄应该喊他阿姨,不过她看起来年轻得很,就是一姐姐嘛。乐得志君喜不自胜,她想做个慕斯蛋糕给他庆祝,也算给客人个惊喜,还特地安排了谭老师拍摄场景,估计这个发出来,又能引发追捧庐境者的一波尖叫了。

在英波姐负责的玫瑰花园里,她发现了刚刚绽开的数朵黄玫瑰,看来她掌握了栽培玫瑰的方法了,这就让玫瑰花园名副其实了。她兀自欣喜不已,开始着手修剪花枝,房内的插花有些需要更换了。

在休闲大厅里,洋洋正在集合猫咪,一边给它们换水、喂食,一边批评到客人房间捣乱的黄火星,接着还要铲猫屎、添猫砂、梳猫毛。这几只猫是客栈里的明星,不光负责讨好客人,还时不时要在谭老师那里上上镜,可得梳理漂亮呢。

在四品轩里,谭老师正整理图片、视频资料,今天要更新一期影音小视频,她要结合我的小文完成编辑,再合上洋洋的配音,希望能让庐境别院的粉丝持续上升。

跑步回来的人和犬马上要投入工作。

挺哥先是安排小糯米这个迎宾到门口准备好迎送客人，让它把握手、摇尾、站立等动作又练习了一遍，现在基本熟练掌握了，尔后他赶紧驾车去菜市场采购一天用的食材。

小玉米准备叫客人起床吃早饭，这是事先给客人约定好的，它先是在客人房间前刨三下门，再轻吠三声，这个事小孙负责训练引导。

大菜则赶紧跑进菜园里，扯了些香葱和小菜去做早餐，他现在早餐操练得越来越好，尤其是炒鸡蛋、蒸鸡蛋、煎鸡蛋、卤鸡蛋，我们都称他蛋博士！

我负责菜地，跑到归园田里巡察了一圈，翻了一会儿地，这块收完菜的空地要种新菜，今天须完成，顺手摘了中午要吃的菜为午餐做准备。做大餐也是我主厨，小孙是墩子，大菜是杂工，挺哥是跑堂。

庐境别院占地近5亩，打造出了4个一室一厅的套房，供我们一家一套长期使用，又打造了6个宽大的客房，每个房间主题不同，均是简洁大方，经典别致，其窗宽门阔，阳光拂照，每一处细节都方便、妥帖、舒适、美观。其余的，打造了一个休闲厅，厅里微型小桥流水，锦鲤欢快畅游，绿植遍布，花草葱郁，一片春意盎然；打造了一个四品轩，集读书、品茗、磨咖啡、听音乐于一体，一面墙用三米多高的实木书架从地脚通顶，一面玻璃幕墙可透视户外，实木阅读桌木纹凸显质感，沙发软座松软柔和，坐上去如婴儿依偎母怀，功夫茶台古朴庄重，茶具齐全，熏香萦绕；打造了一个小厨房，中西合璧，虽小却也功能齐全，一见就让你有大展身手的冲动；打造了一个湖光山色主题餐厅，精巧别致；打造了一个观湖景房，设在庭院南边临崖处，仙湖美景尽入眼底，如置身明信片中，可于其中对弈、打坐、远眺。庭院左侧的菜园仍就是菜园，雅称归园田，里面井字格局，纵横交错，果蔬遍植，生机勃发，当季菜蔬可源源不断供应厨房。右侧的小操场改成了一个网球场和一个小花园。花园称为玫瑰花园，园内曲径通幽，篱笆整齐，花架有高有低，各种花卉与草坪搭配地错落有致，四季皆有鲜花盛开，两只孔雀漫步其间，增加几分灵动。U形建筑中间的古树也作了布置，有秋千可荡，有树屋可爬。

陶渊明有诗句"结庐在人境"，而我们"结庐在湖境"，遂将改造后的院子称作"庐境"。庐境是别致的院子，也是家之外的院子，故称庐境别院。从湖边公路沿一侧坡道进入三角梅搭成的林荫小道，行百余米就至入口，黑色木门俨然，古铜门环垂吊，推门而入，豁然开朗，建筑外观灰白相搭，有些许藤蔓缠绕，古朴而雅致。若是夜晚，灯光昏黄，明暗层次分明，一派静谧祥和，如临仙境。

打造此别院，挺哥真真使出了浑身解数，日夜反复修改设计，曾经性感的小肚腩都悲伤地离他而去。

孩子们都长大了，在追求自己的事业，如同当年的我们一样。我们完成了使命，便聚集在此，安享人生后半程。

庐境别院里，大家分工明确，各发挥所长，既享受美好时光，又承担力所能及的工作，跑跑步，打打球，读读书，喝喝茶，种种菜，养养花，做做饭，喝喝酒，会会友，上上网，听听音乐，看看电影……终于可以心安理得地做这些事。

庐境别院不只是民宿，不只是展现旅行值得停留的地方，而是昂扬一种对生活的态度，我们抱团而居、优雅而活、健康而动、从容而行、安然而眠、乐观而笑，让宾至真如归。

一切美好的东西，一切美好的生活，人们都会竞相追逐，我们通过网络传递出别院的环境美、生活美、心情美，吸引了无数粉丝，入住过的客人又无数次地将庐境别院之美传出。6个房间的订单，几乎排满了一年。不过12月31日晚上是一律不接受预订的。

孩子们是守约的，20年来除了极少数不可抗拒的原因，他们都如约而来。今年是第一次在庐境别院举行跨年之聚，他们和我们的兴奋都难以名状。我们早早做了准备，洒扫庭院、布置场景、准备美食、策划节目，还如同20年前一样，他们长得再高在我们跟前还是孩子，不过变化的是，以前是四个孩子，现在已经是八个了，也许再过几年还会多出几个小小的孩子的孩子！

别院里欢乐的气氛一浪高过一浪，就连夜晚的灯光也一改昏黄的稳重，加上了闪烁的霓虹，音乐声起，欢笑声起，犬吠声起，泪花儿在眼眶里转起……

今年的颁奖奖项与往年不同，今年的菜肴与往年不同，今年的美酒也与往年不同。

酒至酣，然醺而不醉！

新年的钟声敲响了，悠扬的小提琴乐曲又起。

……

叮铃铃，叮铃铃，闹钟响了。

我睁开眼，原来是南柯一梦。

梦非真，想不假，愿梦想他日早成真，让我们过一段人生曼妙的时光！

（写于2020年1月4日北京琨御府）

酣高楼

去年通过微信，无意中联系上了一个老朋友，他是我大学临毕业在同一个打印店制作"就业自荐书"时结识的，经打印店的小老板介绍，让我帮他修改自荐信，理工科的同学也希望开篇的自荐文字颇具文采，以打动招聘者。

几次交道之后熟稔起来，彼此相见恨晚，他名字的中间有个"文"字，我便戏称他为"文兄"。他是当年理工科毕业生中的佼佼者，招聘活动开始不久就签约了国内最牛的通信制造商，年薪20万起，让我们羡慕不已。

在毕业纪念册上他给我写道："朋友之交像喝开水，太热了烫口，太冷了冰口，适宜的温度才是最好。"虽然酒后彼此抱着说保持通信，可终究随着工作和地方的变化还是失去了联系。

偶尔翻翻毕业纪念册，还是会想起一袭淡蓝短袖衬衣蓝色西裤，坐在荷花池边石凳上帅气的他。

去年和一校友微信聊天，无意中聊到了他，校友与他有交道，便把他的微信号推给了我。

二十年后隔屏相见，我试问：此去岭南好不好？

　　他答道：此心安处是吾乡。好与不好常交错，一时难尽言，见面再详谈。

　　就在这月初他突然微信消息给我：两日后抵渝，可否拨冗一见？

　　老友来访，自是喜不自胜。我便主动提出帮他订房，安排行程。他也不客气，直接提出：住高楼、看长江、吃火锅、喝美酒、看夜景。

　　问及几人同行？答曰：独自一人。

　　问及因公因私？答曰：千里之行只为君。

　　我立即查找酒店，在重庆的主城区既可以住高楼又可以看长江的新酒店非来福士洲际酒店莫属了。为此我专门去洲际酒店考察了一番。酒店果然气派，矗立在朝天门两江交汇处，一条空中水晶长廊在42层将4栋高楼连成一体，似扬帆起航。洲际酒店的大堂也设在本层，经询问大堂前台服务人员，64层端头的小套房看江景和山景为最佳，我便毫不犹豫地订了。

　　机场接文兄，不是他喊我一声，简直有点认不出他。身材清癯，面容沧桑，顶发稀疏，两鬓染霜，只是那眼睛仍是炯炯有神。

　　见面拥抱，彼此都有些哽咽。川大一别，此去经年二十余载，从意气风发的青年到沉稳内敛的中年，时光不经意间把我们雕塑成现在沧桑的样子。

　　我开车风驰电掣抢在车流晚高峰之前到达来福士洲际酒店，一路向他介绍重庆，他之前因工作出差，匆匆来过一次，未曾留下深刻印象。办完入住手续，我们进入64层的客房，房间舒适宽大，浅色木纹装饰温馨可人；透过全景玻璃窗可俯瞰长江，碧水托浮着游船；可直视南山，大金鹰塑像屹立山顶。旖旎的山城美景令文兄啧啧称赞。

我们约定，先去南山吃火锅、看夜景，再回到酒店房间慢慢叙聊。

南山火锅一条街依山而开，我选择了一家位置和味道俱佳的老火锅，他也是在成都混过四年的人，吃麻辣火锅自然不在话下。

半山，户外，林下。两人围于一桌，锅内红汤翻滚，筷夹毛肚鸭肠狂涮，美酒在手推杯换盏，共忆青葱校园，恍惚间回到在校时川大文化路街边吃串串香的时空，一瓶白酒下肚尚未尽兴。

返程时途经一棵树夜景观赏平台，同登之，山城夜景尽收眼底。

他看着一城灯火，久久凝望不语。

来福士购物中心的超市，我俩买了若干啤酒，还有花生豆干鸭脚凤爪下酒菜，回到房间才开始饮谈别后人生。

他问及我别后情况，我简单述说，一直在通信行业国企，跟着改革步伐，从成都到重庆，又到北京，再从北京返回重庆，兜兜转转，一家三口现在重庆居家。

问及他，他自顾自呷一口酒，望望窗外，缓缓说，我的经历比你要曲折多了，有些不堪回首。今天尽兴，不妨给老朋友倾吐一下，人生于我大起大落，不过结果虽有遗憾，总还算好。

我毕业进入通信制造大公司，心里无比自豪，想尽快干出一番事业来，因而格外努力。两年后公司外派非洲，我征得女朋友同意报了名，分去南非一个小国，吃苦我没问题，但恶劣的社会环境让我险些丢了性命,说着他捞起上衣下摆露出腰,左后侧赫然一道伤疤,那是被抢劫留下的。三年外派让我的职位和收入快速提升,但期间女朋友还是分了手,就是学校谈的那个,你见过的。

"哦,就是我形容的那个'长发飘飘、身材窈窕',挺好的女孩子,可惜!"我共情道,同他碰杯。

也不怨别人,我常年不能陪伴,谁的青春也不能过多等待。

回国后先调到江苏奔波两年,后面又调到深圳研发部门,本以为可以正常朝九晚五,把生活安顿下来。他呵呵苦笑一声,研发工作没日没夜,我的一半睡眠时间都是在办公室打地铺,我成了典型的技术男,想找个女朋友都没有约会的时间。不过收入可观,在深圳买了房。可这样一直下去也不是办法,父亲身体不好,母亲催婚催得厉害,那时很多同事跳出去自己创业,我正好有点互联网方面的想法,便也下决心辞了职,和一个有点创业经验的好朋友合伙开了公司。

我们碰杯喝了一口,他继续说。

开始还是比较顺利,我们切入的是服务性小众行业,竞争不大,一年后就得到了资本青睐,有了第一轮融资。那时春风得意,也有了新女朋友。又过了一年多,第二轮融资时我结了婚,双喜临门,父母也放下心来,催着我赶紧生个孩子。我一心打理公司,希望能早点成功上市,跻身互联网应用行业,占据一席之地,因而有些急功近利,日夜赶工。

猝然间,广州冒出一个同类公司,打法套路与我们趋同,背后的资金更雄厚些,来势汹汹,导致我们的获客成本直线上升。在创业公司,我是最大的股东,主导公司管理,另一个朋友相比我股份占比要少些，还分了些股份给员工。本以为离成功就一步之遥，这个新同类公司打破了我们的梦想。第二轮融资的钱烧完，投资方也犹豫了，眼看亲手打造的公司就要倒下，我固执地不肯认输，自己带头鼓励员工投资坚持下去，我的房子卖了，家里也开始风雨飘摇，最终与妻子分道扬镳。

总算发现了对手的来历，它竟然是我的亲密合伙人在外部资本的怂恿下，背叛公司暗渡陈仓，不断偷走公司的创意和开发。我知道后，后面的事情就简单了，一年后这个对手公司和合伙人黯然离场。

我的公司重新获得市场和资本的青睐，再一年成功IPO，接着上市。哈哈，我终于成为期待已久的霸道总裁。

我历经波折得到了我想得到的，但也失去了不想失去的，比如家庭，比如父亲，还有我的健康。

我惊问："令尊过世了？你的身体怎么回事？"

他平静地说，在我创业的最低谷，父亲肝癌去世，我没能尽到儿子该尽的责任。我也透支了身体，如今有严重的肺病，也可以说是癌的早期。

我听了，前去搂住他的肩膀，不知如何安慰，与他碰一杯，一饮而尽。人生真的不易，求仁得仁者几何？我们看到成功者光鲜的背后都是筚路蓝缕、斑斑血迹。

他说，我这次舍命陪君子，咱们好好喝这一回，明天我就戒酒了。

我们都醉了，从沙发上滑坐在地毯上，电视里的国际新闻正在播报俄乌冲突。

窗外，江边和南山的灯火依旧阑珊，明灭可见。

我以为他现在是稳稳的创业成功者，人人羡慕的风光老板，毕竟苦尽甘来。谁知他继续说，我现在是无业者了，公司卖掉了，我不想在这里把生命耗尽，有了财富自由，我想干点弥补遗憾的事情，人生其实不只有一条奋斗的路，还有别样的人生，比如你。

我呵呵讪笑，我一生平庸无大成，你的成就是我奋斗的目标。

不，你的现世安稳、双亲犹在、美满家庭才是人生大成，财富的成功不是人活一世的意义。

或许吧，人都是得陇望蜀，就是仓央嘉措修行也纠结："世间安得双全法？不负如来不负卿。"

在重庆的朝天门，我俩一起酣高楼，俱怀逸兴壮思飞，欲上青天揽明月。

人生在世皆有不称意，明朝不必散发弄扁舟。

宜华丽转身，孜孜再求它。

（写于2022年3月5日，修改于3月12日）

蝶 咖

仲春,江边,晨风,雾岚。

沿狭窄的滨江公路漫无目的地驾行,于路面稍宽处靠边驻车,小跑进入满眼葱茏的滨江公园,从林草的青绿知道此处春风早已拂过。

红砖步道微湿,那是昨夜雨露的浸润;道两边是开阔的草坪,透着油油的化不开的绿;偶尔的一处木栏架着的一溜蔷薇,粉色的花朵密密匝匝开得正艳;更远处的是连翘,黄莹莹的连成一片直晃人的眼。湿润的空气中混合着花草清香,丝丝沁人心脾;萦绕在空中的薄雾朦朦胧胧,让远处的跨江大桥若隐若现。此情此景,不是江南胜似江南。

一阵小跑,轻喘,微汗。

不经意间误入一片临江私宅,欧式墙院,望山看水,不由感叹真是个上好地段。

宅院的墙上,有一处开敞的窄门,像极了古代豪门大户的后门,里面晕黄的灯光穿过薄雾透出,有人影攒动。再近些隐约可见门左边的白墙上画着一只翩翩起舞、色彩斑斓的大蝴蝶和一小杯咖啡。这是何等经营场所,此处既不临街又不靠公路,如此隐秘,可不多见。

待到跟前,闻到了淡淡的咖啡香气,愈近愈浓,瞬间激起了我的精神。此时不过早上9时许,若能喝上一杯香浓咖啡,不啻神赐。

在咖啡香的引诱和好奇心的驱使下,我小心翼翼地步入小院儿。

院子不大,目测有五十余平方米,有曲径、花架、草坪和白色的动物雕塑,不甚懂园艺的我,揣测应该是英式,很是规整清爽。院内一个年老的园丁正在打理花草,我惴惴地同他打招呼问,这里是咖啡馆吗?

老园丁停下手中的工具,起身扭头望向我说:现在还不是咖啡馆,是私宅。

我听了,有些许失望,正准备扭头悻悻地出去。这时一个好听的女声从屋里传来:"临时开下门,就有客人循香而至,实在有缘。"一个身姿曼妙的女孩飘然而至。

说曼妙,因为她身材清瘦高挑,走路若起舞;说飘然,因为她穿的是汉服,有裙裾飘飘。

这风姿绰约的美直逼我的眼,倒让我有些不敢直视。

"我循咖啡香气而来,以为这是咖啡馆,多有打扰。"我忙说。

"进来就是客人,这里是还没开张的咖啡馆,权当你是第一个客人，进来品尝一杯，我们正在演习制作咖啡。"声音宛若莺啼，清脆而动听。

我不禁欣喜，一边道谢一边想，这样隐秘的咖啡馆必是非同寻常的格调。

进入大厅，咖啡香味愈发浓郁，尚未喝进嘴里，只闻其香已让人精神抖擞。

大厅里低声弥漫着《斯卡布罗集市》，看装修饰品让人耳目一新，一水儿的英伦范儿，这次我确信。那厅里的摆设，栗褐色木纹沙发桌椅、格子窗帘桌布、碎花骨瓷，大本钟挂画，无一处不透着精致，如置身伦敦街头，妙不可言。

更让人不可思议的是，咖啡制作台后面挂有大幅手绘蝴蝶装裱画，右下角写着"蝶咖"两个汉字。

着实有些纳闷，蝴蝶不是中国文化的符号吗？像庄周梦蝶、梁祝化蝶、鸳鸯蝴蝶。这是中西合璧？

其实这还不是最令人惊奇的，惊奇的是那正在做咖啡的女子，此时正背对着我，一声"欢迎光临蝶咖"把我从蝴蝶挂画拉了回来，光看那个背影已经令人感到惊艳，是如此得俊俏。那简单束在脑后的长发上簪有一枚蝴蝶发卡，随着她娴熟的操作微微颤动，如蝶戏花间。

"先生您好，您是我们蝶咖不请自来的第一位客人，请您品尝一杯拿铁，多提宝贵意见。"我还沉浸在蝴蝶的世界，她已经转过身来，把一杯咖啡轻轻放在我面前。

"哦，哦，谢谢谢谢，非常荣幸！"

我慌忙收回神游，正视眼前人。她那年轻白皙的脸上，镶嵌着一对酒窝,黑亮的眸子灵动闪烁,用"美目盼兮,巧笑倩兮"形容一点都不为过。一身干练的打扮绝不拖泥带水,系着的绿格子围裙上也赫然绣着一只蝴蝶。

低头看拿铁咖啡,奶泡上的拉花也是蝴蝶形状,做得很好,线条流畅,边缘清晰,这女孩儿是个不错的咖啡师。

我顺势坐在制作咖啡旁吧台边的高凳上,汉服女孩也靠近坐下,我们攀谈起来。

既然请我品评,啜了一口咖啡,我以评价开端。

"咖啡味道浓郁,是阿拉比卡咖啡豆,至于产地我品不出来;奶泡香甜酥软,打得比较充分;拉花很精致,手法娴熟,咖啡师至少做过千杯以上。"我用我能回忆起的关于咖啡的知识用心赞扬,作为第一位客人总不能一上来就是挑错,那太打击人了。

做咖啡的蝴蝶女孩脸上绽开拘谨而含蓄的笑容,露出两排整齐洁白的牙齿。眼角上扬,似乎可以说出话来。

"改进建议呢?"蝴蝶女孩问。

"嗯,其实已经很好了,非要说建议,就依我个人口味而言太甜了一点,若留点咖啡的苦味和酸味可能更咖啡。拿铁要味道微苦,回味甘甜。当然,可能是因为我不嗜糖,甚至有点着意抗糖的缘故吧。这点只需事先征求客人的意见就可以做好了。"我一本正经说道。

蝴蝶女孩点点头说:"谢谢,您评价得比较专业。"

"您认为,我们这种做咖啡的水平和环境,开咖啡馆能得到客户的青睐不?"汉服女孩急急地问。

"以我的喜好，咖啡没有问题，环境我很喜欢，不是一般的喜欢。但是……"我稍一沉吟，汉服女孩立即快嘴追问，但是什么？

"位置可能有点问题。虽然说酒香不怕巷子深，但这个位置实在太偏了，不是来公园的人刻意找，很难找到。当然如果借助现在的互联网营销，打造成网红咖啡馆，会有人慕名而来，还是有成功的可能。"

"我们就是这样想的，用小视频营销，必要时开直播。就我们小蝶一出镜，妥妥的咖啡西施，客户们必会蜂拥而至。"汉服女孩扭头看一眼蝴蝶女孩，哈哈地笑说，清脆的笑声如珠玉洒落一地。

蝴蝶女孩叫小蝶？我寻思，这是蝶咖名字的来历？

那个叫小蝶的女孩假意嗔怪，用青葱的手揪汉服女孩的脸蛋。两人闹作一团，顿时一屋子勃勃生机。这样的情景，这样的美咖馆，焉能不引人入胜？

顿时庆幸，有此一遇，如梦入《聊斋》。

后来浅聊得知，戴蝴蝶发卡的女孩就叫小蝶，英国留学归来，在咖啡馆打工过，和这个叫盈盈的汉服女孩准备合伙开个咖啡馆。至于为什么选在这个地方，见她们不直面回答，便不好深问了。

喝了一杯免费的美味咖啡，我就要离开，临走时预祝她们开业大吉、创业成功，并诺之后定会常常光顾。我从心里很喜欢这个不期而遇的神秘地方，有英伦格调，咖香四溢，承载青春活力与梦想。

期待此咖啡馆破茧成蝶！

一周后，我终于拨开俗烦冗务再次踏入滨江公园，料想那蝶咖馆已经开张，正顾客云集，那两只蝴蝶忙得上下翻飞……

同样的晨风雾岚，我小跑渐近曾经的蝶咖门前。奇怪，竟然没有了透出的晕黄灯光，干净的墙上只有一片白，仿佛从来没有发生过任何故事一样，就连那只斑斓的蝴蝶也不知飞去了哪里，唯墙上留有新砌的砖痕。

　　我凝视、遗憾、惆怅。

　　或许世事本无常，蝴蝶的美好愿望，终归梦一场。

　　也或许，她们转去了其它更适宜更好地方，化茧为蝶，在人流如织的繁华街区大放光芒。

　　于我，却再难忘记晨江雾岚下那杯别样的蝶咖。

（写于2022年6月5日，修改于2022年6月11日）

第四篇

夜半钟声到客船

WENRUN DE SHIGUANG

雨中访秦淮

春节后第一个公差就来到了南京，公干的地方就在秦淮区，住宿的地方很不错，酒店虽小却临秦淮河畔。从玻璃窗看过去，下面一条窄窄的河道载着绿盈盈的水，便是闻名遐迩的秦淮河了；侧看过去便是古秦淮夫子庙和贡院层层叠叠的屋顶，高高的马头墙勾勒出白底和黑色的线条，像一幅简约的水墨画。

最早了解秦淮河是从杜牧的那首《泊秦淮》诗中："烟笼寒水月笼沙，夜泊秦淮近酒家。商女不知亡国恨，隔江犹唱后庭花。"诗中的商女不知亡国恨，让人读罢无不怒其不争。后来学到朱自清的散文，语文老师说，朱自清和俞平伯同游秦淮河，两人相约回去后各写一篇散文来比赛，最后晒出文章的标题竟然不约而同一模一样，都是《桨声灯影里的秦淮河》，看来文学大家的文采对同情同景会有一致的文思。两人的文中也一样写了秦淮河"七板子"船上的歌妓来招揽生意，只是两人都没敢应声，也只有聊以听听其他船上传来隐隐约约的歌声。其实这也是商女，不过是为了生计罢了，哪有杜牧那种忧国的情怀。

天近黄昏，小雨淅淅沥沥，我擎一把伞出门，踽踽独行在秦淮河畔。虽已过立春时节,因前几天下了一场雪,空气仍然凛冽,但雨中的江南仍然富有情韵;雨滴敲打在武定桥的石栏上,似有铿锵的声音;滴落在水面上荡出一圈圈涟漪,路面上低矮的地面已然有了积水,漾着粼粼水波;行人也是来去匆匆。我尽可能沿河择道而行,以便近观河面上的风景,眼睛找寻着朱自清和俞平伯乘坐过的"七板子",更期望那小船里探出盛装的歌女来,或者传出琵琶伴奏着咿咿呀呀的歌声。怎奈河边的道路并不相连,只有断续的观景台,偶有一艘观光的电动画舫,也是悄无声息地匆匆通过,并无弦歌的声音,像是满载着哀愁,那不过是游人为不留遗憾,竭力快速一瞥秦淮的风情。

踏进写着"古秦淮"的牌坊,街道上顿时摩肩接踵起来,无数的各色伞高低错落、水珠滴答,夹杂着各种兴奋的方言;两边的灯光渐次亮了,空气中飘浮着的食物香味愈发浓了,耳边也传来隐隐约约的音乐声,渐近些听;可惜是商家招揽生意的"拜年歌",全无艺术的丝竹,不禁让人皱眉莞尔。

乌衣巷边,刘禹锡的诗"朱雀桥边野草花,乌衣巷口夕阳斜。旧时王谢堂前燕,飞入寻常百姓家"用电子管镶嵌得最为耀眼。读着这首熟悉的诗走进小巷,那窄小而绵长巷子的石头地面,在雨水的浸润下分外明亮,明亮地似乎可以看见王导和谢安脚蹬朝靴正从旧时空里迎面走来。"王家书法谢家诗",东晋王谢两大家族的传奇给这里增添了许多光辉。不过今日这里已非王谢堂了,变成了供游人观瞻凭吊的王导谢安故居。

秦淮河上最著名的桥莫过文德桥,文德二字取"文德以昭天下"之意,但南京民间有"君子不过文德桥"一说。旧时这里设有江南贡院，赶考的学子聚集在这里苦读、拜孔、考取功名，现在建有中国科举博物馆；而对岸则是名冠江南的酒肆妓馆集中之地，当然如今早已烟消云散。开科选拔"文以载德、厚德载物"儒学士子之所与及时行乐、纸醉金迷的金粉之地，原本水火不能相容，两者竟然隔河相望平安无事！其实，名士之流才不管"君子不过文德桥"，恰恰在这儿欢快地过桥，留连戏蝶时时舞，赢得青楼薄幸名，还被后人啧啧称道。

夫子庙正门前，搭了一个硕大的花灯，远望去一片灯火辉煌，只可惜眉眼处贴上了赞助商硕大的Logo，显得尤其刺眼，想必庙中的孔老夫子塑像也只有无奈地为这商家站台，真真应了"天下熙熙皆为利来，天下攘攘皆为利往"。孔子作为儒学祖师、万世师表是何等尊贵，本该接受世人虔诚地膜拜，可在这里却难逃世俗的利用，偌大一个南京，竟然不能给夫子留方寸净土。

我站在文德桥头，紫红大照壁上的"二龙戏珠"灯光璀璨，旁边粉墙上的"秦淮人家"泛着金光，河面上停满了画舫，明黄的顶篷连成一片，偶有白色残雪在灯光的映射下十分耀眼，这片旖旎的风光诉说着曾经"桨声灯影连十里，歌女花船戏浊波"。这里有柳如是走向钱谦益的悲情，李香君和侯方域演绎的《桃花扇》，董小宛和冒辟疆的一见钟情与分合，陈圆圆激起"一怒为红颜"的王朝变迁，秦淮八艳一个个和命运抗争终是红颜命薄，河水里脂粉气息至今不能消散。它见证过六个王朝在这里的兴衰，也见证了明清两朝的更迭。

今日之秦淮已非昨日之秦淮，作为旅游胜地，粉饰一新的白墙黛瓦沐浴在细雨中，映着大红灯笼，熠熠生辉。街道上游人如织，两边店铺盐水鸭成堆,此时此刻既无需遗憾"往在秦淮问六朝,江楼只有女吹箫",也无需悯怀"诗工画绝貌倾城,体态风流语纵横",不如深深呼吸一口秦淮湿咸的空气,从容走过,安享这盛世太平!

(写于2019年2月12日秦淮河畔,2月13日修改于南京至石家庄高铁上)

再行枫桥

这首古诗,"月落乌啼霜满天,江枫渔火对愁眠。姑苏城外寒山寺,夜半钟声到客船"。你肯定读过。

它就是唐朝诗人张继有名的《枫桥夜泊》。此诗让本来籍籍无名的寒山寺名声大噪千年,枫桥也屹立千年不倒,后来有人硬是在苏州的南面考证出了乌啼镇,寒山寺门对面方向臆想出了愁眠山。并不多产的诗人张继在李白杜甫那个诗人辈出、诗歌璨若星河的唐代凭此脍炙人口的一诗也名留千古。

十余年前,我有幸游过枫桥,参观过寒山寺。那时只不过随着熙熙攘攘的游客一晃而过,并没留下多少印象,唯记得寺门前黄色照壁上写有三个墨绿色的大字"寒山寺",不计其数的游客在其前争相留影,标明自己曾到此一游。

这次重游枫桥,我事先着实做了些功课。

《枫桥夜泊》是唐朝安史之乱后,张继举棹归里途经寒山寺时写下的羁旅诗,描述了一个乘船的旅人对江南深秋夜景的观感,勾画出了月落、乌啼、霜天、寒夜、江枫、渔火、孤舟、钟声、客子等景象,既有景有情,亦有声有色。更深层的是诗人表现的羁旅之思,家国之忧,以及身处乱世的惊恐悲愁。

也有后人考证说,"乌啼"是指当时的乌啼镇,"渔火"应为渔夫的伙伴,"愁眠"应为愁眠山。这好好的一首诗便解释成了写实,全无了深邃的意境。就连"寒山寺",也牵强出"肃寒之山",其实寒山寺除了内有几座假山哪里有真山呢?不是因唐朝有个叫寒山的和尚住此而得名吗?就连"枫桥""江枫"也有颇多争议,一说本为"封桥",江边本来并无枫树,是诗人误将霜后叶红之树视为枫树。宋代大文豪欧阳修甚至质疑过"夜半钟声",并以此批评诗人是"贪求好句,不合情理"。如此种种,考据得十分详细,一首诗的意思也被批注点评成多种版本。

面对这些细节的不同考据和解释,我此次重游只想亲身体验一下诗中的意境。

但这是初春时节,与张继泊船时已经霜至的深秋完全大相径庭。我既非夜行,也非乘船,所以对重现诗情画意便不抱多大的期望。

现在所谓的枫桥景区,就是将京杭大运河靠近寒山寺一侧的地方围合起来,内有一个运河水系的小分叉。买了门票进去,景区内的河边柳条低垂,已经冒出了鹅黄的嫩芽,随风飘舞。越过渔隐桥上矗立重檐古亭,沿河而行,左侧的京杭运河仍有笨重的运输船只穿梭,右侧一路曲径游廊,植被葱绿,枫树婆娑,风光旖旎。穿过"吴门古韵"戏台,远观了江枫桥,参观了漕运展示馆,行至听钟桥上,终于见到了写有"枫桥"二字的拱桥。它横跨运河水系上,桥下河水浓艳幽绿,单孔将桥身高高拱起,这头是粉墙黛瓦修葺一新的古建筑群落,那头是明代抗倭斗争的重要遗迹——铁铃关。

面对铁铃关拾级而上，左侧是杨柳掩映下粉墙黛瓦的水岸人家，望去若一幅水墨山水图；右侧便是张继夜泊的地方，如今数只明黄顶子的游船在小码头上静静停靠拥挤愁眠——泊等客人上船。"枫桥夜泊"四个黑色的大字散落在彼岸边，明代著名书法家沈度题写的《枫桥夜泊》诗碑立在此岸，提醒客人这就是张继"枫桥夜泊"的地方。

站在枫桥的最高处，我吟诵那首诗，试图一一印证诗中的情景。除了这时节无霜，乌鸦无啼，其余的江水、枫树、渔火、寒山寺、钟声、客船若在夜里也是俱在的，甚至张继的铜像也倚卧在此，可是单单那份羁旅愁绪似乎再也聚拢不来！

我无意于责备景区的设计营造者，他们已经够努力，游客想看的景物几乎都一一呈现，就差捉几只乌鸦圈在旁边。这还怕你不尽兴，又在旁边专门写上"枫桥夜泊"几个字提醒你，还有什么奢求呢？至于诗之意境，是因时因人因情不同而感受不同罢了。如我一般，怀着寻找诗情画意莫大的期望而来，反而失落。罢了，罢了，还是做个普通的游客有趣，面对廊桥流水、杨柳依依、燕子呢喃、水墨烟雨，拍一通照片，回去慢慢欣赏吧！

此时，我想起了元代著名散曲家马致远写的那首小令——《天净沙·秋思》："枯藤老树昏鸦，小桥流水人家，古道西风瘦马。夕阳西下，断肠人在天涯。"几个简单的景物和景象罗列出来，无需修辞，无须连接，就在你的脑中勾勒出一幅暗淡寂寥又清新幽静的深秋村野图景，一股天涯游子漂泊的悲凉倏然而生！是不是与《枫桥夜泊》有异曲同工之妙？我不知道中国其他地方是否有用实物营造这首诗的场景，但愿没有吧！还是留一点文字的幽思和空灵给人们冥想吧!

　　穿过铁铃关,走出枫桥景区,紧挨着就是寒山寺了。寺门前,排队拍照的人和十年前一样仍是络绎不绝,香烛的气息迎面扑来,进得庙门,果见香客游客摩肩接踵!寺庙内设施修缮得很好很新。殿宇恢宏,回廊百转,古木森天,真是处处如画;霜钟楼传出悠扬的钟声,俞樾题写的诗碑巍然屹立,普明塔巍峨高耸,一切尽显大唐风范,所有这些都可以发古人之幽思。而我此时却没了探寻寒山、拾得禅师遗踪的兴致,匆匆一瞥而过!

　　回到酒店后,忽然想起多年前流行于海内外和大街小巷的一首歌,就是从《枫桥夜泊》演绎而来,那词句神韵颇得精华。你听:"带走一盏渔火,让它温暖我的双眼;留下一段真情,让它停泊在枫桥边。""流连的钟声,还在敲打我的无眠,尘封的日子,始终不会是一片云烟。""月落乌啼总是千年的风霜,涛声依旧不见当初的夜晚。"是不是一首古韵十足而隽永的现代诗?

　　时过境迁,沧海桑田,我们再也不能登上张继夜泊的客船。

(写于2019年3月10日姑苏返京高铁上,
3月14日修改于北京)

烟雨游西湖

说走就走的旅行还是头一回,在京适逢周末无事,周五下班前便买了一张火车卧铺票直奔杭州,我向来是喜欢江南的。

一人一背包,行装简单,目的地也简单,就是西湖。

说到杭州,与朋友结伴来过几次,去过西溪、西湖、灵隐寺、龙井茶山,虽未能遍游杭州风景优美之地,但也粗略体会到了江南的风光旖旎、人文荟萃。鉴于之前每次都是形色匆匆,从没能细细体会余杭之美。这次独自专门前往,以期细品江南风月。

站在车厢的玻璃窗前,看夜幕中的城市建筑、婆娑树木暗影远去,恍若时光流逝。我慵懒地斜坐火车的卧铺上,听着轻微的铁轨和车轮咬合的声音,在网上浏览起西湖的信息来,百度搜出的"西湖十景",从名字看个个都充满了诗情画意。

次日拂晓火车准点到达杭州站,又坐地铁辗转到了西湖边上。

可惜天公不作美,淅淅沥沥的雨时大时小,天空朦胧着雨雾,雨濛濛不正是江南的别致嘛?我撑开雨伞,毫不犹豫地大踏步朝西湖边走去。

看到西湖了,湖面烟波浩渺,微波荡漾,游船归港。远处的山岚上乌云压城,突然想起孟浩然的诗句"八月湖水平,涵虚混太清"。他描写的虽是洞庭湖,但时间和天气暗合今日的西湖。

既来之,则安之。

西湖边游人无几,唯风声雨声,在孤寂中游西湖也别有一番风味。我沿着西湖边踏着风雨摇落的叶子踽踽独行。

西湖的美,的确美不胜收,就是这样的风雨飘摇中,也有一种西子粉腮嗔怒乖张的美。

西湖风景虽美,但绝非之最,我还是觉得西湖的美美在人文,边游览边看看历代文人骚客如何用诗词描绘的吧。

我先走进的是白堤,自然缅怀唐朝大诗人白居易。他在杭州做过三年刺史,在任时兴修水利造福百姓,后人把白沙堤称作白堤与之关联起来以示纪念,白乐天对西湖是有感情的,那种依依不舍的流连写在诗里"未能抛得西湖去,一半勾留是此湖"。还有那首少年儿童耳熟能详的《钱塘湖春行》:

孤山寺北贾亭西,水面初平云脚低。
几处早莺争暖树,谁家新燕啄春泥。
乱花渐欲迷人眼,浅草才能没马蹄。
最爱湖东行不足,绿杨阴里白沙堤。

这里的钱塘湖就是西湖,此时虽然也是杨柳青青,但季节着实不对,默诵这首诗,看着孤山、白沙堤,想着早莺、新燕,想着刚萌芽柳树花草的盎然生机,一幅绝美的图画映入眼帘,不是春天胜似春天。

走上苏堤，两岸垂柳依依。苏堤又称苏公堤，纪念的是北宋的大学士苏轼。这位声震千年中国文化界的大咖，其德业文章永垂青史。林语堂先生为他写传记，评价他文章情怀风光霁月、民胞物与。苏东坡怀揣"士当以天下为己任"理想志境，然仕途却一生坎坷，一生流离，一生不屈。读他的《念奴娇·赤壁怀古》，不由地随之慨叹"人生如梦"；读他的《水调歌头·明月几时有》，同他"把酒问青天"；读他的《江城子·密州出猎》，感受他"左牵黄，右擎苍，锦帽貂裘，千骑卷平冈"的豪迈；再读他的《定风波》"竹杖芒鞋轻胜马，谁怕？一蓑烟雨任平生"，表达出人生的旷达。无论进退荣辱，还是福祸得丧，他均已超然物外、等量齐观。这脚下堤坝就是苏轼任杭州知州时由他主持疏浚的西湖，用湖泥堆积出的长堤，既澄清了西湖又解决了当地人的交通问题，被百姓称作苏公堤。他两次至杭州任职，先是通判，后是知州，在他三次被贬谪的生涯里，其中杭州是环境较好、生活也较为愉快的时光，不仅留下了这苏堤造福后人，更是为西湖留下千古佳句：

水光潋滟晴方好，山色空蒙雨亦奇。
欲把西湖比西子，淡妆浓抹总相宜。

站在这苏堤上，我沐浴着细雨，手抚弱柳，面朝湖光山色，深深鞠躬，妄图穿越时光拜谒苏大学士，为他致力于治理西湖——淡妆浓抹总相宜的那份努力。

来到断桥，这里是民间故事《白蛇传》中白娘子与许仙相识的地方，他们游西湖在此邂逅，同舟归城，借伞定情，又后在此被法海离散。这个民间故事家喻户晓、传播千年,其一波三折、缠绵悲怆的爱情故事从此与断桥联系在一起。如今那对岸的雷峰塔几番倒掉,又历经修缮仍然矗立,想那塔下的白娘子早已仙去,而今人还在演绎《千年等一回》,"西湖的水,我的泪"唱出了对爱情的执着,足以超越人妖两界。这等"业障",那俗世里的和尚怎能懂得,难怪今人嘲笑法海你不懂爱。人类是世俗的,男婚女嫁既要求"门当户对",可博爱起来又可以越界。越剧《白蛇传》里,《断桥》是最经典的唱段,用吴侬软语唱来自是悱恻缠绵,那白娘子唱道:

> 想当初,
> 桥亭三月春光好,
> 一见许郎情丝绕。
> 但愿此生常相聚,
> 做对同林比翼鸟。
> 谁知平地风波起,
> 以往的欢乐一笔销。
> 湖山依旧人事非,
> 徒对沧海满怀恼。
> 许郎啊,
> 恨你一旦多薄幸,
> 轻信法海将妻抛。
> 叹我今向何处去,
> 含泪彷徨苏堤道。

来到慕才亭,有十二副对联把南齐名妓苏小小的故事从不同的角度讲述评价。其实关于苏小小的故事多是托人喻事而已。洁身自爱的钱塘名妓才女苏小小坐着油壁车游览西湖,偶遇少年才子阮郁,一见钟情结成良缘,怎奈阮郁被高官父亲逼回,留下苏小小情意难忘,日夜思念。后苏小小慷慨解囊帮助长相酷似阮郁的潦倒书生鲍仁上京赶考,待鲍仁功成名就来谢恩时,却遇到苏小小的葬礼。

总之,这是一个悲剧故事,也是流俗的才子佳人故事,它歌颂追求爱情的美好,嗟叹命运的不公,赞叹高洁的灵魂。虽然流俗,却为百姓津津乐道。李贺写道:

幽兰露,如啼眼。无物结同心,烟花不堪剪。
草如茵,松如盖。风为裳,水为佩。
油壁车,夕相待。冷翠烛,劳光彩。
西陵下,风吹雨。

读罢凝思,似乎可以看见,阳春三月的西湖,绿草如茵,鲜花烂漫,一辆油壁车停靠岸边,佳人徐徐下车,凝望西湖的烟波浩渺,一阵微风轻拂,杨柳顿时依依,裙裾飘飘起舞,环佩叮当作响,好一幅俏丽的美人游春图。

曲院风荷是一处赏荷花的好去处,此时西湖的荷花全盛时期已经过去,娇嫩的莲蓬像婴儿般崭露头角,随风顽皮地摇摆。想起南宋诗人杨万里在净慈寺拂晓送别朋友林子方时写的诗作:

> 毕竟西湖六月中，风光不与四时同。
> 接天莲叶无穷碧，映日荷花别样红。

杨万里是写荷的高手，读到这里势必还会想起那句"小荷才露尖尖角，早有蜻蜓立上头"，那莲叶荷花之美描绘的淋漓尽致。

南宋小朝廷苟延残喘时也迁都临安，把杭州作为临时国都，达官贵人随之蜂拥迁来，西湖边一派歌舞升平，其繁华可想而知。面对金人的日益逼近，这些人仍不忘醉生梦死，难怪诗人林升写诗讽道：

> 山外青山楼外楼，西湖歌舞几时休？
> 暖风熏得游人醉，直把杭州作汴州。

在家国危亡时刻，这西湖成了南宋小朝廷最后的欢场。

朝代更迭是历史的规律，西湖是被动的，也是无辜的。南宋亡了，西湖的美丽依旧，歌舞依旧。对美的追求，是不分朝代和民族的。

风景再美都是骨肉，终究还需要文化灵魂。那堤岸的垂柳，那湖中的荷花，那满眼浓的化不开的翠绿，只有这些绝美的风景，没有诗词唱和不行，没有触动心灵的故事更不行。

我羡慕杭州的人们，可以将西湖与城市融为一体，是风景名胜也是城市之心；是映射人心的镜子，也是管理者自勉的镜子。

细雨中围着西湖转了一圈，鞋子早已灌满了雨水，但仍不扫游兴。

烟雨江南，独自踽行，冥思怀古，净化心灵。

晚上，在湖边小馆，一盘西湖醋鱼，一只叫花鸡，一瓶黄酒，独自畅饮人生。

次日，风和日丽，再至西湖边，又是另一番明朗心境。

余兴未了，来到灵隐寺。

明黄的寺庙富丽堂皇，香火兴旺，善男信女络绎不绝。唯记得那副对联最指人心：

人生哪能多如意，万事但求半称心。

是啊，能半称心已是好人生！

（写于2020年8月25日）

桂林山水甲天下

清明时节，约上几家朋友带上孩子去游览桂林。同行的四个小孩正读四年级，本期语文开篇就是《桂林山水》，让孩子印证课文中的美景是我们此行的重要目的。桂林我曾经来过，领略过桂林的山、漓江的水，还有阳朔的风情，而今虽已经多年，那旖旎的奇峰秀水仍让我记忆犹深！

早上的小雨祭奠过亡灵后便悄悄隐去，太阳从雾岚中露出笑脸。我们从桂林的磨盘山码头登上游船，船下的水流看似平稳，实则湍急，浮在水面的枯枝草屑打着旋儿随波逐流奔涌向前，小朋友在船舱里兴奋起来，在顶层甲板和下层船舱间来回疯跑。

船终于开动，顺漓江而下，慢慢地驶进美丽的画卷。两岸青山夹道迎，每山风光迥不同。这里的山既不高大雄伟也非连绵不断，但个个山峰都自我独立，不肯做他山的附庸，总是努力露出锋芒。单个的如春笋破土，如石柱擎天；也有的像一群好兄弟挤成一排，山头的轮廓便如龙蛇蜿蜒；也有两个兄弟并排似骆驼前行，远见驼峰凹凸，侧耳倾听仿佛有驼铃叮当，声声清脆；又有如蝙蝠、螺蛳、书童、波浪、五指、馒头、乳房，等等，形状各异，姿态万千。时见山峰重重叠叠，雾气笼罩，如天神摆下的诡异棋阵。最惊奇的莫过于了九马画山了，一面硕大的断崖，壁立千仞之上自然草木绘出九匹骏马，当然这需要你发挥极致的想象才能辨认得出。

碧水萦回风拂面，青山如黛光如泻。唐代诗人韩愈途经此地，感慨写下"江作青罗带，山如碧玉簪"。

船到东水门码头，我们上岸入住阳朔遇龙河边的民宿。不想登上楼顶就可饱览山水风光，手搭凉棚望出去，只见峰峦如聚，江水若织，竹筏影动，有诗称"桂林山水甲天下，阳朔堪称甲桂林"，诚不欺也！更意外的是这楼顶上还有一方小小的泳池，孩子们像一群刚出壳的小鸭子见不得明晃晃的水，不顾乍暖还寒的天气嘎嘎叫着跳进水里扑腾起来！

遇龙河漂流可以遇见阳朔最好的风景。这等亲水的项目，孩子们无论如何是不肯错过的，大人们还没休整好就被催促上了竹筏。清明时节的阳朔，春暖花开，莺啼碧树，正是漂流的好时节。水流缓急相宜，浅处清澈见底，深处绿水悠悠，筏工解开缆绳，持一支长篙使劲往水底一撑，竹筏就滑入流水中。坐在竹筏的椅子上，沐浴着和煦的阳光，听竹篙入水的声音，任流水迤逦；听孩子们的惊叫，任欢笑回荡；听毗邻的筏工们方言交流，任他们胡扯闲谈。"小小竹筏江中流，巍巍青山两岸走。"那首小时候的《红星照我去战斗》的歌词蓦然从脑海中跳将到耳边回放，来呼应此时的情景。远眺目及之处，两岸奇峰拔地，倒映水中，真乃"群峰倒影山浮水，无山无水不入神"。随手拍一张照，水光潋滟，山色空蒙，树木葱茏，镜面对称，好一幅明净的山水画，宛如明信片一般。

"看山水底山更佳，一堆苍烟收不起"，我们痴痴地看着，不停地拍着，欢快地嬉戏着，筏工们似乎也受了感染，爽朗地笑着配合我们你追我赶……

夕阳西下，夜幕中我们欣赏了山水剧《印象刘三姐》，它以漓江自然实景为舞台，以十二座山峰为背景，充分运用声光电等现代艺术手段恢宏再现了壮族、侗族、瑶族的对歌风情和劳作场景，如梦如幻，波澜壮阔，加深了游人对桂林山水人文的理解。深夜，小雨造访，淅淅沥沥，润物无声。

清晨，推开窗门，大雾迷漫，山已不见，唯水声隆隆。行走在沿河的步道上，顿觉神清气爽，宁静而恬淡。群峰之间，渐云开雾散，土地平旷，屋舍俨然，更有碧水盈绕，蛙声片片，时有农夫耕作，油菜花儿正艳。此时的河面浮光掠影，矫燕翩飞呢喃，好一派山水田园！

返程路上，问孩子们此行所见所感，桂林山水与课文中的描写是否一样？他们踊跃地背诵课文——比较着告诉我，几乎一致认为山的奇、秀、险确如作者写的一样，但水没有作者写的那样静、清、绿。我告诉他们，或许作者与我们来的季节不同而所见所感不同吧！

"纸上得来终觉浅，绝知此事要躬行"，只有亲自实践，才能见到真相，这是孩子们此行悟出的道理。

（写于2019年4月7日阳朔至重庆D1842动车上）

烟花三月下扬州

扬州之名，我最早是从李白那里得知其名的："故人西辞黄鹤楼，烟花三月下扬州"；是从徐凝的"天下三分明月夜，二分无赖是扬州"得知扬州名满天下、声冠宇内的。

又从姜夔的词中意会其美的："淮左名都，竹西佳处，解鞍少驻初程"，还有被金兵铁蹄蹂躏之后的痛惜和悲情："二十四桥仍在，波心荡、冷月无声。念桥边红药，年年知为谁生"。

还有是从 "腰缠十万贯，骑鹤下扬州"的古人梦想里了解其富庶繁华的。

自此，扬州在我少年的心中就种了草，总想有一日目睹其芳容。

扬州原本的名字是江都，因"州界多水，水扬波"，遂以"扬"为州名。

初次踏上扬州，是2010年和朋友一起自驾，9天跨10省的游历其中一站便是扬州。

来到扬州，先要体验的就是她繁荣闲适的生活。古有"扬一益二"之称，和成都繁华安逸的生活相比，那时竟然还略胜一筹。

扬州闲适的生活方式有句话最能表达，"早上皮包水，晚上水包皮"。皮包水就是早茶和灌汤包了，以富春茶社的最为有名。我们当然要去体验一番，来碗扬州绿杨春盖碗茶，二郎腿一跷，用杯盖拨一拨浮沫和漂浮的叶子，茶香氤氲，茶汤清亮，啜一口立即神清气爽；再来几笼灌汤包，用手扇去热腾腾的水汽，稍冷却后再轻轻把包子皱褶处拎起来，插上吸管，一吸溜，鲜美汤汁立即充盈口腔，没喝酒也要醉了。水包皮就是洗澡洗脚，当然也要体验，只可惜逗留的时间少，加之有两位女士同行也不方便，没能全部如愿，只体会了扬州洗脚。不过笑话也闹出了一个，同行的一位美女比较好说话，洗脚妹推荐的项目，她都没思考统统同意加上，结果结账时傻了眼，洗了一回天价脚，想必这珍贵的扬州洗脚会让她铭记一生，也被我们当段子谈笑了好几年。

来扬州，美食当然是必吃，首推就是淮扬菜了，素有"东南第一佳味，天下之至美"之美誉。美味的河鲜河豚，首次尝了滋味；酥嫩可口的风鹅，其咸鲜让人不能停箸；更别提那蟹黄狮子头、松鼠鳜鱼、三套鸭等，作为中国传统四大菜系之一淮扬菜，果真是名不虚传，直把我们吃喝的酒酣肚圆方才作罢。临离开扬州了，还不忘吃一碗最正宗的扬州炒饭。

扬州是京杭大运河的途径地，有"运河第一城"之美称，坐落在运河边的邵伯古镇，因救百姓于水患之中的谢安而闻名。我们徜徉其中，恍若通过时光隧道穿越回一千多年前，看到了彼时扬州的样子。运河两岸富家大宅、木石小桥、蓬船码头、斗野亭、铁牛、谢公祠、衙门，人群熙来攘往，更有苏轼、苏辙、孙觉、黄庭坚等文人墨客留下的足迹，无不彰显着这里的钟灵毓秀、人杰地灵。当今修复后的古镇更是焕发着新时代的光彩。

在历史的印迹里,扬州一直是富甲江南之地。清代的两淮盐运史就设置在扬州,这里盐商聚集,繁华无边,堪称大都。少年时代,古维扬留给我的印象是从《戏说乾隆》电视剧里来的,郑少秋饰演的乾隆皇帝风流倜傥,赵雅芝饰演的江南盐帮帮主程淮秀靓丽俊秀,把国家大义和儿女柔情演绎得淋漓尽致,尽管那时看的还是黑白电视,但透过屏幕也想象得出扬州的水乡温柔、十里繁华。

江南之美,扬州可为代表。那河湖交织,船只穿梭;那杨柳轻垂,娇依婀娜;那亭台楼阁,精雕细琢;那怪石假山,嶙峋琢磨;那小桥流水,浩渺烟波;那烟雨蓑笠,独钓江雪;那楚楚美人,闭花羞月。宋代的大词工周邦彦在《少年游》写道:"檐牙缥缈小倡楼。凉月挂银钩。聒席笙歌,透帘灯火,风景似扬州。"说到风光旖旎,必须拿扬州来比较!

扬州园林之美当属瘦西湖。清代诗人汪沆,因慕名瘦西湖而从杭州来到扬州,见此风光忍不住赋诗一首:"垂杨不断接残芜,雁齿虹桥俨画图。也是销金一锅子,故应唤作瘦西湖。"瘦西湖从此便名闻天下。乾隆巡游江南,扬州是必选,这瘦西湖就是为迎接乾隆而建,当时的扬州富商为讨好乾隆,大兴土木修建各种园林,乾隆来一次扬州就造一次园林,现在的瘦西湖两岸历经建设和修缮,处处是楼台亭阁,"一路楼台直到山"。游览瘦西湖,不觉会与杭州的西湖相比。在我看来,西湖灵山秀水之美,如大家闺秀,而瘦西湖是佳园玉林之美,似小家碧玉。

瘦西湖位于扬州城西一条弯曲狭长的河流上,型瘦线曲而亭亭玉立,林美水碧而清秀婀娜。自进大门开始,沿河岸游园,一步一景,熙春台、二十四桥、五亭桥、钓鱼台、吹台、小金山、徐园、白塔、静香书屋,有道是:"赏不尽的湖光山色,听不完的琴箫莺歌,美不够的衣香人影。十里湖光,清澄缥碧;花木扶疏,连绵滴翠;亭台楼榭,错落有致;人文景观,独具风韵。"

扬州的园林,不光有瘦西湖,还有个何园。这些私家园林,营造的各有千秋,也许只有这富庶之地才有这般财气和闲情逸致。

到扬州还必须赏琼花,这琼花与隋炀帝的亡国关联在一起,便有了名气。琼花又叫聚八仙、蝴蝶花,八个花朵锦簇成团,如群蝶采花,足可见其美。其实,隋炀帝开凿大运河是不是为了坐龙舟观赏琼花的历史公案已经明了,无须再辩,那千年骂名之下的解决了南北交通不便的福祉早已堵住了悠悠之口,朴实的琼花若识人性,想必也会为民众用自己坚贞映衬暴君荒淫而略感赧吧!扬州大明寺里有一株三百年的历史的琼花树,如今仍枝繁叶茂,无声地见证着朝代的更迭和时代的变迁。历史虽无言,后世有公断。

扬州之美丽,凡俗语言怎可表达;扬州之韵味,寻常句子怎能描绘,还是来看文人骚客的精妙诗词吧。

唐代著名诗人杜牧最是眷恋扬州,他在青楼厮混,恃才风流,名妓朋友圈里倒是大名鼎鼎,那首写给小姑娘的赠别诗里把她与扬州相媲美:

娉娉袅袅十三余,豆蔻梢头二月初。
春风十里扬州路,卷上珠帘总不如。

风月场上炙手可热,可仕途一时寂寂无名,无以遣怀,唯有叹道：

> 落魄江湖载酒行，楚腰纤细掌中轻。
> 十年一觉扬州梦，赢得青楼薄幸名。

这首诗写出了他此时最深的刺痛和感悟，如此下去这扬州的温柔乡怕是要断送了他的功名，终于痛定思痛，远离了扬州的风月场，在二十六岁那年中了进士。

经年之后，仕途上已经功成名就，可这杜十三在梦里挥之不去的还是扬州，于是想起昔日扬州的朋友韩绰，便纪念道：

> 青山隐隐水迢迢，秋尽江南草未凋。
> 二十四桥明月夜，玉人何处教吹箫。

秋高气爽，微风轻飏，明月当空，皎洁白光，二十四桥朦胧在月色中，美人倚栏吹箫，冰清玉洁，箫声呜咽低回，随着粼粼的波光悠远飘散而去。

这二十四桥，又是何处名胜，营造如此雅致意境让诗人如此难忘？

相传唐代在这座桥的周围住着二十四位婀娜多姿、能歌善舞的妙龄女子，人称"二十四娇"，由于当时"娇"与"桥"自读音相近，于是便以讹传讹，留下了"二十四桥"这个典故，更是成了扬州一处地标性的景致。

其实不只小李难忘，就连清代的郑板桥也写道：

> 廿四桥边草径荒，新开小港透雷塘。
> 画楼隐隐烟霞远，铁板铮铮树木凉。

不过，郑燮的这二十四桥与杜牧的二十四桥却是两种心情了。

今人感慨其美，望文生义为杜牧、姜夔等文人雅士在瘦西湖里造了一座"二十四桥"，由落帆栈道、单孔拱桥、九曲桥及吹箫亭组合而成，中间的玉带状拱桥长24米，宽2.4米，桥上下两侧各有24个台阶，围以24根白玉栏杆和24块栏板。这暗含24的造景，会不会让杜樊川惊醒，再吟出一句"二十四桥今犹在，玉人已无怎吹箫"。

其实扬州不只有飘逸的美，也罹难过最深的苦。

1645年5月20日，清军入关后一路来到扬州，抗清名将史可法率领扬州人民在激烈抵抗后失陷，清早便对扬州城内人民大开杀戒，屠戮劫掠，十日不封刀。幸存者王秀楚的《扬州十日记》中和明末史学家计六奇的《明季南略》记载：几世繁华的扬州城是时"堆尸贮积，手足相枕，血入水碧赭，化为五色，塘为之平"，"前后左右，处处焚灼"，"城中积尸如乱麻"。全城百姓几乎全部惨遭屠杀，仅被收殓的尸体就超80万具。如此惨绝人寰，想想都让人心碎，此时的扬州换了人间，这是上天对扬州的妒忌么？放出地狱的恶魔来惩罚她？

但罹难后的扬州，数十载后又恢复烟柳繁华，就连文化也迎来大昌盛，以"难得糊涂"的郑燮为首的扬州八怪让人文气息与莺歌燕舞相得益彰。

扬州之美，繁花似锦，任何摧残和恐吓也打压不了，只需稍加粉饰装扮又会闪亮逼人。

举目凝望运河，水波不兴，杨柳依依。此时，多想乘一艘雕栏小船，邀约三五好友，偕如花美眷，从人间天堂杭州登船，一路摇摇晃晃经苏州到扬州，站在船头把酒临风，品赏千年文化，笑谈江湖风月，踏运河波涛一路到京城。

（写于2021年11月21日）

温/润/的/时/光

旅途中的修行

过去的半年出差多了起来,加之每月至少一次往返京渝,于是我的很多时间人在旅途。刚刚去了沈阳和上海,地铁、高铁、汽车、飞机,我在现代交通工具间转换,在地理空间里穿梭,若在过往,这样的紧张旅途下来就会身心俱疲,可是这次却安之若素。

其实对于长途旅行,我曾是有阴影的。

记得最早一次旅行,是在16岁的暑假独自乘火车去河南省三门峡市,我有亲戚在那里。先是彼此写信说好我几月几日乘哪次车到,亲戚就在三门峡车站出口处等,甚至还有备用方案,若我没有找到接我的人,可以自己乘几路公共汽车到达。火车是9个小时的旅程,父亲把我送上车叮嘱了几句就回了。这是我人生的第一次独自出远门,第一次坐火车,心里非常忐忑,那时的治安不好,一路上我紧紧地把行李抱起,连陌生人找我说话也不敢怎么搭理,紧张地盯着时间,盯着每一次停站,生怕错过下车,这次旅行真的毫无愉快可言。天黑了的时候,终于听到三门峡站就要到了的广播,我早早地带着行李冲到车门前等着,下了车才松了口气。不过到了出站口左右寻找愣是没有发现接我的人,急得都要哭了。幸好还有备用方案，我挎着行李去找公共汽车，找到后赶紧随着人群挤上去，这次是在终点下车，倒不担心坐过站，可下了车又到哪里去找亲戚的地方？在一个陌生的城市，我十分惶恐，紧张得手心里全是汗，一天没吃什么东西也不觉得饿。真是万幸，终点时我在前门下车，亲戚就在后门下车，一转脸就看到了他，一颗悬着的心陡然放下，长长地出了一口气。

　　后来，到成都读大学报到，我没让父亲送，一个人拖着行李就去了，之前有了几次坐火车的经验，这次再不紧张，沿路悠悠看着风景。越往成都行，山越来越多，穿得山洞越来越长，离家乡也越来越远，穿过河南、跨过陕西，行至四川的地界，心里愈觉得空落落的，如雾般的乡愁慢慢腾起。以后的寒暑假总要乘绿皮火车往返家和学校，返家还好，始发站是可以买到硬座座位的，又是离家越来越近，旅程的心情比较愉快。返校因是半路小站上车就没有买到过座位，于是只有站着，或者在车厢的衔接处坐在行李上，有几次我一直站到西安才抢到座位，腿都站肿了；若是在寒假，晚上车厢的连接处冷风不停地钻进来，冷得刺骨，不得不在原地跺脚取暖。而且，在这往返的四年中，我的包被偷过，买东西被骗过。这样的旅程让我痛恨，毕业后我发誓再也不坐绿皮火车，穷家富路真得很有道理！

　　工作后出差乘飞机多起来，自己休假旅行也坐飞机，交通状况的改变让我的感觉慢慢好起来。但是赶往机场还是害怕迟到，总是很早就到候机大厅等着，就是这样还有一次本来早早到了郑州机场，因为疏忽竟然错过了登机！在飞机上想着安全落地，想着托运的行李会不会丢，若是一家人出行休假，又担心预订的车会不会及时到机场，到达的地方安不安全。总之，从踏上旅程，我就会紧张起来，唯恐不周全，唯恐出纰漏，唯恐发生意外，直到安全返回，才能放松下来。

这样的一些经历和担心让我总是紧张旅行，每次出门都有些惴惴不安，若是去一个陌生的地方更是如此，因此从出发就开始期盼早点返回。

最近无意间读了一篇文章，作者说他喜欢出差，每次出差他无论多忙都要做两件事，一是选一个高层酒店，房间越高越好，方便他站在玻璃窗边俯瞰城市的风景和路上的人流，那必是万千变化而不同的；二是房间必须有浴缸，他晚上要泡一个热水澡，关上手机躺在浴缸里在水汽的氤氲里冥思，那必是轻松而惬意的。他说，这是差旅中最放松和享受的时候，陌生的环境无人打扰，新鲜而宁静。生活既然是不停地忙碌和奔波，为什么不能把这个忙碌和奔波转化为享受人生的过程？

还有一个禅宗公案。有人问慧海禅师该怎样做功课？他说，我饿了就吃饭，困了就睡觉。人家问，谁不是这样呢，难道都是做功课么？他说，不一样。他们该吃饭的时候不好好吃饭，该睡觉的时候不好好睡觉，有许多的计较和烦恼。得道的人，行动坐卧，纵横自在，都符合道。

是啊，既然是必须要做的事，就如出差，反正要去，为什么不安排好旅程，从从容容地去完成，然后像慧海禅师那样"饿了就吃，困了就睡呢"？

于是，这次出差前，我花了一个晚上思考这件事，决心修行自己的从容心性。

首先制订三天时间的合理交通计划，周一下午北京出发高铁至沈阳，周二下午沈阳出发飞机至上海，周三下午上海出发高铁返回北京；其次收拾好最简的行李，拉杆箱里装西装衬衫皮鞋及简易便捷的洗漱等用品，一个双肩包，携带电脑、文件、书及小盒茶叶、水杯；再次规范行为，早晚至少各留出半小时散步，乘坐交通工具或空闲时读完一本书，酒店的一次性用品尽可能不动不用，能环保则环保，离开酒店前务必做到被褥铺平、垃圾入桶、设施归位，尽可能减少服务员的工作负担；最后设定当天转换场所的时间节点闹钟。

　　三天来，我在路途中安静地读完了吴军的《态度》，看了一部奥黛丽·赫本主演的老电影，沿途观赏比较了东北和江南原野迥异的风情，还在最后的路途中写下此文。住酒店时坚持了早晚在周边散步，领略了沈阳浑南新区的大气宽阔和上海滩的摩登繁华。认真参加了两个重要会议，专注履行了工作职责。离开酒店房间时认真收拾，酒店整洁度可达入住时的百分之八十，随身物品无一遗失。我心中默念，该干什么时就一心一意干什么，不慌不忙，不急不躁。若遇意外，积极寻求解决，不怨不艾，不怒不恼。在沈阳机场安检前机票出了点问题，在本地同事的帮助下顺利解决，还收获了他一句"一切都是最好安排"。这即是禅宗的道，也是儒家"从心所欲，不逾矩"的境界。

　　通过这次旅程，我豁然明白，人从出生开始便踏上了生命的旅途，这一段段旅程中既有"静"的时光飞逝，也有"动"的空间飘移，相对于浩瀚宇宙，相对于浩渺时空，我们个体的生命实在短暂。人生没有返程，生命的旅途要慢慢从容前行，非经挫折不知顺遂，非历苦难不懂幸福；无论荆棘载途，还是路路亨通，皆是不可多得的历程；无论何时何地，我们都需要在世事的喧嚣中沉静下来，多看看身边的人，多欣赏身边的风景；珍惜好每一个当下，珍惜好每一个今天，不要着急期待明天，更不要着急下一个旅程！

候机大厅催促登机的广播响了，我起身抖抖衣衫，拉上行李，按计划开启武汉之行！

（写于2019年2月27日京沪高铁上，
修改于3月3日机场候机大厅）

梦遗双廊

2019年底因为公干又去了趟云南，坐高铁一天之内往返昆明和大理，天气很好，一路蓝天，白云流转。

我坐在靠过道的座位上，实在耐不住这云南大地美轮美奂景色的吸引，便走到两节车厢中间的地带，透过玻璃窗看五彩变幻。我是喜欢这彩云之南的，并独爱这高原的小气候，因海拔较高而天空湛蓝，因位置靠南而气温适宜，因民族杂居而文化多元，那温润的山水、琳琅的服饰、奇异的景物吸引着我，我不止一次和朋友结伴而来。

我去大理逛过古城，去丽江泡过酒吧，去香格里拉骑马穿越过森林，去普者黑赏过荷花，但唯独至今不能遗忘的是双廊的妩媚。

说起双廊，也许很多人未必知道是在云南的哪里，但若说起孔雀舞者杨丽萍的月亮宫，或许就会大致明白。月亮宫就在双廊，之前是个不起眼的洱海边小渔村，大概是浸染了杨丽萍的名气和月亮宫的风光，逐渐攒聚了人气，月亮宫所在的半岛上许多民居被改建成了各具特色的小客栈。我和朋友去的那年有些还在紧张施工改造中，沙石木料堆得到处都是。临洱海边的地方修筑了景观人行道和一些商铺，一时便熙熙攘攘起来。

起初我不了解这个地方，是朋友固执的推荐，我们一行人才来到双廊。

上午入住一家洱海边小客栈。客栈小而温馨，处处透出居家的氛围，现在已经记不起名字了。我住的房间恰有一个亲水阳台，坐在阳台的秋千椅上，捧一杯云南红茶，悠悠晃着。看近处，临岸的水面上漂浮着一些绿藻，有渔夫摇着小船在收渔网；岸边的商铺店招猎猎；再抬眼眺望出去，就是一汪碧水，在阳光的照射下波光粼粼，远处的中心小岛上隐约有白色的建筑和彩色的旗幡。微风拂来有些淡淡水藻和鱼腥的味道，倒也清新！

同行的几个伙伴，挤到我房间的阳台上，如此震撼的美景让他们哇哇地惊呼。是的，这里不是海景胜似海景，其实也是海景，只是洱海的海罢了。

午饭后，打开房间的窗，在床上小寐一会儿，凉风习习，十分惬意。

如此美好时光，又怎舍得多睡。

再走上阳台，泡一壶老普洱，如酒般香醇，慢慢呷一口；瞅瞅远处的海，翻翻手上的书；抑或半闭着眼睛慵懒地斜躺在椅子上，什么都不想，什么都不做，就让午后柔和的阳光洒在身上，沐浴着日光，将俗事俗务抛诸脑后，唯愿时光在此刻滞留。

傍晚时分，踏着夕阳余晖朝半岛深处月亮宫的方向逛一逛是个不错选择。

一路巷陌，皆是白族民居，那灰白的线条非常明朗，屋檐下的彩绘展现着民族风情。一棵硕大的榕树下，几个白族妇女的小摊正在炸小鱼和饵块,香味袭来不觉饿了。

半岛的尽头就是月亮宫,还有画家赵青的别墅,我们都在周边看了看建筑,依水临崖而建,颇有气势,但没有去造访。夕阳下的月亮宫金色闪闪,在微波荡漾的烘托下漂亮莞尔,似一只开屏的孔雀傲娇地雄踞洱海之畔。

晚上的双廊灯红酒绿,临街的商铺活泼起来,空气中氤氲着烧烤的焦香和啤酒的清醇。随便寻一处坐下,在熙熙攘攘的人群中享用美食。晚饭后趁着酒兴沿洱海边的小道走一走、散散步,若有伊人在侧,轻轻絮语,你将体会到人间花前月下的美好。若还有余兴,那入口处的唐朝酒吧,激昂的音乐和尖叫会让你投入狂欢。

最喜欢清晨的双廊,在一夜喧闹过后,归于清新、宁静、安详,风拂岸边垂柳摇摇摆摆,几株三角梅繁花盛开,跑跑步、呼吸几口新鲜湿润的空气。如若有幸,你还可以从某个狭窄巷道深处发现一处葵园,正是"青青园中葵,朝露待日晞。阳春布德泽,万物生光辉"。汉乐府诗的意境便在这里了。那种小惊喜会让你的心脏禁不住颤抖。

去年休假,再去双廊。此时的双廊已经完成了基础设施建设,彼时杂乱的工地不见了,一座座不同风格的民宿散落在洱海之畔,或乡村,或西洋;或古典,或现代;或温润,或硬朗。美丽、整洁的小镇依傍着洱海,安详地映着水面粼粼的波光。双廊上面的天空多数时候是蓝的,白云常常变换着身姿涌来作伴;洱海的水面几乎是平的,从不作妖翻起滔天巨浪,如银镜般丝滑明亮;洱海的风最是解风情的,轮番撩拨着女人们的霓裳,让裙裾飘飘,衣带起舞,长发飞扬。

早观日出,昼逛陌巷,晚赏夕阳,夜沐星光。双廊的美,含蓄、优雅、舒畅,去一趟便如做美梦一场!

(写于2020年2月16日因新冠肺炎隔离北京琨御府,
　　修改于2021年9月11日重庆花园城)

赏樱心史

赏过北京玉渊潭盛开的早樱,又见重庆的樱花开放,本是无心欣赏的,可她们就在回家路上列队两边,明媚的阳光下,盈盈粉粉逼仄着我的眼。

樱花是日本的国花,之前看抗日剧,总有樱花的元素,出于民族感情,对樱花颇为反感,即便近赏,也未觉樱花之美。近年来,国内樱花树越栽越多,品种也林林总总,樱花大道、樱花林更是如雨后春笋。每年春天,赏樱也成了春之盛事,于是留意起樱花来。

据考证,在两千多年前秦汉时期,樱花已在中国宫苑内栽培,唐朝时樱花已遍及私家庭院,万国来朝时日本使者将樱花带回了东瀛,后被广泛种植,遂成日本之国花。由此看来,樱花之于中国是有渊源的,确实不该因民族情绪而鄙视她。

当然中国两处最盛的樱花观赏地也确与日本有关。1972年中日邦交正常化,日本首相访华时向周恩来总理赠送了1000株樱花,其多数被栽植于北京玉渊潭公园;又由于周恩来曾住在武汉珞珈山从事抗日救亡活动,于是将其中50株转赠武大,栽植于半山庐前。当然日本在侵华期间曾短暂在武大驻军,植有28棵"国耻之花"。由于樱花树生命短暂，这些源于日本的樱花早已作古，现在的樱花多是国人培育手植了。

"梅花谢后樱花绽，浅浅匀红。试手天工，百卉千葩一信通。"南宋赵师秀曾这样描写樱花。白居易、李商隐、苏曼殊等亦有诗句写樱花，可见樱花之美可入诗词。

仔细研读樱花史乃得真相，樱花之洁美缘于本性，莫让浮云遮望眼，抛却成见知真性！

（写于2019年3月31日成渝高铁上）

夜半歌声

突然间爆发的新冠肺炎疫情,让我们的工作生活发生了意想不到的变化,着实有点让人措手不及。

我在重庆家中远程办公数日,斟酌再三还是勇敢地飞到北京上工。按照政府疫情防控要求,外地来京人员必须在家自我隔离数日,于是我下了地铁便直奔超市买了两大包食物食材,做好了充足的抗疫准备。

我所租住的小区外来租户较多,租户大多是年轻人,从衣品、言语上看素质都挺高,平常大家相见虽然彼此陌生但都礼貌有加,帮忙按下电梯,主动挡下门禁,总会有谢声和微笑,小区里秩序井然,楼道里整洁安静,是个不错的所在。

隔离的第二天,阳光正好,我在屋里窗边办公,隐隐约约听到隔壁有女孩子唱歌的声音,可能是家里置办了KTV设备,在这不能上班不能外出无聊的日子里,倒也不失是个打发时间的好办法。歌声不算美妙,也不算聒噪。在办公走神的间隙,可以听见她在唱:后来/终于在眼泪中明白/有些人一旦错过就不在/栀子花/白花瓣/落在我蓝色百褶裙上……

哦，这是刘若英的《后来》。为了回神，我转身去厨房泡了一杯茶，一会儿又去找了本书看，一会儿干脆搬电脑到里屋去办公。

她是真能唱，从上午11点起，我吃午饭她在唱，午休她在唱，下午4点了，嘶哑的歌声仍然不绝于耳。

接着几日都是这样，为此我也很少去窗边，那里总有不同的单曲在一遍遍回唱。听多了，美好的《后来》也变得不美好了。

终于，白天听不到歌声了，我想也许她隔离期满去上班了。谁知，晚上10点许，唱歌声又起，音响开得也大，整个楼栋仿佛置身KTV，《后来》又不止一遍地响起，这刺耳的歌声让我什么也做不了，干脆打开电视，把声音开大。11点她还在唱，终于有人向物业投诉，我听到了隔壁的敲门声和两个保安的喊话，好奇地打开门探出头去，隔壁KTV的门并没有开，只是调小了音量，歌声也暂停了，只有伴奏曲在播放着。我向保安竖了竖大拇指，两个保安腼腆地笑着走了。

过了须臾，歌声又起，只是声音小了很多，唱出来的歌词含糊不清，可我就在她的隔壁，那咿咿呀呀声像耳边的蚊子嗡嗡，无论如何挥之不去。

我的作息时间，一般如果过了午夜12点还没有入睡，就铁定会失眠。唉，这歌声扰得一夜无眠。次日上午，我试着敲KTV的门，想找她谈谈，没有应答，也不开门。

当天晚上，故事重演，保安又来了，敲门喊话，里面的人听了不答话，只关小了音量。保安走后，音量又大起来。终于有邻居受不了，在楼道里大声吼叫，去擂她的门。我在屋里贴在门边听，那KTV里同样不应答，依旧我行我素。

如此三番，楼道里开始有邻居不再文明，狠狠地咒骂了几句，保安也不再来了。

我一直很好奇，这女子究竟怎么了？关在屋子里隔离几日也不至于会精神失常。或许是失恋了，那《后来》的歌词里不是反复吟咏：后来/终于在眼泪中明白/有些人一旦错过就不在/永远不会再重来……

忽然有点同情起她了，在这样阖家闭关的日子里，若是失恋，一个人孤单，难免追悔感伤，难免事生极端。

又是一个晚上，看时钟到了10点，个人演唱会又要开始了，我不知是期待还是无奈。

时间一分一分过去，实在奇怪，演唱会的音乐没有如期响起。我想今天终于可以睡个好觉。

夜半时分，我被惊醒，门外有啪啪的拍门声，伴随着一个男声的咆哮：大半夜你号丧呢？你是唱歌还是鬼哭狼嚎？让我们没法睡觉！

哦，终于明白，隔壁的KTV改成后半夜开唱了。我努力睁开眼看了下时间，凌晨2点。

拍门、谩骂是没有效果的，我想是不是这个歌者带了耳机，故意与世隔绝，一心沉浸在自己的情感世界里。

门外很快归于沉寂，电子伴奏乐声不一会儿又轻轻地从门缝里、窗缝里钻进来，那个嘶哑的女声还在唱，有点缥缈，像天外来音。

我走到窗前，拨开窗帘看到了夜幕下的北京城，此刻黑暗无边，但仍有点点灯火明灭变幻。回到床上干脆打坐，调平呼吸，闭上眼睛，仔细听听这个女孩倾情演绎的歌会。

一个熟识的朋友也租住在这个小区，不过是另外一栋。我把身边发生的女声演唱会的故事讲给他听，他听了哑然失笑，安慰我道，你天天能听演唱会不错了，你知道我听的是什么吗？我楼上住着一对年轻人，几乎每天折腾到半夜，那地动山摇，那莫名惊叫，一听刺激，二听惊悸，三听烦躁，再听神经衰弱，又不好意思去投诉。

我看他那眼圈是有点暗黑，不禁不怀好意地笑了。

一个人一生难免遇到情感危机，有人选择把自己包裹起来默默承受，有人选择某个方式去发泄，也有人选择从高处一跃而下。我隔壁的这个女孩可能不过暂时陷入了伤感，颠倒了黑白，通过唱歌发泄一下积聚的离愁别绪罢了。

夜晚又来临了，我早早洗漱完提前睡一觉，准备夜半时分听一场不约而至的独唱音乐会。

凌晨3点许，我从如梦如幻的音乐中缓缓苏醒，又听到了熟悉的歌声，相比那始唱时的嘶鸣，这歌声日益精进，愈发婉转起来，似乎还有点老上海夜总会天涯歌女唱腔的韵味。

夜深人静，清晰地听到这样的歌词：原来我拿幸福，当成了赌注/输了你，我输了全部/谁叫我拿幸福，当成了赌注/输了你，我愿赌服输……

哦，唱到了那英的《愿赌服输》。愿赌服输，看来她已经明白过来，这一场连着一场的演唱会怕是要结束了。

在夜半悠扬的歌声里，不知什么时候我迷迷糊糊又睡着了。

东方既白，歌声不知什么时候已经停息。

我走到窗前,拉开窗帘,打开窗户,一轮旭日正在跃出天际线,马路上的车子多起来,吹过来的寒风也不再凛冽,这明媚的春天就要来了。

(写于2020年3月1日北京)

温/润/的/时/光

乡野庭院

  弟弟邀请我去他刚捯饬好的乡下小院看看，于是我就趁回重庆的机会，又邀请了两家朋友一起带着孩子去玩。

  这是个离重庆主城约一个小时车程的地方，大部分是高速公路，非常便捷。原先这里是当地村上的一块50亩山林集体用地，我撺掇他租下来栽种了些果树蔬菜，和这块山地配套的还有三间红砖平房。这几年他慢慢收拾，先是在房前平出了一片地作坪坝，尔后又建了一间耳房，继而又给平房加了青瓦坡顶，直至去年他收了些村民拆旧房的石头垒成院墙，安装上一副拆旧的木门作院门，一个朴素的小院子终于成形了。

  我们到达后，三个9岁的小孩可能是刚结束期末考试的缘故，全都精神百倍嗷嗷叫着迫不及地就想推开院门冲进去，怎奈那门从里面用木插栓住了，未及主人开门，儿子贝西和另外一个男孩牛牛绕着矮围墙走了半圈，等我们大人回过神来，他们就已经翻墙进去了。从里面打开院门，我们得以目睹庭院的全貌：院内地面部分做了硬化，部分甬道铺上了红砖，部分留白栽种上了竹子、玉兰、红叶李、紫薇，围墙边栽种了攀缘的三角梅、凌霄花，就是在这冬日里仍有丛丛君竹绿意盈眼；靠院门右边一隅垒有石桌，可供围坐喝茶；沿耳房一侧搭有开放式厨房，垒着两眼大锅土灶。

打造这么一个庭院，我曾多有建言，因为安徽故里也有这么一个院子，那是父母建造，我和弟弟儿时生活的地方，至今母亲倚门呼喊我们回家吃饭的情景仍然时常在梦里出现。二十余年我辗转定居重庆，可心中记挂着的温暖庭院何曾离开过心间。

最是记得老家庭院里的两棵柿子树，枝叶繁盛，树下是家人避暑纳凉的胜地，是我户外读书作业和玩耍的天堂。每年从结实开始，树上掉落的每个青涩柿子我都会捡起来，用塑料纸密封包好分批埋在庭院一角我早挖好的藏宝洞里捂上，若干天后取出即成难得的零食。到了秋天满树像是挂满了红彤彤的灯笼，映着庭院，煞是好看！

而今，将故乡的庭院"搬迁"至新家乡，这庭院也入乡随俗沾染了渝州风情，终于可以将对故里的思念安放。我泡一壶普洱，坐在院子里，看着儿子和小朋友们在院子里疯跑嬉戏喧哗，恍若昨日的我。就这样静静地感受着这院子，风轻雾薄，空气清新，眼前的整个世界都朗润起来了！

午饭时间快到了，请邻居大姐帮忙杀了一只公鸡送来，我当主厨做柴火鸡。这种在城市里曾经风靡一时因烧柴浓烟污染环境被禁了的烹饪方法，也只有在这乡野里可以肆意为之。大菜、小孙等几个朋友自告奋勇负责生火，都自称本领高强，可惜半天也燃不起来；倒是嘴仗打火星四溅，相互攻击嘻哈笑闹声震寰宇。最终还是邻居大姐帮忙，不多时灶膛里就燃起熊熊火光。

菜籽油烧热，倒入鸡块炒香，下豆瓣、料酒、酱油、花椒等一干佐料,将洗净切好的洋葱、大蒜、芹菜、青红尖椒等翻炒均匀,最后加开水淹没鸡块,盖上锅盖大火炖煮。稍后改小火,又在锅边贴上面饼,然后我们闻着从锅沿缝隙里溢出的香气,静待柴火鸡出锅。

另一眼灶,大菜加热了从盒马鲜生买来的成品酸菜鱼、清炒虾仁、番茄炖牛肉,可惜味道真不咋的。邻居大姐从院外的田里现采来新鲜的菜头、包菜为我们凉拌、清炒,蔬香清新,鲜嫩可口。

吆喝各位大小朋友归拢来,院内围桌而坐,男人们酌一杯酱河老酒,送一箸柴火鸡肉入口,真正是惬意时刻!

德国19世纪浪漫派诗人荷尔德林写道"诗意地栖居在大地上",海德格尔极为推崇并进行了哲学阐发,所以"诗意地栖居在大地上",就成为我们这个工业化时代城市居民的向往。其实我们都曾来自广袤的大地,是现代文明把我们集中在钢筋水泥玻璃建造鸽子笼般的公寓楼、高耸入云的写字楼里,哪里还能诗意地栖居在大地上,山水、溪流、树林、田野都离我们愈来愈远,诗意都化为工作和生活的焦虑!

临离开时,小朋友们看到院门外堆满桃木的柴垛,用乞求的眼神征求大人们的意见,要挑拣一根带回家玩。

好呀,怎么不可以呢?那就都带一根回去,雕刻成桃木剑,正好挂在孩子们的房间"驱魔辟邪",最好也能驱赶掉让人魔怔的课业压力,过一个无忧无虑的快乐童年!

附:栖居

倾慕陶潜诗,梦里归园田。

旧屋翻新舍，老石筑围院。
木门刷清漆，青瓦盖红砖。
石槽接泉水，灯笼檐下悬。
院内宜人居，院外作耕田。
晨起观薄雾，暮至望远山。
呼吸皆自由，撒野不讨嫌。
绿竹影摇曳，粉桃蕾已满。
待到春风吹，繁花迷人眼。
花间静品茶，诗意陡益然。
方中垒柴灶，静赏墟里烟。
锅中烹土鸡，肉香飘得远。
斟上一壶酒，飘飘欲成仙。
暂忘凡间事，栖居来参禅。

（写于2019年1月26日北京）

雪粉华，舞梨花

天气预报说，今天有中雪。从南方来北京出差的朋友今天要返程，不无遗憾地说又完美错过。

对于雪，北方和南方的感受有些相反。在北方，雪除了有滋润大地的作用外，有时太大了也是灾害，会造成交通阻塞、牲畜挨冻断食，谓之雪灾；而在南方，雪是惊喜，是浪漫，天空飘起雪花，一片一片落在地上就倏忽不见，人们会拥到地面上欢呼雀跃，恨不得用手去捧着、用嘴巴去接着，全城狂欢。当然天公也有玩笑过头的时候，2008年初先是下了一场大雪继而转为冻雨，浪漫转瞬成灾。

关于雪，我有深刻的体会。

家乡位于淮河以北，冬天来临，河塘水要结冰，天要下雪。孩提时盼着下雪，最好下大雪，喜欢在雪地里打个滚，滚雪球、堆雪人，再和小伙伴打几场雪仗。可读书时，下大雪就不是那么好玩了，踏雪去学校，路上总免不了和小伙伴打雪仗，你扔一团雪过来，我扔一团雪过去，玩嗨了、玩急眼了，几个人会打作一团倒在雪地里，拉着对方的衣领往里塞雪，把对方的鞋子脱下来塞上雪再扔得远远的，或者埋在雪里让他找。到了教室大家才会安静下来，这时候里面贴身的衣服是湿的，棉鞋里是雪水，教室既无暖气也没有煤炉，坐在教室里那个冷，冷得哆嗦成一团，牙齿不停地打架，只好不由地跺脚取暖，很快满屋尘土飞扬，若马蹄声声。老师的课也无法正常讲下去，气得拂袖而去，教室马蹄声便愈发放肆地由远及近。

下雪不冷，化雪冷，雪晴云淡日光寒。雪后天霁，阳光照射下来，在雪的映衬下直晃人的眼，当阳的雪开始融化，中午时分屋檐的水滴答成线，平坦的小路化为泥泞，阳光看似强烈，可教室冷如冰窖，除非上厕所，我们连门都不肯出了。

下午放学时，已近天黑。这时融化的雪水又冷冻成冰，屋檐下挂满了冰溜子，像猪八戒的耙子；小路上汪汪雪水冻成大大小小的冰面，我们顶着凛冽的寒风，一步一步小心翼翼地滑走着回去，不时有人摔个大马趴，引起一阵哄笑，倒也有乐趣得很。不过读初中时是骑自行车上下学，遇到雪天只有舍车步行，等雪化得差不多了再骑自行车。可若是遇到放学天气骤冷，那石子路面为便于排水总是修筑成中间高两边低；这时整个路面就被雪水凝成冰凸镜，车行上面，不停地上演群体交通事故，摔得是人仰马翻、前赴后继。有几次我的自行车摔得车把歪斜、链条拧巴、轮子变形，身上瘀青更不消说了。

不过，大雪也带来惊喜。尤其是大年初一起床，推开屋门，见白茫茫一片，积雪盈尺，雪花漫天飞舞，所谓"瑞雪兆丰年"大抵就是这样的情景吧。

如今落的雪愈发小了，可能是工业导致气候环境变化，每次都是薄薄一层，盈积不过几寸。落在马路上的雪片经汽车碾压，来不及逗留均已消散。

　　盼望着，盼望着，今天的雪怎么要姗姗来迟了呢？我还期待着"雪粉华，舞梨花，再不见烟村四五家"呢！

　　这时雪若飘临，有首小诗最是应景："绿蚁新醅酒，红泥小火炉。晚来天欲雪，能饮一杯无？"我营造不出"绿蚁""红泥"白居易式的小情调，窗外任梨花飞舞，室内恰温暖如春，拉开窗户伸手接几片雪花佐酒，也是不错心情。只可惜，望眼欲穿仍不见伊人身影，只有心欠欠地睡了！

　　早上不等闹钟声响就提前醒来，我走到窗前猛地拉开布帘，哇，总算看到了雪花，如三月柳絮飞，狂飘千万家！

（写于2019年12月15日北京，修改于12月16日）

南山，南山

一觉醒来，突然就想起了南山，已经很久没有去了，不觉有些怀念。

在重庆，南山是肺叶，也是洗涤心灵的所在。

抗战时期重庆作为陪都，蒋介石选这里作为行辕，住在黄山峰中的云岫别墅，现在开辟为抗战遗址博物馆了。

我2002年来到重庆，在南山，我陆陆续续体验到了山城的美。

刚来时，单位组织团建活动，安排的是在南山黄葛古道登山比赛。这黄葛古道有着800年的历史，曾是历代川黔商贾的必经之地，被称为重庆的"丝绸之路"。不长的一段登山路难不住以爬坡上坎著称的重庆人，一众年轻人风一般刮过去，预计半小时的山道，不过十分钟竟然有人到达终点。喧嚣的活动过后是欢乐的聚餐，聚餐的地方竟然选择的是猪圈火锅。我初次听了店名不禁哑然失笑，这火锅店名字起得真够接地气，到猪圈吃火锅，大家竟然还那么踊跃和兴奋。原来这火锅店大名叫古月龙泉火锅，在此初创时因毗邻养猪场，于是便被食客起了这个诨名。这火锅店的位置虽然偏僻，但因菜鲜价低味道好声名远播，诨名也锻造成了鼎鼎大名。

后来和朋友又光顾过很多次"猪圈",至今惦记着那舌尖上的一抹美味。

烦恼时,我喜欢去南山散心。去的时候常常是万家灯火的晚上,自驾车进入上山道,狠狠踩下油门,一口气急速驶上山巅,有点飘逸的快感;然后停车在近山顶的某处悬崖边上,遥望渝中半岛,那灯红酒绿处便是滚滚红尘,身处其中焉能不生烦恼,此时立在高处,冷风一吹,烦恼顿时去了大半。

喜悦时,我喜欢去南山。邀三五好友,到塔宝或朱楼点上一盆泉水鸡,那麻辣劲糯的鸡肉入口,佐一口诗仙太白,再划上三五拳,美好的心情充分释放,就品到了快乐的味道。

谈恋爱,要上南山。左手把车子方向盘,右手执恋人荑荑,打开车窗,让山风吹乱她的长发、拂过我的耳鼻,瞥一眼她的慌乱,情到深处的你侬我侬尽在这行车的蜿蜒中,轻轻地踏着油门,绅士地让行后车,让爱一路绵延,绵延一路。

招待外地来的老朋友,更要上南山。华灯初上时分,带他们到火锅公园,那火红的灯笼挂满整个山头,火锅灶台呈梯田式鳞次栉比地排列着,混合着麻辣的牛油香味弥漫开来,这壮观的火锅世界足以惊讶出朋友的"哇哇"声。品完火锅,带着麻辣余味和几分酒意下山,再拐到一棵树登上观景平台遥看重庆夜景,便可领略山城独一无二的灯光绚烂和层叠之美,一城繁华尽收眼底,这样的待客规格在山城再无匹敌。

若想登高望远,可至鹞鹰崖,立在金鹰雕塑旁俯看高楼林立、两江汇合,飞机时而绕过头顶;若想凭吊怀古,可至文峰塔品位百年历史变迁留下斑驳的身影,或者去老君洞,探寻道家的秘密;若想闹中取静,可散步在重庆邮电大学,感受莘莘学子们洋溢着的青春活泼气息,抑或爬一回"夺命天梯",用那一坡超过45度115阶梯坎检验你的腰腿;若想赏花,便可去植物园,那里千木争繁、四季花香,徜徉其中定是心旷神怡。

而今,民宿方兴未艾,这南山便是催生民宿之所在。

这里的民宿最不缺的是情怀。

走进"南之山"书店,优雅的环境中满是小资的格调,手托一杯咖啡或手持一杯清茶,戴上耳机听几首音乐,或倚立书架旁翻几页书,或透过落地玻璃极目远眺,看山岩耸立、绿树婆娑,若处自然之境。这里不仅可以看书还可以吃法式大餐;观景玻璃房民宿"山鬼",散发着屈原九歌的诡异,吸引着好奇者来探寻;还有老房子改造而成的"墟渡南山",散发着昔日的旧情怀。

南山是山,她有山的秀丽资质和高低起伏。

南山不是山,她是山城人引以为傲的丘壑情怀。

(写于2021年7月3日,修改于8月6日)

第五篇

人生若只如初见

WENRUN DE SHIGUANG

诗酒趁年华

我觉得我喜欢喝点酒是有来由的,《汉乐府》就有"上金殿,著玉樽。延贵客,入金门。入金门,上金堂。东厨具肴膳,椎牛烹猪羊。主人前进酒,弹瑟为清商"。这个牵强的出处不错!

中国的酒文化源远流长,据考证,八千年前就已经出现含酒精的饮料了,比世界文明、中国文明还早,而诗歌在三千年前才出现。《诗经·鹿鸣》篇里就有"我有旨酒,嘉宾式燕以敖"。可见,自古以来酒是文化传承的重要部分,不论寻常宴席、访客会友、嫁娶生子、祭祀拜祖都须有酒,喜酒、寿酒、祭酒、满月酒,酒是种饮料,也是一种精神载物。酒和诗能表达人类所有的情感,也可以承载所有的感情。因此,酒可入诗,诗可下酒。

喜要喝酒。李白在兖州任城寻客访友无所事事时突然接到皇帝的圣旨召他再去长安,一高兴写下"高歌取醉欲自慰,起舞落日争光辉"。可见怀才不遇爱喝酒的李白忽然又获皇帝青眼,那股高兴劲非喝大酒"高歌取醉"不足以表达,而且得意忘形地狂放"仰天大笑出门去,我辈岂是蓬蒿人"。杜甫也是,闻听官兵收复了蓟北,立刻连喝了三杯,然后喜极而泣写下"白首放歌须纵酒,青春作伴好还乡。即从巴峡穿巫峡,便下襄阳向洛阳"。老夫子平常总是悲悲戚戚的样子,又穷得很,平常估计也不大买得起酒,遇到这等大喜事不仅要喝酒还要纵酒,可见没酒也不足以表达欢喜的境界。

愁要喝酒。李白会告诉你"抽刀断水水更流,举杯消愁愁更愁"。奇怪的是,喝酒让他愁更愁为什么还喝个没完?我的理解是,既然愁不如赶紧愁到头,早点释放完愁绪,否极泰来;若是乡愁,范仲淹"明月楼高休独倚,酒入愁肠,化作相思泪"。这里的相思不是思念情人,而是想家,独在异乡为异客,本来就孤独,喝点小酒,更加想念家乡了,思念父母妻儿,不自觉就留下泪来,乃人之常情。

相思要喝酒。晏几道"对酒当歌寻思着,月户星窗,多少旧期约"。这是思念佳人,或许是之前喝醉了酒对佳人随口许诺,结果没能兑现,真惭愧啊!看来喝了酒别信口瞎吹,以后不好收场;而柳永这个高考破落户,科举无望干脆自称"奉旨填词柳三变",终日把酒厮混青楼,倒也混出了些名堂,其中这"拟把疏狂图一醉,对酒当歌,强乐还无味。衣带渐宽终不悔,为伊消得人憔悴"。把相思的境界推到极致,可谓前无古人后无来者,大学者王国维在他的《人间词话》中形容治学三种境界之第二种就引用"衣带渐宽终不悔,为伊消得人憔悴"。现在任谁喝得再烂醉也写不出超越这种境界的词来,不能不佩服!

老友相逢要喝酒。边塞诗人岑参写下"一生大笑能几回,斗酒相逢须醉倒"。那是当然,边塞都是人烟稀少的苦寒之地,好不容易来个朋友,那多难得呀,不大碗招呼喝倒不足以表达感情!罗贯中三国演义开篇就借用杨慎的"一壶浊酒喜相逢。古今多少事，都付笑谈中"。这句词我们都熟悉，老朋友好不容易见个面，还不好好喝一杯，借酒高谈国家兴亡、王侯将相，顺便再聊些八卦，爱恨情仇哈哈一笑了之。

朋友离别不能没有酒。"劝君更尽一杯酒，西出阳关无故人"，这是悲凉的送行酒；"一壶浊酒尽余欢，今宵别梦寒"，这是哀伤的送别酒；"长风万里送秋雁，对此可以酣高楼"，这是洒脱的壮行酒；"风吹柳花满店香，吴姬压酒唤客尝。金陵子弟来相送，欲行不行各尽觞。请君试问东流水，别意与之谁短长"，这是摆了大场面有格调的道别酒。

朋友感情，酒最能表达。"珍重主人心，酒深情亦深。须愁春漏短，莫诉金杯满。遇酒且呵呵，人生能几何"。感觉兄弟有时候好起来，可像基友铁骨柔情，可像闺蜜你侬我侬。黄庭坚和少年时的好朋友喝了一次酒十年后才又见，于是叹道"桃李春风一杯酒，江湖夜雨十年灯"，你说这是什么心情？

喝酒要说浪漫有情调，还是李清照。"东篱把酒黄昏后，有暗香盈袖"。黄昏时候，光线迷离，花园篱笆边影影绰绰，微风轻抚，花香四溢，自己坐在小桌旁，手持酒壶，喝得有点微醺，泛红的小脸隐藏在暮色里，任春思纷飞，氛围不是一般地好；当然白居易也不差，"绿蚁新醅酒，红泥小火炉。晚来天欲雪，能饮一杯无。"他这是邀请朋友雪天饮酒，二人临窗而坐，窗外雪花飘舞，新酿的酒、红泥小火炉温着，调调是有，不知是否有佳人添酒，若有那就完美了。

若想表达苦情和伤感，不妨尝下给陆游得而复失的黄藤酒。

"红酥手,黄腾酒,满城春色宫墙柳。东风恶,欢情薄,一怀愁绪,几年离索。错!错!错!"后半阕就不忍读完了,是不是能体会到他为失去唐婉撕心裂肺又无助的痛,那美好的黄腾酒啊,现在只留在记忆中。秦观有词"为君沉醉又何妨,只怕酒醒时候断人肠"。酒是忘情水,我宁愿为君沉醉,最怕清醒的时候,思念得肝肠寸断,这情真是伤不起啊!当然面对无情,酒也能表达果断的决裂,卓文君就愤而写道"闻君有两意,故来相决绝。今日斗酒会,明旦沟水头"。你司马相如竟然有了二心,想当年你是个穷小子,就因我慕你才华,才抛下富贵跟你私奔,为生活不惜当垆卖酒,现如今你发达了就想纳妾!罢罢罢,我成全你,今天咱们好好喝顿酒,明早就分手。写得很温柔,实则脾气火爆,掷地有声。不过临要分手前,文君还是故意安排了个局,大度地办个酒会,说不定酒一喝,情一叙,他回心转意了呢。果不其然,司马相如读了这诗,喝了这酒,禁不住回首往事,再加上文君声情并茂倾诉当年琴挑之事,顿惭愧不已,遂绝纳妾之心。

若要忘记人间忧愁,洒脱一点,韦应物最能表达你的感情。"我有一瓢酒,可以慰风尘",这首诗被现代人演绎无数,如"我有一壶酒,足以慰风尘。怜君行劳顿,愿做添酒人";"我有一壶酒,足以慰风尘。醒时建安骨,醉后太白魂";"我有一壶酒,足以慰风尘。尽倾江海里,赠饮天下人";等等,只要有一壶酒,没有表达不了的感情!苏轼数次被贬官,颠沛流离,郁郁不得志,一喝酒就感慨"我醉歌时君和,醉倒须君扶我,惟酒可忘忧"。

征战沙场,酒是胆气、豪气、霸气、阳刚气。"葡萄美酒夜光杯,欲饮琵琶马上催。醉卧沙场君莫笑,古来征战几人回?"穿越千年时空,你分明看得见王翰一身盔甲,中军帐中手执酒杯豪饮,透出金戈铁马踏平胡虏的豪壮;"醉里挑灯看剑,梦回吹角连营",辛弃疾报国无门,也只有喝醉酒畅想一下沙场秋点兵,真是壮志难酬,只有借酒消愁!就连一介文人苏轼也是,喝了酒就"酒酣胸胆尚开张,鬓微霜,又何妨,持节云中,何日遣冯唐?"酒能壮志,也能壮胆!

人生若失意了,酒更不可少。不妨读读晏几道,"欲将沉醉换悲凉,清歌莫断肠";读读杜牧,"落魄江南载酒行,楚腰纤细掌中轻"。哪个离得开酒,人生得意酒助兴,人生失意酒解烦,酒最忠诚。

若表达痴情怨女的离愁别恨,不喝醉哪能说出情话。看柳永,"今宵酒醒何处,杨柳岸、晓风残月",这离人凄楚惆怅、孤独忧伤的意境是不是能让你痛彻心扉。还有周邦彦"昨夜里,又再宿桃源,醉邀仙侣。……似痴似醉,暗恼损、凭阑情绪",有酒才能恣意纵情,醉了方能痴情!真如胡适所说"醉过方知酒浓,爱过方知情重"。

当然你也可以看破人生,及时饮酒行乐。"且乐生前一杯酒,何须身后千载名。""今日有酒今朝醉,明日愁来明日忧。""人生得意须尽欢,莫使金樽空对月。""人生有酒须当醉,一滴何曾到九泉。"看,这也是人生态度,看开了一切都无所谓,喝酒能开心就好,功名利禄付与酒一壶,帝王将相几抔土。

说的多是男人喝酒,那女人喝酒是什么样子呢?除了李清照自斟自饮,周紫芝写得也很形象:"翠蛾懒画妆痕浅。香肌得酒花柔软。粉汗湿吴绫。玉钗敲枕棱。鬓丝云御腻。罗带还重系。含笑出房栊。羞随脸上红。"女人不喝则罢,一喝就是千娇百媚,魅力挡都挡不住,杨贵妃醉酒不也是如此!欧阳修也写道"酒力融融香汗透。春娇入眼横波留"。呵,你能体会那种酒汗湿透衣衫,虽已花容纷乱,娇软无力,望着你时却还秋波流转,摄人心魄。所以与佳人喝酒劝不得,也劝得!

酒也可让你自作多情。如李商隐,去夜店耍了一晚,喝点酒就对姑娘动了心,关键也觉得姑娘对他情窦开:"昨夜星辰昨夜风,画楼西畔桂堂东。身无彩凤双飞翼,心有灵犀一点通。隔座送钩春酒暖,分曹射覆蜡灯红。嗟余听鼓应官去,走马兰台类转蓬。"那个姑娘是谁不重要,能陪他行令喝酒一解孤身飘零之苦,就感到非常慰藉了,"心有灵犀"也因此流传千年;他还写有"纵使有花兼有月,可堪无酒又无人"。有花有月,可就是没酒也没美人,空负这良辰美景,可叹!真是我这里有醋有蒜,就差饺子和陪我吃饺子的人了啊!

时光易逝,老年朋友也喜欢借酒打发日子。白居易越老活得越纠结,慨叹"年年老去欢情少,处处春来感事深。时到仇家非爱酒,醉时心胜醒时心"。这个"仇"是姓,不是到仇家喝酒,否则那老白胆也太肥了。其实学会放下才能活得开心,喝上几杯酒,吟上几首诗,生活还是很有趣的,"宽心应是酒,遣兴莫过诗"。喝酒吟诗打发晚年生活还是不错的。欧阳修也是如此,年高时酒量已经不行了,虽"饮少辄醉"仍自号醉翁,写下名篇《醉翁亭记》,其中"醉翁之意不在酒,在乎山水之间也。山水之乐,得之心而寓之酒也"。说得明白,酒就是用来助兴山水之乐,用来飘飘然的。

无欲无求天地宽,喝酒逍遥莫过王士祯。"一蓑一笠一扁舟,一丈丝纶一寸钩。一曲高歌一樽酒,一人独钓一江秋。"钓鱼下酒,悠游自得,真乃淡泊宁静、超凡脱俗的情趣。

喝酒也不都是让人消沉。你看刘禹锡,"今日听君歌一曲,暂凭杯酒长精神"。听首高亢的歌,三五杯酒下肚,一下子来精神了,接着在追求事业的大道上努力奋斗。

搞创作尤其要喝酒,否则哪来才气。晏殊就说"一曲新词酒一杯"。杜甫很羡慕青莲居士就写道"李白一斗诗百篇,长安市上酒家眠"。人家酒喝得多,诗作也多,还能睡在酒馆里,而自己茅屋被秋风所破,床头屋漏无干处,多渴望能有杯酒喝暖暖身子。元稹说得更直白了"近来逢酒便高歌,醉舞诗狂渐欲魔"。醉可舞,诗可狂,都成了魔。创作和酒的密切关系,韩愈也深有同感,"尽瘁年将久,公今始暂闲。事随忧共减,诗与酒俱还"。我久在庙堂为国家社稷鞠躬尽瘁,酒都没敢好好喝过,诗也当然作得少了,确实是忙啊!你看我现在被贬,是坏事也是好事,终于有时间喝酒写诗了,也是一大幸事。

喝酒能感慨出人生新高度,曹操父子最是当仁不让。"对酒当歌,人生几何?譬如朝露,去日苦多。何以解忧,唯有杜康。" 真可惜,有曹操做广告那么多年,这杜康品牌的酒硬是没大火,真真气煞曹阿瞒,简直是"竖子不足与谋"!曹操的儿子曹植,被欲加害于他的兄长曹丕逼出来的七步诗,据说也是他出门登车前喝了几杯酒,不想被兄长算计,凭着一股酒劲吟出了千古名句:"煮豆燃豆萁,豆在釜中泣。本是同根生,相煎何太急?"事后被吓得打了个激灵,酒皆化为冷汗出了!

下乡扫墓、调研、采风也须有酒才好。杜牧清明节去扫墓很讲

283

究,先要找个酒馆给先人带点酒。"借问酒家何处有?牧童遥指杏花村。"还好找到了,还成就了后世"杏花村"牌汾酒,广告水平比曹阿瞒高出一大截。陆游下乡喜欢与民同乐,老百姓的土酒他不嫌弃,好酒喝得,孬酒也喝得,"莫笑农家腊酒浑,丰年留客足鸡豚"。酒虽不好,土鸡的味道还是很地道。孟浩然下乡采风也接地气,他知道同老百姓喝点酒才能打开话匣子,才能收集到好素材,"开轩面场圃,把酒话桑麻"。不与农民伯伯喝点小酒,谁跟你瞎掰活。陶渊明不为五斗米折腰挂印而去后,饮酒后先后写了二十首诗,借以抒怀,其中第五首最是脍炙人口:"结庐在人境,而无车马喧。问君何能尔?心远地自偏。采菊东篱下,悠然见南山。山气日夕佳,飞鸟相与还。此中有真意,欲辨已忘言。"这酒喝出了空灵,喝出了洒脱,喝出了禅意,也喝成了田园诗的鼻祖。

这世人喝酒的多,品茶的少,皎然就为好朋友茶圣陆羽鸣不平:"俗人多泛酒,谁解助茶香。"说的也是,尘世间无论高官显贵还是底层平民百姓都爱酒,而茶太过于高洁,相对而言,喝酒的人多当然就俗了。皎然是谢灵运的十世孙,不过出了家,是鼎鼎有名的诗僧,持戒不喝酒,当然看不起喝酒的人了。

其实心境不同,酒的味道也不同。就如杜甫,生活困苦时"艰难苦恨繁霜鬓,潦倒新停浊酒杯"。喝的是浊酒,到嘴里是苦酒;但当他在成都浣花溪边散步,看到"黄四娘家花满蹊,千朵万朵压枝低"。心情大好,就有"报答春光知有处,应须美酒送生涯"。这时想到酒就是美酒。酒还是酒,心境不同罢了。

请人喝酒,酒必须备足,否则要丢颜面。"主人酒尽君未醉,薄暮途遥归不归。"把主人家的酒喝完了,还没喝够,随口就念叨出来了,似有埋怨。这又天黑路远,走还是不走?差不多就行了,非喝醉才好?高适够纠结的。

说到诗与酒,不能不专门说下李白。李白号称诗仙、酒仙,是双界泰斗。重庆就出一种酒,品牌名——诗仙太白,源于李白经三峡过白帝城时写下的"朝辞白帝彩云间,千里江陵一日还。两岸猿声啼不住,轻舟已过万重山"。其中一款盛世唐朝酒,设计的酒瓶子很有创意,李白小塑像在瓶子中间,周边装酒,完全是把李白泡在酒里。李白右手擎杯,衣袂飘飘,那如虹气势仿佛正在吟诵《将进酒》。说到《将进酒》,这绝对是以诗颂酒的绝唱,李白那份气势、那份潇洒、那份浪漫情怀,藐视人间一切酒神,古今中外概莫能与之比。"人生得意须尽欢,莫使金樽空对月,天生我才必有用,千金散尽还复来,烹关宰牛且为乐,会须一饮三百杯。""古来圣贤皆寂寞,惟有饮者留其名。""五花马,千金裘,呼儿将出换美酒,与尔同销万古愁。"虽历千年,豪言犹在耳。

"青莲居士谪仙人,酒肆藏名三十春",酒仙并非浪得虚名。

他高兴时什么都可以卖了喝酒,"好鞍好马乞与人,十千五千旋沽酒"。

痛苦时什么都看淡只喝酒求醉,"钟鼓馔玉不足贵,但愿长醉不复醒"。

酒醒了还能继续喝,"三百六十日,日日醉如泥"。

喝醉了还很能吹牛,"百年三万六千日,一日须倾三百杯"。小迷弟杜甫也帮他擂,"天子呼来不上船,自称臣是酒中仙"。

两个人可以潇洒地喝,"两人对酌山花开,一杯一杯复一杯。我醉欲眠卿且去,明朝有意抱琴来"。

一个人也可以自找情趣独酌,"花间一壶酒,独酌无相亲。举杯邀明月,对影成三人。月既不解饮,影徒随我身"。

喝得还那么有理有据,"天若不爱酒,酒星不在天。地若不爱酒,地应无酒泉。天地既爱酒,爱酒不愧天……"。

诗仙,酒仙,真乃当之无愧!

另一位喝酒写诗的大神苏轼也不得不提。苏轼一生仕途坎坷颠沛流离,一蓑风雨任平生,酒是他终身跟随的朋友,他的诗词豪放大气、飘逸飞扬,现在读来都会飘出隐隐的酒香。但很多时候他经济拮据,连像样的酒都喝不起,但仍然保持淡然的心态。"明月几时有?把酒问青天。不知天上宫阙,今夕是何年。"把酒问青天这么惊艳的诗句,与屈原的《天问》有异曲同工之妙。"持杯摇劝天边月。愿月圆无缺。持杯复更劝花枝。且愿花枝长在、莫离披。持杯月下花前醉。休问荣枯事。此欢能有几人知。对酒逢花不饮、待何时。" 能与花月共饮,饮出空灵意境,我等饮酒之人自叹弗如!他登密州超然台吟出"休对故人思故国,且将新火试新茶。诗酒趁年华"。作诗醉酒都要年华尚在啊!他以诗酒寓言外之意,大丈夫建功立业要趁年轻,不要像我一样有志难酬,等年华逝去,空悲切!

喝酒的诗人词人中,李清照作为女人是独特的,既有女人的娇媚,也有男人潇洒,更有情感的细腻。流传到现在的近五十首词中,十六首含有醉酒,由此可见她很是喜欢喝几盅,而且经常喝得"沉醉不知归路"。她年轻时生活比较富足和安逸,所以才有"昨夜风疏雨骤,浓睡不消残酒"。后来与丈夫赵明诚小别,也借酒抒发分别之苦:"酒意诗情谁与共?泪融残粉花钿重。"丈夫去世后，她无可奈何，深闺寂寞，断肠心事难以寄托，遂有"险韵诗成，扶头酒醒，别是闲滋味"。靖康之变，金兵南下，她独自东躲西藏，更是愁肠千结，整日恓惶，"三杯两盏淡酒，怎敌他、晚来风急"！以酒抒怀，道尽无助沧桑，如大雁悲鸣！此时的她已物是人非事事休，欲语泪先流，此酒已非彼酒，再也没有当初"东篱把酒"的雅致了。

酒这种奇特物质与诗词结合，竟能如此璀璨！

酒是催化剂，可以加快情绪的释放，诗可以渲染之；酒是润滑剂，可以促使感情的和谐相处，诗可以唱和之；酒是迷幻剂，可以让你沉浸在虚妄世界，诗可以同流之；酒是黏合剂，可以拉近彼此的心，诗可以凝固之。

酒味不美，被赋予精神寄托才成了琼浆；诗律呆板，因酒的激荡才更加灵动。以诗寄情，以酒寓意，诗酒结合，这些诗词大咖们谱出了文学领域的华美乐章。

时光易逝，苏子易老，谨记诗酒趁年华。在人生这有限的岁月里，但愿我们能缘酒进入诗的世界，缘诗进入精神的家园，去触动心灵，探寻人生！

（2019年2月6日酒后写于重庆，2月23日修改于北京）

又记

酒后随笔，非严肃诗词研究，请一笑置之。若能醉后读之，更好！

温/润/的/时/光

朦胧塔

　　从巫溪坐船到巫山，沿着大宁河顺江而下，经过滴翠峡、巴雾峡、龙门峡，但见绿水潋滟，时听两岸猿声轻啼，时见悬棺置于岸边绝壁之上。若是冬月，两岸皆是层林尽染，更有红叶片片。

　　巫溪连着巫山，均是巫文化的发源地，因此地名中皆有"巫"字。巫文化是上古时期以巫咸为首的"灵山十巫"在今巫溪宁厂古镇宝源山为中心创造的以占星术和占卜术为主要形式、以盐文化和药文化为主要内容的中国地域特色文化。

　　那年有幸到巫溪公干，尔后还要到巫山，于是选择了水路，便有了这么一趟旅程。伫立船头，极目远望，一路风光旖旎，若置身于山水画中。同行者中有位巫溪本地的同事老胡一路介绍，就像是导游，其实讲解比导游深刻得多。每一处峡谷，每一处滩涂，每一处自然形成的景观都能讲出掌故来，同行之人受益匪浅。

　　船行至巴雾峡时，雾气升腾，云蒸霞蔚，穿行其间颇有入仙境之感。突然右岸隐隐约约出现了一座铁塔耸入云中，从塔顶的挂载来看，分明是一座移动通信塔。老胡指着那座塔说，快看，朦胧塔！

"不亏是巴雾峡中的铁塔,是够朦胧的!"同行人附和着说。

老胡说,这朦胧塔不是你理解的那样,虽然说这名字现在很应景,但这名字的背后另有一段美丽的故事。

哦?我们一听产生了浓厚的兴趣,催促老胡赶紧讲讲。

朦胧塔的位置是大宁河巴雾峡岸边一小片丘陵,不知从何时开始聚集了大约五六户人家,岸边有一个停靠渔船的小码头,现在因三峡大坝的修建,原来的小码头被淹没了,现在的是新形成的小码头,也仅能停靠几只小渔船而已。岸边的几户人家以前过着半农半渔的生活。

记不得是哪一年了,移动通信的一个基站在这里选了址,施工队里有个眉清目秀的小伙子云清,在塔刚要安装运送工具时失足从塔基处滚落下来,摔断小腿。那塔基下恰好有一户岳姓人家,年老的爷爷就是当地颇有名气的接骨医生,虽是赤脚医生,却有一手的接骨绝技,周边十里八乡无人不晓。岳老爷子有个孙女名唤朦胧,她出生时江面大雾弥漫,一个来此写生的青年画家因不慎崴了脚来找岳老爷子治疗,正遇上孙女出生,岳老爷子大喜,把写生青年的诊疗费给免了,这画家便给这女婴送了名字叫朦胧。云清的舅舅带他就近找岳老爷子接骨,倒也方便。由于云清本就是外地人,就在岳老爷子家不多的一间临时病房里住下来治疗,也方便就近的施工队同事照顾。

再说这云清,本是邻省的湖北人,高中毕业没考上大学便出来跟舅舅务工,这才干了半年,不想就受了伤,十分沮丧。岳朦胧那时正是豆蔻年龄,初中毕业便没有继续读书,时常陪在爷爷身边为爷爷打打下手,拿个药,递个绷带,俨然一个小护士的模样。因生得俊俏，颇得周边年轻人青睐，总有没病装病的后生往这里跑，朦胧皆无心动。不过朦胧却对临时住这儿治疗的云清悄悄上了心，换药之余总找些由头往他那里跑，问问这问问那，一会儿送点开水，一会儿送来个脐橙，美目盼兮，巧笑倩兮。云清渐渐觉得这小腿骨折得真好！

这基站铁塔安装好了的时候，云清和朦胧已然互相倾慕，芳心暗许。岳老爷子也好像发现了什么端倪，就借还有病人要用房间，云清可以回去静养了。舅舅接走了依依不舍的云清，也带走了朦胧的心思，再做事总是不停地出错，惹得爷爷几度愠怒。

不久后，朦胧家后的铁塔边又来了一拨人，把基站设备装上去，传输线路接通了，还拨打了电话测试。朦胧一天内偷空去看了很多趟，很稀奇那个手持的带"小辫子"的黑盒子竟然可以给远方通话。之前她听云清说过，那个叫手机，就是通过这个铁塔接通外面的世界。她很久都没有云清的消息了，眉头紧蹙，焦急地等待。

就在这拨人要离开的时候，那个拨打测试电话的小伙子径直朝朦胧走过来，问她就是朦胧吗？她说是，不过很奇怪他怎么知道她的名字。小伙子嬉笑着说，我的手受伤了，能给我消消毒包扎一下吗？朦胧立即跑回家抱来药箱帮小伙子包扎。包扎完，小伙子递给朦胧一个小盒子，说有人让我带给你。

朦胧跑回家，把自己关在屋里，打开盒子那是一部新崭崭的手机，还有云清的一封信。她知道，她的云清就在里面。

他的腿已经可以着地了，她知道；山上的枫叶红了脐橙甜了，他知道。他在趁养伤期间读书准备参加高考，她鼓励他进取；她决心好好跟爷爷学接骨继承衣钵，他鼓励她努力。他说等腿好了约她去爬神女峰,她不假思索地答应了。朦胧知道是这座铁塔架起和心上人的联系,于是她常去那塔下小憩,还把塔的周边收拾得干干净净,基站维护人员把这座塔戏称朦胧塔。

他们终于一起去爬了神女峰,诺下"只愿君心似我心,定不负相思意"!

云清经过努力去了位于重庆主城区的通信学院读书,临行在朦胧塔下信誓旦旦,他日学成定回巫山与她厮守。

时光荏苒,枫叶绿了又红,长江水涨了又落,朦胧塔仍在,三年后,云清和朦胧的连线越来越少,朦胧的心紧张起来。

朦胧终于忍不住去了重庆主城,与世间烂俗的爱情故事一样,她在通信学院亲眼看到云清同一位漂亮女生肩并肩走在一起。朦胧鼓起勇气走到云清和那女生跟前,喊了一声"云清",强憋住眼泪笑一笑,同他挥一挥手,转头跑开了!留下一脸惊愕的云清。

千日相思一朝尽,泪飞化作倾盆雨。

朦胧塔下一任荒草萋萋,再也不见昔日倩影。

又是一年春天,听邻居说后面铁塔基站的维护人员换了,来了一位新小伙,连续几天到基站来,把铁塔下面坡地上荒草全部连根拔掉,新翻了土,撒下了许多花籽。

朦胧不想关心,却又忍不住关心,还是悄悄地去看了朦胧塔。暮春下的基站四周,许多花苗钻出地面,已是绿茸茸一片。

蓦然,远处有一个身影向这里走来,那身影她是那么熟悉,朦胧的心霎时乱了,慌忙跑了。

从那时起,朦胧总是忍不住悄悄去基站下小站片刻,眼看着那片花苗在精心的呵护下一节一节蹿高,直至冒出一朵朵密密麻麻的花蕾，含苞欲放。

两天后的清晨，朦胧惦记着塔下的花儿，这会儿应该开放了吧，又忍不住去瞧瞧。

果然已经盛开，红的、粉的、黄的、白的、蓝的，一片五彩缤纷，尚未散去的露珠儿在花朵上缀着映衬着晨辉，闪闪发亮，像一颗晶莹的珍珠，也像多情的泪珠，美丽极了！

朦胧望着那片小小的花圃，忘了身边的一切。

云清不知什么时候已经站在她的身后，轻轻说："朦胧，这是我专门送给你的，向你道歉！"

朦胧听到这熟悉的声音，身子一抖，伸手捂着嘴巴，她想跑开，可怎么也挪不动脚步。

云清走到她的跟前，单膝跪地，仰望着她说："朦胧，给我一个解释的机会，如若你不肯原谅再走不迟。

"我去年毕业了，特地来到巫山通信公司，并专门要求负责这一片基站的维护，这里是我认识你的地方，这座铁塔是连接我们的鹊桥，我已经想清楚，愿意一辈子守候在这里，守候在你身边。

"至于你见到的和我走在一起的那个女孩，我承认我曾经心动过，并试图追求过，但你的突然出现是当头棒喝让我从云端落下，像当年从基站上坠落，让我想起过往，愈发觉得对不住你，就是那一时背叛你的想法折磨我至今，不敢来找你，不敢给你打电话。我想我必须用最诚恳最真挚的行动来向你道歉，请求你的原谅。"

朦胧已是泪流满面，眼前的云清还是她心中的那个云清。

自此，朦胧塔下四季繁花，住着有情人家，浪漫着巴山雾峡。

老胡讲完了，我们船也到了跟前，朦胧塔映入眼帘，笔直耸立，塔下果然有一片美丽的花。

后来呢？有人拉着老胡好奇地问。

现在，云清在巫山县城上班，朦胧就在那里开了一个小小的农家客栈。

我们顺老胡手指着的方向，果然看到了袅袅炊烟。

（写于2019年12月，完稿于2020年2月20日琨御府）

温/润/的/时/光

故乡的秋

近日淅淅沥沥的小雨给山城带来了秋的凉意,要知道在这样一个南方城市很不容易体验到秋的韵味。

天空蒙着灰,绵绵细雨打在玻璃上,拉出丝丝线条。眺望窗外,仍是满眼绿色葱茏,哪里有秋的颜色?若是等到放晴,说不定又要赶紧脱下刚从衣柜里翻出的外套,穿上尚未收纳的短袖。

坐在落地窗下,泡一壶普洱茶,暂且停下匆匆的脚步,静静地品一品这秋日的安详。

普洱香气氤氲,思绪飘逸,竟不觉忆起故乡的秋来。

离开故乡已二十年有余,那宽阔平坦的淮北平原,蜿蜒清澈的黄河古道,笔直矗立的路边白杨,多少次在梦中萦绕。

故乡的秋是收获的季节。作为全球最大的连片水果生产基地,你尽可以想象,置身一望无际的果园,纵横交织的乡间小路边,到处是黄澄澄的酥梨、红扑扑的苹果,密密匝匝地垂挂在枝头,那是一副怎样的情景。

故乡的秋是醇香的味道。作为年产数百万吨水果的果都,在秋季飘出的当然是水果的芳香。清风徐来,香飘万里。来不及收获的梨子和苹果自然掉落在树下，不久就会散发出酒的醇香。若是酒量不好的人，多呼吸几口空气说不定也就醉了。

故乡的秋是金黄的颜色。良好的绿色植被，在秋天就会由绿变红变黄。秋风起，落叶纷飞。尤其是遍布大小路边的银杏，叶若镀金，在秋日温暖的阳光下，闪着迷人的光芒。

故乡的秋是乡亲的繁忙。一年辛苦寄望秋，历经春的孕育、夏的耕耘，终于迎来秋的收获。家家户户都是繁忙的，忙着摘，忙着卖，忙着储。小孩子也不例外，放学后少有现成的饭吃，经常背着书包到果园里帮忙，饿了就啃一个苹果，渴了就吃一个梨子，但孩子们是快乐的，因为大人无暇顾及，可以和小伙伴们在粗壮的果树上爬上爬下尽情撒欢。

没有耕耘哪有收获。春天燕子呢喃的时候，人们忙着为花儿授粉；夏天知了鸣叫的时候，人们忙着为果树除虫施肥；秋天大雁南归的时候，人们忙着采摘收获；就是在冬天，虫豸冬眠的时候，人们也在忙着将储存的果实一车车运往都市。

秋风来了，带走飘零的落叶；秋雨来了，带来明年的遐想。

我爱故乡的秋，爱她那挂在枝头绝不炫耀的丰硕果实，爱她那饱经风霜浓郁的金黄，爱她那自然生长成熟散发的深沉醇香，更爱她那辛苦劳作后收获的喜悦繁忙。

纵然他处秋色美如画，心中秋色最美是故乡。

（写于2016年10月14日）

最美的味道

我们一生会吃过很多食物,有些食物很好吃,不过吃过也就吃过了,大多不曾留下深刻的印象。但有些在今天看来绝对算不上美食,却因场景和环境的因素,留在记忆的深处。

白面馒头

在农村实行家庭联产承包责任制的前夕,我还是个小孩子,家里很少能吃到纯白面的馒头,偶尔吃到玉米面和小麦粉做成的花卷就已经很好了,所以做梦都想饱吃一顿纯白面的大馒头。终于有一次抓住了机会,跟母亲去镇上赶场,正好遇到外婆在帮助公社开会的代表做饭,我悄悄混进厨房找外婆,看到她正在打开蒸笼,那又白又胖冒着腾腾热气的馒头,吸引着我直勾勾地看着,连外婆都忘了叫。

外婆发现我,立即一把我拉到门后面,叮嘱我藏在那里不要说话。厨房里是不准做饭以外的人进去的,更别提小孩子,管厨房的人发现会严厉批评她的。我在门后面一动不动地藏着,唯恐被别人发现，闻着刚出笼馒头散发的香气，不停地咽着口水，煎熬着。外婆收拾停当，那馒头也冷却了些，便拿一个塞到我手里。我立即开动起来，一大口下去，麦香在口中四溢，好吃得无以复加。我连吃两个，才压下舌根处分泌出的口水。这白面馒头的美好味道便永远镌刻在了童年记忆的深处。

这味道是物资贫乏时才能诱发出来的味道吧。

水煮青蛙

小学暑假里，我总喜欢跟着一个邻居侯姓大哥哥玩，他是我们那一片的孩子王，大家都称他猴哥。捉迷藏、摔胶泥、砸沙包等玩到腻，有一天他突发奇想，要带我们捉青蛙野餐，我们一听兴奋极了。

我们到小池塘边用麻叶或青虫钓，到庄稼地里捉，总算凑到十来只青蛙。大家躲到村边的小树林里，一起动手把青蛙宰杀干净，就地挖了灶，用一只大搪瓷碗当锅，捡了些干树叶树枝当柴，煮了这么一大碗蛙汤，里面就放了一点盐，这还是分派给我的任务，从家里悄悄偷出来的。

蛙汤煮好了，一群小眼睛死盯着那碗蛙汤，等着猴哥分配。我们每个人都撅断树枝做成自己的筷子，一个人也就分了两只蛙腿，小心翼翼呵摸着吃了，连骨头都不曾吐出来；那细腻清香的肉味令人难以形容；每人又按着顺序喝了几口蛙汤，更是鲜美无比。我后来到至今，再也没有吃出这种味道。

这味道就是孩童对世界惊奇的味道吧。

温/润/的/时/光

胡萝卜炖猪血

读初中时,冬天要下雪。每当化雪时,连接家校的道路都很泥泞,中午步行3公里回家吃饭也是件辛苦的事,到家时常常饥肠辘辘。

记得那天中午,太阳正好,我踏着化雪的泥泞一进家的院门就闻到了饭菜的香味,真真切切体会到了家的味道。我看到母亲把煤球炉搬到院子里,上面正炖着一锅菜,沸腾的"咕嘟咕嘟"声,从锅里不断顶出的白色热气,让冬日萧瑟的小院有了生气。

我问妈妈,今天是什么饭?妈妈说,胡萝卜炖猪血。

再简单不过、最便宜不过的食材在母亲的手里都可以化腐朽为神奇,她总能做出美妙的滋味。一家人在冬日的暖阳下围炉而坐,享受一顿普通的美食,人间最美好的滋味也不过如此吧。

我知道,这是母亲厨艺的独特味道,也是家的隽永味道。

开水泡麻花

读高中时住校,晚上上完夜自习总是饿,实在忍不住就去校门外买一个茶叶蛋,或者一根大麻花;若当月的伙食费宽裕就狠心买一包方便面泡着吃。但每月的伙食费总是紧张,还想抠一点出来买本书,甚至攒一个学期买双心仪的鞋子。所以大多数饿的时候都忍了,闻着阔绰同学的方便面味道,洗洗默默睡了,到梦里去大快朵颐。

有时候回家也不免给母亲念叨这些事,母亲听了就记在心里。再回家时,就见母亲张罗着和面炸麻花。当时饱餐一顿那是当然,回学校的时候,母亲把很多麻花用一个密封的塑料袋装上一大包让我带回学校。

于是每当上完夜自习,我就取出麻花用开水泡上一碗美美享受,晚自习后有了盼头,好像日子也不那么难熬了。至今我还惦记着开水麻花的味道,只可惜现在的麻花怎么也泡不出那时的味道。

这味道就苦读时慰藉的滋味吧。

串串香

在成都读大学几年,我们外地的学生慢慢听懂了川普,也适应了麻辣美食的味道。出南校门就是文化路,在全国高校的圈子里也是赫赫有名,那里的美食多而便宜,主要照顾学生群体。

同学们谁有了好事,如交了女朋友、拿了奖学金、考过了英语六级等,都要请室友或要好的同学出去撮一顿,首选的就是串串香。串串香其实就是小火锅,只不过把菜用竹签穿起来,算账数竹签,每个竹签便宜的7分,贵的1角。再喝些蓝剑啤酒,大家围桌而坐恣意汪洋胡侃一通,一顿下来几十元钱。花钱不多,活跃氛围,那时候同学之间的友情都是在吃串串香时加深的。

串串香是我们那时大学同学的美食契约,现在一看到串串香的招牌,眼前总能浮现出与同学大把撸串大口喝酒的情形。

多么怀念青春年华时,那舌尖上一抹麻辣的美好味道。

青西瓜

那是个仲夏，我送女朋友到重庆市郊的海澜云天度假村参加下午的培训，要路过的一段乡村公路，路两边是绿色的农田。半路上遇到一个带草帽的老农夫，坐在路边的地头上卖西瓜。女友说，那西瓜就是他自家田里种的吧，你照顾下老人家的生意，回去时买个西瓜冰镇上，咱们晚上吃。那时我们正在热恋，送她到目的地后我返回到老农的西瓜摊前。

老农介绍说这西瓜是他们自己的田里种的，刚刚摘下来，你看那瓜梗上还流着汁液呢，这西瓜又沙又甜，保证成熟。

西瓜不大，散发着青草的气息，非常好闻，我买了两个。

晚上接了女友回来，打开冰镇的西瓜来吃，果然如老农所言，青涩瓜皮内红瓤淡香甘甜，透着清新的味道，有如刚刚恋爱成功第一次牵手成功的感觉。次年夏天我专程去那里买西瓜，没找着那个老农，买回来的西瓜再也不是那个味道。

这味道是来自时节正好、机缘正合吧！

川味海鲜

2004年时和几个朋友一起去三亚玩，下了飞机立即去吃海鲜大餐，结果挨了宰。事后大家叫苦不迭，才第一天，旅程预算就花费过半，于是决定节约，住处也从较好的酒店改到了青年旅社。

青年旅社的负责人竟然是个重庆人，他介绍说这里的特色服务是客人可以自己去市场买海鲜，旅社帮忙加工，明码标价收些加工费，要比外面的饭馆吃海鲜便宜得多。于是我们一帮人跑到海鲜市场买了几大包十几样海鲜，才花费不到上次海鲜大餐的五分之一。旅社的大厨是个四川人，最擅长烹饪川味海鲜，在征得我们同意后就烹以川味。

麻辣鲜香的川味海鲜对其他人来讲也许认为失去了海鲜的本味，但却符合我们重庆人的口味。我们就着可乐大快朵颐，感觉其味美无比，直吃得腹饱肚圆，喜笑颜开，一扫第一天吃海鲜被宰的心头阴霾。因为麻辣激活了川渝人的味蕾，所以能大快朵颐；又因为花费便宜公道，所以吃得无比开心。

这顿海鲜美味更多的是同乡人带来的安全认同感吧。

(写于2019年4月6日，修改于4月15日)

四十不惑

原以为生命很长,可以日复一日地挥洒。

童年懵懵懂懂,少年不识愁滋味爱上层楼,青年为实现理想在现实中煎熬攀爬,转眼之间这些倏然而过。如今不惑,生命近半,突然明白——大道至简。

做人须谦让随和,做事要稳重有序;交友当如君子之交,结朋倚重志同道合;看得淡世事,包容得天下;直得起腰杆,放得下身段;执着得起喜好,享受得了孤独;委屈不辩解,责备不求全;出语不伤人,伸手扶弱小;孝顺双亲,感恩师朋;遣散戾气,修养和气;责任不推托,义务尽力为;穿衣棉麻舒适,吃饭清淡家常;多读书求内心安静,勤行路看沧海桑田;身体躲不开喧嚣繁华,心中可以采菊东篱下;职场努力拼,公而不忘家;既关心时事变化,也看得猫狗打架。

如此不惑,甚好!

(写于2015年10月6日)

钓鱼城的忠义

钓鱼城是位于重庆合川的一处历史遗迹,此处有嘉陵江、渠江、涪江三江汇流,南北西三面环水,地势险要,风景绝美。

作为古战场,钓鱼城虽是弹丸之地,但在世界战争史上的地位却不同凡响。

1251年,刚刚即位的蒙古大汗蒙哥雄心勃勃,一心建功立业。相继派出诸王西征西亚,东征高丽,远征大理国,对苟安的南宋形成包围夹击之势。1259年,蒙哥亲率大军进攻四川,蒙古铁骑浩浩荡荡一路势如破竹、所向披靡,大军渡过渠江兵临钓鱼城下,大汗以为小小弹丸之地,他的兵马投鞭足可使三江断流,马踏过去自是唾手可得。岂料钓鱼城守将王坚率城中军民拼死相守,凭借天险之势、众志成城之力硬是阻挡住了千军万马,使之不能越雷池一步。气急败坏的蒙哥不幸染疫又为炮石所伤,临终前留下"若克此城,当赭城剖赤,而尽诛之"的遗诏。蒙哥驾崩之后,其兄弟诸王为争夺汗位,各路蒙军纷纷疾返草原,导致蒙古灭宋的战争暂时瓦解,使南宋得以喘息又延续20年之久;同时也让已经占领了今伊朗、伊拉克及叙利亚等阿拉伯半岛大片土地的西征大军突然停下来,缓解了蒙古势力对欧、亚、非等国的威胁。钓鱼城因此被欧洲人誉为"东方麦加城""上帝折鞭处"。

冷兵器时代的战争在攻守之间之惨烈自是不言而喻，一个仅有10万居民，2.5平方公里的小小钓鱼城在王坚、张珏、王立等守将的带领下前后坚守36年，绝对是人类战争史上的奇迹。

但是，钓鱼城之战最终却是以投降而收场，让历史学家扼腕叹息。

历史如云烟，待后人评判。彼时钓鱼城军民的宿命或许早就注定，王坚为南宋而守，守得有理；王立为百姓而降，降得坦荡。

但关于忠义与否，却撕辩千年。

说到守，王坚、张珏对国家王朝之忠烈，固守城池战争之正义皆符合史书的正面评判，几无争议。

然而降，王立、熊耳夫人带领合城军民洞开城门免遭屠戮之举，却被后人争议，褒贬不一。

钓鱼城之战结束二百多年以后的明弘治五年（1492），在朝中当官的合州人王玺，与时在贵州当官的陈揆，感念钓鱼城名将王坚、张珏的忠烈，丝毫不亚于在"安史之乱"中坚守睢阳城的唐代将领张巡、许远，于是上奏皇帝为他们建祠堂留存后世。便于弘治七年（1494）初建成王张祠，供奉王坚、张珏牌位。

我感慨于清朝苏州人陈大文，做合州知府时执意将王立和熊耳夫人的牌位请进钓鱼城的忠义祠，同时请进的还有为纳降牵线熊耳夫人的哥哥李德辉。陈知府此举确实有点冒天下之大不韪，在视忠义为大节的封建王朝实在难能可贵，我想在他的心中首先心系的是合州百姓安危才会有此壮举。诚如他亲撰写的碑文"或以立降为失计",而"所全实大哉",并称李德辉与熊耳夫人使钓鱼城军民免于蒙元将士的寻仇报冤屠戮,"实有再造之恩"。这才是父母官,真正爱民如子之父母。有如此当官者发话,王立、熊耳夫人和李德辉的牌位便在这钓鱼城的忠义祠里安享人们的供奉一百多年。

然而愚忠而无视百姓者,亦不乏其人。

清光绪年间的1892年,贵州遵义人华国英任合州知府,募资重修忠义祠廊舍,坚决地将王立、熊耳夫人和李德辉的牌位移出了忠义祠。并且怒斥陈大文之举为"不知何心",申斥王立为叛臣、降人,根本不配享受后人的瞻仰祭祀。他力主将李德辉兄妹移祀别室,将王立牌位清出忠义祠,并刻碑撰文义正辞严地申斥王立"为宋之叛臣,元之降人",还在厅堂楹柱上,撰写下一副对联:

持竿以钓中原,二三人尽瘁鞠躬,直拼得蒙哥一命。
把盏而浇故垒,十万众披肝沥胆,竟不图王立之心。

此刻闭上眼睛,便可以想象出华国英那张似乎正气凛然但有些做作的脸,如此官爷以表忠心媚上,不容义举,百姓在他心中如同草芥。如此父母官无异于愚信"饿死事小,失节事大",于百姓真乃憾事!

至于当代,有郭氏文人诗句中,竟将称熊耳夫人为妖妇,并把王立、熊耳夫人与秦桧夫妇相称,予以痛斥。他写道:

魄夺蒙哥尚有城,危崖拔地水回萦。
冉家兄弟承璘玠,蜀郡山河壮甲兵。

卅载孤撑天一线，千秋共仰宋三卿。
贰臣妖妇同祠宇，遗恨分明未可平。

此诗写于1942年，其时抗战方殷，虽意在激励国人抗敌之志，但评判也未必过于功利浅薄。将拯救十万百姓免遭生灵涂炭的义士称作"贰臣妖妇"，实在令人摇头叹息。若以此相比于解放战争中和平解放北平，傅作义将军也让城门洞开，使得千年古都完好无损、数百万军民安然无恙，又该如何评价？若傅将军在意郭氏钓鱼城之诗句，岂不贻误建国之大业？

无独有偶，在钓鱼城之战前一百多年，西方举世闻名的十字军东征，在第二次十字军和第三次十字军东征之间，伊贝林的小贝里昂曾在萨拉丁大军强攻下，拼死守卫圣城耶路撒冷，迫使萨拉丁与之讲和，保全圣城的骑士团安全撤出。贝里昂并无太多出色战绩，却因为伟大的人道主义功绩而受人称颂。钓鱼城王立比之更是不遑多让，我们为什么不能给予积极评价呢？若说封建社会的"忠孝节义"观念实在太深入人心，陈大文和华国英态度为何迥异？

1279年元月，王立在熊耳夫人的斡旋下开城投降，其实几乎就在同时，南宋丞相陆秀夫背着8岁的小皇帝赵昺跳海而死，南宋彻底灭亡。钓鱼城也理应结束36年的抗元使命，何况此时的合州已连续发生秋旱，钓鱼城内粮草无存，火药军械渐少，城中军民到了易子而食的地步。能使城内十万军民得以保全，此刻的忠义，王朝已灭，国已不国，王立究竟该为谁而忠？又该为谁而义？

王立将军肯定是纠结过的，面对熊耳夫人的劝降，一面是赔上全城百姓性命抗争到底自己保忠义大节而青史留名，一面是挽救全城百姓生命自己作为叛臣降将失节而可能遗臭万年，何去何从？我想最后他是想清楚了的，唯有为百姓而忠才是大忠、为百姓而义才是大义，至于自己的名节已经不那么重要了，以一人忠义之名节换十万生民，怎能再犹豫彷徨。

他选择了为百姓而降，并言明不得屠戮一人。

王立，乃千古真忠义之士！

（写于2019年8月24日，修改于9月20日）

温/润/的/时/光

防控新冠病毒的日子

谁承想到,在有生之年会遇到人类瘟疫,而且至今还不止一场。总以为在生命科学迅猛发展的今天,人类对基因研究已经比较透彻,不会再有大规模瘟疫爆发,可病毒的进步竟然也与科学同步,是道高一尺魔高一丈?还是魔高一尺道高一丈?看来道和魔都在修炼,比速度而已。

昨天和今天,京城迎来久违的大晴天,之前先是雾霾指数连续两天超过200,接着下了一场天气预报报的暴雪却只有须臾的大雪,尔后便是现在的蓝天白云。看到朋友圈里有人向专家发问,在现在工厂几乎停工、交通几乎停滞、人们几乎不出门全民防控疫情的日子里,这雾霾如何产生的?我没有看到有专家站出来解释,或许就像这新冠病毒怎么爆发的,还没有确切的路径。

不管如何,今天的北京大晴,碧空如洗,白云朵朵,空气清新而清冽。除了去楼下丢了一袋垃圾,我照例没有出门,一个人猫在屋里,或坐在阳台晒着太阳读书码字,或数对面大马路上偶尔经过的汽车,或在屋里看电影《追风筝的人》。我曾经梦寐以求足不出户恣意挥洒时光,如今实现了多日,却没有丝毫欣喜;心里总有一种挂碍，说不清也道不明，反正就是堵在心里；读书心不在焉，看电影走神，就是喝了半瓶二锅头也不能了却愁绪！原来我已经不能适应这种时光停滞的生活，我们都是追风筝的人，若社会发展之风停滞，我们便如风筝，无风可借就会失去了飞舞的动力。

春节假期全家一起去了海南，出发时新冠疫情乍起，尚不以为意，直至武汉宣布封城，便风声鹤唳，直至连出门买菜都受到限制，方知此疫情非同寻常。戴着口罩骑自行车携妻儿溜达了几次海边，其余时间也是窝在屋里，不停地在手机上刷着疫情消息，心情也愈发沉重。出于工作考虑，我和太太没等假期结束便返回重庆，留下儿子和外公外婆在岛上躲避新冠病毒。

春节假期延长3天，接着又是几天远程办公。待在重庆的家里，太太负责到处买口罩、找朋友买酒精。我负责买菜做饭，连带着像特务接头一样去取口罩和酒精，每次出门都满怀慷慨悲歌，太太谆谆叮咛，监督着我全副武装。

驾车行驶在路上，偌大的重庆城寂静无声，宽阔的马路上行人寥寥，车辆稀少，就连两边的行道树也满是凝重之色。朋友见面，远远地寒暄，接物保持三尺之敬，临别道一声感谢，嘱咐一声保重！

坐在屋里的沙发上，看微信消息满屏飞舞，皆是有关疫情。刷着手机，看着官方的发布、民间的评论，正面的负面的接踵而至，来不及分辨，危难时刻各种消息总是泥沙俱下，但白衣战士决绝地奔赴疫情战场还是让我们泪奔，在民族危难时刻总有挺身而出的热血英雄，他们本是平凡的人，但在此刻，毅然燃起了豪情，为民族明天，为人道主义、为职业责任，义无反顾逆行在亲朋的牵挂里，

温/润/的/时/光

我们唯有感动,唯有支持,唯有不添乱,唯有衷心祝愿!

去北京的飞机上,旅人稀少。我一人坐了一排,稍稍心安。但历经汽车、飞机、地铁辗转至宿舍门前时,仍心有余悸,忙把鞋子脱在外面,进门就把全身的衣服扒了丢进洗衣机,洗个热水澡,才稍稍心安下来。

接着自我隔离吧!

好在有朋友贴心地送来蛋奶蔬菜水果和权做消毒的72度琅琊台,加上冰箱里的食材存储,生活不成问题。但一个人的日子是寂寥的,纵然有书籍电视电脑,但渴望交流是人的本性,几天不说话还是足以让人发疯。

我把可以内外消毒的白酒摆在书柜里一起归类,此刻,它们都是情感的慰藉!

但愿早日荡平新冠贼寇,还我朗朗乾坤、毓秀河山,让我奔至户外,呼吸舒展!

(写于2020年2月16日北京)

小美好

　　三五朋友聚在一起喝酒聊天总以为是最正常不过的事，没想到会遇到大家都有时间却不能欢聚的时刻。
　　今年新型冠状病毒肺炎疫情发生以来，在诚惶诚恐中度过了工作以来最长的一个春节假期。返回北京上工，先是在宿舍自我隔离远程办公。憋在狭小的房间里自己做饭自己吃，待了一天又一天，无聊时也就是和家人朋友打视频电话，至于喝点小酒也只能自娱自乐。
　　终于可以到单位上班，虽然是和同事们戴着口罩远远地面对面交流，还是感到莫名地亲切，这一刻我深刻地体会到人是社会性动物这一论断。独自一个人再怎么有闲有钱，吃好睡饱，生活也不美好。在单位和同事们紧张地工作，然后在饭点领一份盒饭，吃起来也觉得有滋有味。
　　昨天我们几个同事一起讨论报告直至晚上7点半，领来的盒饭已经冰冷。不过完成工作后心情还是大好，收拾完电脑资料，有人建议用微波炉热热盒饭，干脆就在会议室大家散开坐，喝点小酒。
　　在防控疫情酒店饭庄都关门闭户的时刻，能有机会凑在一起喝点小酒简直就是件奢侈的事，在座的各位无不欣然同意。

一瓶泸州老窖分装三个纸杯，三份盒饭，一包牛干巴，三人呈三角形各自距离两米以上就坐，遥遥举杯隔空相碰，虽无清脆的酒杯撞击声，但一起干、分开敬，情谊丝毫不减一分。

几杯酒下肚，话多起来，情也浓起来！

我们是同事也是兄弟，同是身处异地，抱怨一下工作的琐事与烦闷，说一说家里的长短与无奈，谈一谈与死神擦肩而过的余悸与侥幸，畅想未来，我们感恩昨天的磨难，珍惜今天的相聚，渴望明天的美好。

但愿岁月如斯，虽千回百转，却也一路如歌。

在这全民防控疫情的日子里，还能把酒言欢，畅谈人生，在不幸的日子里也是小确幸，在糟糕的岁月里也是小美好。

夜愈深，灯光愈亮，在黯淡的时光里，也有照亮人生的灯。

（写于2020年2月19日）

过桥米线

我喜欢吃过桥米线,是一种发自肺腑的喜欢。

过桥米线起源于云南蒙自,自然蒙自的过桥米线才更正宗,可惜蒙自我没去过,只查阅过过桥米线的传说。

相传,清朝时滇南蒙自城外有一湖心小岛,一个秀才到岛上读书,秀才贤惠的娘子常常做了他爱吃的米线送去,但等出门到了岛上时,米线已经不热,而且泡涨了。后来一次偶然送鸡汤的时候,秀才娘子发现鸡汤上覆盖着厚厚的鸡油有如锅盖一样,可以让汤保持高温,她想如果等吃时再把米线和配菜放进去,肯定更加爽口。于是她先用肥鸡、筒子骨等煮好清汤,上覆厚厚鸡油;米线在家煮好沥水,再把配料切得薄薄的,到岛上再倒进热汤里烫熟,之后加入米线,果然无比鲜香滑爽。此法传开,人们纷纷仿效,因为到岛上要过一座桥,也为纪念这位贤妻,后世就把它叫作"过桥米线"。

过桥米线和中国的许多传统美食一样,有着美丽的故事,其蕴含的真善美千百年来教化着民众。

我去过很多次云南,每次都有一餐吃过桥米线。

不过，我最喜欢的过桥米线却是在重庆。2002年我来重庆，工作在渝中石桥铺，住在科园六路的南方花园。在科园六路市委党校的边上有一家小馆子，专卖米线。经营米线店的是一对来自红河的中年夫妇，偶尔也见其一子一女前来帮忙。

米线有小锅米线、排骨米线、猪蹄米线、牛肉米线、酸菜肉丝米线等十余个品种，几次吃下来，最经典的还是过桥米线。

同事带我来过一次，我便喜欢上了这个小店。再后来有了女朋友，隔三差五带她来吃，重庆的女孩本来更喜欢麻辣，可这覆着热油的清汤她却独有情钟。不过也不只是清汤，他家的油酥海椒不辣却是有说不出的香，老板介绍说里面添加了他的秘方香料。所以每每去吃，总是用小碗盛了米线，再加入些许油酥海椒一拌，真是无比美味。这样吃完沾着油酥海椒的米线，再喝清汤，温度恰合适。我常常把一大碗汤喝得干干净净。

当时的过桥米线有四款，价格从10元依次根据配菜的豪华程度递增到25元。我们吃过最基本的，也吃过最豪华的，比较下来还是基本款最可亲。

饭馆很小，虽上下两层，但除了厨房也就摆得下七八张小桌子。正饭点时去，常常要排一阵队。错过饭点去也吃得上，这时老板比较悠闲，三五个客人他须臾便能料理好给你端上桌。这时若无新的客人进来，他便会坐在店门口拿出一个硕大的竹筒水烟袋点上，吸得咕咕噜噜。去得多了，他便也和我们熟识了，聊些闲话，他那一口地道的云南话验证了这云南过桥米线的正宗。他从云南红河来重庆几年了，开了这小店，因为米线口味正宗，有了像我这样一批追崇过桥米线的食客，生意慢慢好起来。大女儿和小儿子读书都不得行,也陆续从红河来了重庆帮忙。

住在南方花园的那几年,我是那里的常客。

火锅吃多了,吃过桥米线可以缓解麻辣。

酒喝多了,吃过桥米线可以舒适肠胃。

实在不知道吃什么,吃过桥米线是可以不经思考的选择。

就是和女朋友闹了别扭,哄她吃一碗过桥米线也能和好大半。

再后来,我跟着单位搬到渝北上班,再去吃碗过桥米线就得过江,便去得少了。但每隔一段时间总是想吃得不行,也会专门开车去光顾。几年后再去吃过桥米线,只见老太太和她的儿子在忙,不见水烟袋老头的踪影,不禁主动问了一下。老头的儿子说,他们在江北泰兴电脑城下开了一家分店,他父亲和姐姐到那边经营去了。

听到这个消息,感觉不是一般地好,简直太好,再想吃碗过桥米线终于可以不用过嘉陵江了;虽然还是有点远,但已经可以节约一半路程。

今天带着妻儿去吃,终于又看到水烟袋老头。好久不见,他的头顶越发稀疏,身子也有些佝偻,还是认得我这个老食客,热情招呼,笑道:老规矩,还是过桥?

对的,老过桥,就喜欢这一口。从渝中追到江北,此时已是18年了。五款过桥米线也涨价到了20至80元。

厨房里面煮米线的是个女的,那就是他女儿。现在老头就主要负责在外面招呼,抹抹桌子,拾掇一下碗筷。没客人时,老头还是拿出那个硕大的水烟袋一边咕噜咕噜地吸,一边和我聊天,不过怀里多了个五六岁的男孩,这是他的小外孙。

老头乐呵呵地同摆弄他烟具的外孙絮叨,眉眼上的皱纹舒展,透着无边的慈祥。

几只流浪猫缠绕在他的脚边打闹,他也不呵斥。

所谓含饴弄孙,大抵就是如此场景吧。

岁月已是白驹过隙,碗里的过桥米线油汪清亮,还是那个味道,似乎亘古没变。

我想,不知那发明过桥米线的秀才夫妇后来如何了,想必是有了娘子的悉心照顾,秀才必定头悬梁锥刺股高中前三甲,娘子最终做了诰命夫人,儿孙满堂,尽享人世间的繁华。

(写于2021年1月23日重庆南滨路精典书店)

李熟本甜

儿童节,一家人陪着贝西出去吃晚饭庆贺节日。

等餐上桌的时候,来了一个挑担的老大爷,须发灰白,腰有些佝偻,走路还颤颤巍巍。前筐上的笸箩还剩一小堆青李。

他热情地向我们兜售,说是攀枝花的新鲜李子,甜得很。说着放下担子,拿一个青李,用小刀切了一块非要我们品尝。实在抵不住他的软磨,我示意贝西尝一尝。

贝西也觉得生硬地拒绝不甚礼貌,就勉为其难拈起一小块放到嘴里抿了抿。

老大爷忙不迭地问:"小伙子,甜不甜吗?甜不甜?"

贝西点了点头。

"我不会骗人的,你们买一点吧,我两大筐都要卖完了,剩这点,卖了好回家,出来一整天了。"

家里刚有亲戚快递来了一大箱油桃,今天还买了一个大西瓜,都没怎么吃。就是李子,我家小区满园的红李正是成熟的季节,小区的物管人员摘了放在门口,任业主尽情享用。

我们都摆手、摇头,委婉地拒绝。

他翻了个纸壳牌子,上面写着8元/斤,说:"你看,我上午都卖的8元一斤，我现在卖5块一斤，给你们4块5好不好？"

我还是笑着拒绝。

"我想早点回家，就4块一斤给你们。"

我还是笑着摇头："谢谢老大爷，家里有水果，我们确实不需要。"

他有些失望，慢慢弯下腰挑起担子，转身，悻悻地。

望着他刚刚转过去的背影，我有点怅然，忽然生出些怜悯来。旁边的贝西拿着炭烤生蚝正在大快朵颐，或许这是教育孩子心存善念的机会。

"等一等。"我喊住了他，"我帮着买两斤吧，你好能早点回家。"

耳朵灵敏的他，立即转身，一脸憨笑。

或许这样的情景他不止一次遇到。

他放下担子，麻利地掏出一个塑料袋，又对我说："你们都买了吧？好不好？没得几斤了。"

我目测了一下，那一堆少说也有五六斤，买回去也是浪费掉。心里忽然有些不适，感觉他有种得寸进尺的贪婪。

我略有不悦地说："本来不想买，看你老人家不容易，想帮你一点。你不能这样要求我们，再找一个买家也就差不多了。"

听我如此说，他立马应承好好好。然后开始装李子，装至一半他又打开另外一个筐，摸索着一阵站起来，用一杆老秤来称重量，还喊我看。我瞅了一眼，秤尾正翘起老高。

"两斤半，10块钱。"说着把装青李的袋子系好，递给了贝西。贝西顺手就放在了身边的纸袋里。

我掏出10块钱给贝西，让贝西给卖青李的爷爷，还趁机教育他说，"这个爷爷真不容易，那么大岁数了还出来卖水果，我们买一点可以帮他早点回家。"

贝西给老人摆摆手说："再见，希望您早点卖完回家。"

老大爷嘴里说着谢谢，躬身挑起担子，很快就不见了。

吃完晚饭回到家，我把那袋青李拿出来准备放冰箱，灯光下，我看到塑料袋子里似乎有黏糊的汁液，于是打开看看。

一开袋子，一股腐烂水果的气息冒了出来。

再仔细看，里面的青李竟然多数腐烂，破皮的不在少数，有汁液流出。我顿时愣住，这是两个小时前刚买的新鲜李子？

我皱了眉，心里有股说不出的如同不成熟青李般的酸涩。

算了，不用放冰箱，丢垃圾桶吧。

我过去告诉贝西妈，她不信，非拉我去看，顺便喊了贝西一起。

袋子重新打开，他们简直惊讶，那位看似和善的老人卖出的李子竟然是这种货色。

贝西妈还是不肯罢休，从不染指烂水果蔬菜的她硬是坚持把囫囵完整的青李挑了出来，数一数，只有寥寥9个。

贝西朝我做了个鬼脸，揶揄我："老爷爷愉快地回家了，爸爸回家不愉快了！"

我一阵无语。

李熟本甜，人老应善。奈何腐烂和贪婪凉薄了人心，践踏了良善。

（写于2021年6月1日，修改于6月2日）

滴滴司机

前段时间,儿子贝西去医院做例行视力检查,天还没大亮,外婆就带着他出了门,回来后他给我讲了一个他们遇到的感人故事。

外婆在滴滴平台上打了一辆车,开车来接他们的司机是位中年男人,很是礼貌热情。可当他们上车后,发现后挡风玻璃下面整齐地叠放着一个小被子,外婆就指着被子问司机是怎么回事,还有人在车上睡觉?司机听到,连忙道歉且不迭地解释,说他刚才在车上休息,没有来得及收到后备厢,还问是不是车上有异味,他刚才一直开着车窗通风。

贝西说他感到很好奇,这个司机叔叔怎么会在车上睡觉,是怕疲劳驾驶就临时在车上打个盹吗?

司机感到很不好意思,就主动关心地问这么早去医院是看病吗?贝西说只是检查一下视力。司机善意地提醒,小朋友一定要爱护好眼睛,还有很多年的书要读哦。他感觉婆孙俩比较友善,也就打开了话匣子。

原来,车上的被子是他休息睡觉用的,他常常工作到很晚,没客户了就和衣睡在车上,今天早起忙着接客人忘了收到后备厢。

难道你不回家睡觉，车后座那么狭窄短小，腿都伸不直，怎么睡呀？贝西很惊讶。

司机叔叔讪讪地笑了，讲起了他家的故事。

他家就在重庆的郊县，有两个儿子，大儿子刚刚考上北京的大学，小儿子在读初中成绩也非常好。说到这里，可以听出他语音透出兴奋和自豪。但他又叹了口气说，孩子们都很争气，可是他和老婆却没有稳定的工作，以前做点小生意，挣不够孩子读书需要的钱，于是贷款买了这台轿车利用滴滴打车平台招揽业务。为了多挣点他就以车为家，从拂晓到深夜，一直工作到没客户才睡在车上休息，醒了就接着工作。这样既可以省下房租又多了工作时间，可以多挣很多，供养孩子读书基本没有问题了。说完他松了一口气，不由自顾自地笑了。

贝西不禁发问，你怎么洗漱呢？司机说，他一般都停在加油站附近，那里有卫生间可以洗漱，条件是艰苦些，但还比较方便。若是洗澡，就约几个和他这样跑车的朋友一起开个便宜的小旅馆大家轮流洗，或开个钟点房，就可以解决了。

真没想到，一个父亲为了挣钱供孩子读书那么拼命，不顾自己的健康疯狂地工作，还那么乐观，也许是因为他在下一代身上看到了希望，希望他的儿子不再走他这样的路、吃他这样的苦。

贝西给我讲这个故事的时候，若有所悟。从他看我的眼神里我看到了他的感动和感恩。

是的，当父亲是一种责任，那个司机是个伟大的父亲。

（写于2019年5月13日）

生死绣球

我喜欢种花,尤为喜欢绣球。

绣球花种在家里的前院和后院,有好几个颜色的品种。前院栽种的很多盆开出的花是粉红、淡蓝、浅绿和紫色,后院那个置于水景之上大花盆里的一丛绣球开出的花则是纯白色。每年一到暮春和初夏,绣球就开花了,满院子顿时姹紫嫣红起来。

绣球花没有栀子花的芳香四溢,没有牡丹的雍容华贵,也没有兰花的清幽雅致,却有一种引人入胜别样的美。

绣球花的花蕊长得很特别,由几十个小花蕊自外向内生长成一个圆形的花蕊环。开花也是特别的,先开最外面一圈的花,乍一看好像是一只只蝴蝶将花蕊包围住了;接着再一层一层开出来,最后拱扶成一个圆圆的绣球,展示出一种整体美。每一小朵花儿的花瓣有四片,毫不起眼,然而它们聚在一起,密密匝匝挨挨挤挤有规则地围合在一起,就惊艳起来。谢榛有诗赞曰:"高枝带雨压雕栏,一蒂千花白玉团。怪杀芳心春历乱,卷帘谁向月中看。"

来我家的客人们都很喜欢绣球花,尚没进到我家的门,就可以透过花园的围栏看到那一大盆绣球,盛开着的洁白花朵随风摇曳;而到了前院更是进入了绣球的世界,随处可见的五彩缤纷的绣球花是我们家一道旖旎的风景。

而这么好看的绣球花，却因为我们的疏忽差点毁于一旦。

儿子贝西放暑假时，我们一家去大理旅行，走时忘记请人帮忙浇水。那几天恰好是重庆最热的时候，等我们回到家，发现院子里很多花都枯萎了，更别提喜欢湿润的绣球了。前院因为树荫笼罩比较阴凉，绣球叶子虽然已经蔫了可都还活着；后院的那盆白色绣球却全部干枯，叶子卷曲起来，别提多凄惨了，我们非常伤心。当时我认为它已经死了准备放弃时，太太用手指触及茎干无意中发现还有些弹性，难道还活着？我们抱着试试的心态给它浇了水，第二天，第三天，以后的每天都坚持不辍。

一周过去了，两周过去了，贝西也开学了。一天贝西放学回家，蓦然发现那盆干枯绣球花茎的枝头竟然冒出了嫩绿的新芽，便奔走呼告，简直太神奇了！全家也是欣喜若狂，这盆白绣球饱经突如其来的高温无水摧残，历经劫难竟然活了过来。可以想象，明年春天它依旧会开出绒绒的白色花球，仍然是我家花园里最醒目的一抹亮色。

贝西作文里写道：人的一生有时会遇到挫折，甚至摔倒在地，如果能像我窗前的绣球花那样，对生活充满希望，永不放弃，努力爬起来，就能绽放出人生美丽的花朵。

而我想，在人群居的世界，需要抱团才能活得温暖而精彩。一个团队如此，一圈朋友如此，一个家庭也如此，但也难免会遇到问题，遇到分歧，遇到不如意，唯有不轻易放弃，唯有包容，唯有努力靠近彼此，才能共同绽放出绣球般别样的美丽。

（写于2020年9月27日北京，修改于2020年10月4日重庆）

人间暂坐

早上6点半醒来起床,惯例洗漱、喂狗,便披件衣服拿起狗绳准备出门。刚要开门,注意到冰箱边木架子下面一罐蜂蜜柚子茶被打碎在地上,不用想肯定是小黑昨晚跳跃冰箱蹬掉的。最近不知怎的,冰箱上面成了他的卧榻,此时的他还佯装不知,一脸无辜地在我脚边喵喵地叫着等开门。

狗子雪莱水足饭饱摇着尾巴哼哼唧唧等着遛弯,我叹了口气,顾不上收拾,就带着一猫一狗出了门。

此时天色微亮,有几分薄雾冥冥,院子外的李子花落英缤纷,散落在围栏上、花草上、红色的行道砖上,粉白相间的小花儿密密地铺排着,让我不忍下脚,唯恐破坏了这春日画卷。门前的几棵李树尤其勤奋,每年夏初都是硕果累累,看到今年的满树繁花,想必又是丰年。

小黑出门第一件事,总是到院子的鱼池边守一会儿,不知是给鱼儿打招呼,还是想给它们开开玩笑,反正鱼池水满时它的爪子会向游到它跟前的锦鲤使劲拍过去。

我朝鱼儿撒了些食物,锦鲤们便都迅速浮到水面抢食吃,任由小黑目光炯炯地盯着,就带着雪莱出了院门。

走在小道上,微风习习,此刻的小区到处都是鸟儿们婉转的鸣叫,路上行人几无,安静异常。雪莱跟着我上蹿下跳摇摆着肥屁股撒欢,这是它一天最为惬意的时刻。

弯弯腰,伸伸腿,做几个深呼吸,小跑一段,人顿时精神起来。

小区外的马路上汽车多起来,虽然天还没大亮,但忙碌的人已经开始奔波。

我带着雪莱遛了一圈,就在家门口不远处一片空旷的地方小坐,那里中央有一长椅,四边的开阔地带雪莱正好可以逡巡玩耍。

面前右手边有三株早樱正在盛开,繁花似锦;左手边有一株说不出名字的树也是黄花满枝,或许开得早了久了有些倦怠。其余花草树木都露出了新芽,欣欣然,像是睁开了眼。栖息在树冠上的鸟儿们鸣叫正欢,是在吊嗓,是在求偶,还是在合唱?总之是热烈的场面。受此感染,我的心情也舒畅起来。

春日的晨光里,在这里暂坐片刻,放空思想,感受天地精华,攒聚一天的精气神。

贾平凹在《暂坐》里写道:

> 深秋,薄念
> 花不语,风却懂
> 有些人来了去了
> 有些人近了远了
> 你看匆匆一年又是秋

温/润/的/时/光

  岁月不堪数,故人不如初
  不过是在这人间暂坐
  却要经历万千沧桑

这是春朝,明知过夏便是秋,即便这是人间暂坐,片刻得过且过,那又如何?

还是宋朝无门慧开禅师悟的透彻:

  春有百花秋有月,夏有凉风冬有雪。
  若无闲事挂心头,便是人间好时节。

此时此刻,便是我暂且抛却心头闲事,独享的人间好时节。

(写于2021年2月24日)

养个女儿

8月休假，我们一家和几家朋友一起自驾去巫溪红池坝，带着狗子雪莱。

同行的超哥带着妻子和一双儿女，儿子调皮，女儿乖巧，一路嬉笑打闹，甚是欢乐，我羡慕超哥一路笑得合不拢嘴。

他家的小女儿排行老二，依重庆习惯大家都叫她二妹。二妹见到雪莱无比欢喜，跑过来又牵又抱，不停地追，一刻也不肯停歇。如此久了，让喜欢小孩子的雪莱都有些无奈，见着她都绕着走，二妹还是乐此不疲地过来跟它玩皮球，她太喜欢雪莱了。

我好喜欢这样的场景，看着他们的追逐不由地出了神，多想养这么一个可爱的小女儿，看着她在草坪上和狗狗开心地嬉戏，我就坐在旁边静静地欣赏。

只可惜这狗是我的，小女儿不是。

我在红池坝美丽的花丛中抓拍了一张照片，非常满意，回来就把它作为办公电脑的桌面，在休息的间隙看一看，咂摸这美好的场景。

是的，我一直梦想养个女儿，若实现，那该有多好。

从她出生起,我就会选一只大型温顺品种的狗崽养起来,陪她一起成长,小时候当她的玩伴,长大了当她的保镖。

给她买一堆漂亮的洋娃娃,学着给她编各种辫子,陪她玩跳绳,陪她涂鸦,听她稚嫩的童声歌唱。

我愿意学做一个裁缝,为她亲手缝制漂亮的衣裙,再兼学做一个皮匠为她缝制精美的挎包。

我要亲自给她启蒙,教她看图识字,诵读诗词,讲解经典,把中国古韵之美刻在她的骨子里。

文艺是要培养的。学一样她喜欢的乐器或者声乐,任她挨个试选,实在不想学,学会欣赏古典音乐,听得进交响乐也好啊,我多希望她能沉浸在音乐里,这样的孩子心底将会清澈纯净。绘画任她涂鸦,若能在专业老师的指导下学会画上几笔,把看到的人间之美描绘下来,该是多好。到时也让她给我画张像,我愿意做她的模特,一动不动坐在那里,哪怕把我化成丑老头,也愿意留在她的纸笔里。

都说女儿要富养,我觉得未必。富养上无尽头下无边界,我认为教会她在当时的环境里辨识美、欣赏美、成为美、融入美最为重要。有条件高端华服穿得出气质,绝不趾高气昂;无条件棉麻布衣穿得出清秀雅致,绝不自卑自艾。三穷三富不到老,人生的路曲折漫长,她安稳从容地走好一生才是我的期望。

我会宠爱女儿,但绝不做女儿奴。宠她时我可以倾其所有,上天摘星。但她违反了规则,我将色厉内荏,必要时须打手板。我可以宠她一时,但无法宠她一生,不遵守社会法则将会深受其害,残酷的现实必须狠心让她牢记,这是作为父亲最极致的宠、最深沉的爱。

至于上学，我尽可能为她创造良好的条件，激发她学习探索知识的热情，但绝不逼迫其拔尖，她有潜力我愿意助她成为学霸，她资质平庸我愿顺其自然让她学得快乐，人生的幸福并不只有上学升级打怪这一条路，喜欢并能坚持的就是最好的。

相对于上学，我觉得更要重视她的个人修养和三观。淡然平和、优雅大气、洁身自好要根植于她的内心，自信乐观、阳光善良、积极向上的人生态度要成为她的精神内核。对世界温柔以待，坦然接受命运的安排；主动给予世界美好，才会得到的意外馈赠。

还要历练她强大的内心。自己活着最重要，世间任何事情都没什么大不了。活好自己才能关照别人，这别人哪怕是父母，哪怕是子女。先渡己，再渡人。

无论如何，都要培养她、教她一项谋生的本领技能，或留给她一只生金蛋的鹅，任何时候经济上独立、能很好地养活自己，这是不仰人鼻息的底气。喜欢的东西自己买得起，不喜欢的东西扔得起，不依赖任何人，最好也包括我，这样才能活得硬气。活得要如一棵挺拔的橡树，不做攀缘的凌霄花，攀缘而来的王权富贵几乎都要付出委屈的代价。

我要给她养成读书的习惯，经常带她去旅行，破万卷书、行万里路，见识世界的多样性，这样才能识别并躲避丑恶，遇见并抓住美好。

我不希望她长大，长大就会被工作抢走，被爱人抢走，虽然这无法避免，但我内心多么想自私地把她留在身边；也不希望她太优秀，太优秀就会离我远去，泪目远送，那背影必定令我无比伤感；

也不希望她任何物质的回报,与她父女相处一场,其过程已经让我快乐和幸福,又何必为她增添负担。

最希望她永远在我身边不远处,时常能看见她的身影,听到她叫我"老爸"的声音,就是我余生的温暖和幸福。

（写于2021年9月25日）

温润如玉

最近读书,看到一句喜欢的话:"情深不寿,强极则辱,谦谦君子,温润如玉。"

这不是来自于哪个古文经典,而是来自于金庸的小说《书剑恩仇录》。摘其原文如下:

> 乾隆哈哈大笑,说道:"你总是眼界太高,是以至今未有当意之人。这块宝玉,你将来赠给意中人,作为定情之物吧。"玉色晶莹,在月亮下发出淡淡柔光,陈家洛谢了接过,触手生温,原来是一块异常珍贵的暖玉。玉上以金丝嵌着四行细篆铭文:"情深不寿,强极则辱。谦谦君子,温润如玉。"
> 乾隆笑道:"如我不知你是胸襟豁达之人,也不会给你这块玉,更不会叫你赠给意中人。"

这四句铭文虽似不吉,其中实含至理。

这是金庸先生从古文经典中汲取精华加以揉搓,自拟而成的铭文,借乾隆之手送给陈家洛,镌刻在玉佩上,道出自己推崇的人生境界。

至于"情深不寿,强极则辱",另有"慧极必伤"也常并列放在一起,皆是一种物极必反的哲学思辨。

而我推崇的是"谦谦君子,温润如玉",看到之后心生欢喜。

"谦谦君子"语出《易经》谦卦:"谦谦君子,卑以自牧也。"意为:谦虚有礼的君子,处在卑微的位置也会自我修养保持节操。

温润如玉,没有原文出处,典籍中最接近的就是在《国风·秦风·小戎》里有"言念君子,温其如玉"。意为"思念夫君人品好,性情温和像玉一样",是女子思念从军的丈夫,从而心生由衷地赞美。想必"温润如玉"由此化来。

关于君子的内涵,古往今来多有演化,时至今日主要指品德高尚、修养良好之人。余秋雨先生专门写过一本书《君子之道》,遍论"君子",有兴趣的不遑找来读读,细细咂摸。

"君子"是千百年来男人追求个人品性修养的高标准,与之对应着的是"小人",一如,君子坦荡荡,小人常戚戚;再如,君子喻于义,小人喻于利;又如,君子和而不同,小人同而不和。

玉器温润,可暖人心,把君子的品性比作玉器,君子如玉,真是好比兴。

玉石本是一种矿石,经由数亿年沉积变化而成,本性生冷坚硬,或晶莹,或剔透,可它如何温润的呢?我认为《诗经》中的阐释最为妥帖:"有匪君子,如切如磋,如琢如磨。"经斧切砂磋、刀琢石磨,方去芜存菁,摒弃了棱角和戾气,成为玉器,便有了温润,通了灵气。

君子之品修成也是如此。人生下来就如同一块原始玉石，非经由生活挫折的磨难、父母师朋的教导、民族文化的滋养，不能成为谦虚有礼、品德高尚、仪态端庄之人。

必须经历人生的病痛、失败、背叛、伤害、误解、离别、委屈、遗忘、辜负、欺骗、诬蔑，才会磨去娇气、傲气、戾气、怒气、丧气、叹气、邪气、负气、火气、傻气、土气，加持正气、才气、大气、骨气、文气、豪气、节气、暖气、和气、侠气、英气，如此方成大器，是为君子。

玉器温润，但不失坚硬，"宁可玉碎，不为瓦全"便是写照。

《论语》载：或曰："以德报怨，何如？"子曰："何以报德？以直报怨，以德报德。"我是赞赏老夫子这态度的，君子谦谦，但绝不是没脾气和无原则，"以直报怨，以德报德"这亦是君子之风。君子谦谦，必刚正不阿；君子不器，定周而不比；君子固穷，须宁折不弯。

古时的君子以佩玉为荣，《礼记》中说"君子无故，玉不去身"，君子不能忘了佩戴玉器，是时刻提醒自己，不能忘了坚守玉的品德。《诗经郑风》载："将翱将翔，佩玉锵锵。"贵族君子在正式场合常会佩戴一组玉饰，行走时玉石互相敲击出九霄环佩般的悦耳之声，是谓佩玉锵锵。若一旦行为急躁、举止失措，玉石的碰撞之声就会杂乱无章，以此提醒自己要行动有序、举止优雅。

以前对玉没有如此认识，认为只是件装饰品，附庸风雅而已。不想玉是如此雅正，可映照警示君子之行。

十余年前与友人结伴云南腾冲之行，腾冲靠近缅甸，因而是玉石集散地。友人识玉，买了几块琢磨好的玉器，赠我一枚。我心存感谢，但确实没有佩戴首饰的习惯，便收藏在一旁，冷落至今。如今读到"谦谦君子，温润如玉"，始大悟，忙把它请出来摩挲，指间掌心立刻感受到了它的温润，它没因我的冷落而失去温润的秉性，可谓耐得住寂寞的隐忍君子。我也因此念起友人的好来，今日总算领悟到他笃深的美意。

　　行走在人生江湖，当做如玉君子。修谦虚之礼，养浩然正气，待人温暖如春，接物润泽若水。如此，人间的岁月便增添几许静好，生出几缕芳芬。

　　谦谦君子之风，温润如玉随行。

（写于2021年7月18日，修改于7月24日）

桌　痕

最近清理地下室，有个条桌是装修房子时专门订做的，趁楼梯栏杆还没有安装就抬了下来。条桌2.68米长，1.11米宽，实木卯榫而成。配有4把宽大沉重的椅子和2个宽条凳，也是实木卯榫而成，围合在桌子的两个长边。大条桌旁边靠墙的地方做了一排宽大的书架。

刚住进来，我坐在这个大条桌前不胜喜欢，久久不愿离去，太喜欢这地下室的宽阔、安静和隐秘的感觉。无论在这里读书品茶，亦或聚友聊天，甚至陪着孩子做做手工、辅导下功课，都有不错的心情。

想想小时候刚读书，我的书桌是一块不规则的厚实木板，做家具剩余的材料，父亲把它架在一摞砖上就成了我的书桌，小学时的作业都是在那上面完成的，毕业时桌面上已是笔痕、刀痕累累，见证了的我懵懂岁月。再后来读初中时，央求着做木工的大舅用自家的杂木给我打造个带抽屉的简陋书桌。抬进我的房间后，我把这个有了书桌的陋室美名其曰：励志斋。把其中的"志"字歪歪扭扭地刻在书桌的左上角，如同鲁迅先生的"早"字，时刻警醒着我、激励着我努力向上,见证了的我青涩时光。

而今有了更好的条件,在装修这套新居时我便请木工用上好的木材做了这么个大条桌,既是书桌,又是茶桌,还是活动桌,一家人可以围着看书、写作、游戏。在这个桌子旁,全家度过了一段新鲜而惬意的时光。

随着时间的推移,新鲜感逐渐散去,整洁的桌子上便一天天摆上了各种物件。散乱的书,练书法的笔墨纸砚,画画的笔和纸,还有打印机、装订机、笔盒纸袋,又有显微镜、游标卡尺、酒精灯、试管架、烧杯等各种物理仪器和化学实验器具,偌大的桌子上挤满了各色物品,就连一旁的架子上也是书籍、玩具、实验器材耗材、旅游纪念品、淘来的工艺品等,繁杂的物品让打扫卫生也无从下手,于是灰尘便隐匿其中,这些杂乱或许就是有小孩家庭的生活气息吧。

从整洁到杂乱,一切因为家里有个顽皮的小男孩,我从不停地收拾到逐渐容忍。直到有一天,我看到桌面的油漆被腐蚀了一块,那是贝西做化学实验留下的痕迹,我心痛得要命;再后来,有红色的墨迹印在桌面上怎么也擦洗不掉;又有茶杯的烫痕、刀子的划痕……泛着浅栗色油漆光泽的漂亮桌面变得"满目疮痍"。我也由痛惜到麻木,到再添新痕也熟视无睹,好端端的桌子变成了懒老板的杂货铺。

岁月的磨砺就是这样,它会在你某个生命的阶段让你偏重一事,把其它理想生活一点点打碎散落其中。

可有一天,我兀然发现地下室的大桌子荒废了,很久没有人动过,那杂乱的物品像是静止了,任凭光尘拂过。原来是贝西读初中后，在校时间的延长和课业的繁重让他再也无暇光顾这个条桌摆弄那一众杂乱的物品。

我抽了一周的时间收拾。

该丢的丢弃，该捡的捡好，该封的封起；抹干净桌椅书架，擦干净地面灯具，洗干净香炉茶具。一番断舍离捯饬，重新归坐于大条桌前，焚香、烧水、沏茶，氤氲的水雾茶香绕于室内，如芝兰入室。

逡巡大桌，累累污痕遍布其上。仔细回忆辨别：其一处，贝西画画时用画笔乱涂所污；其二处，贝西用美工刀所刻；其三处，贝西装订作业本时用力过猛所压；其四处，指导贝西化学实验烧杯倾倒所烫；其五处……

藏香烟雾绕绕，我静心定神缓缓仔细看完每一处，不觉嗤笑起来，这哪里是桌子的污渍斑痕，分明是岁月给它的装饰，那每一处"污痕"都是一幕亲子活动所导致，镌刻着贝西小子的成长历程，是我们共度美好时光的鲜明印记。

刹那间，我觉得桌面污痕不再刺眼，顿觉可爱起来，那腐蚀痕状如月初的上弦月，那彩笔任性涂鸦似西方的抽象画，那美工刀无拘无束雕刻的魔性线条……分明是儿子在不经意间用懵懂、顽皮、纯真绘就的留于父母保存最宝贵的立体图画。

我顿时释然、庆幸、珍惜，幸亏此刻悟出了这一切！摩挲着一个个"污痕"，悄悄地把这份美好收入心中。

或许经年之后再坐此桌前，儿子已远行，不知何时返回，此桌此痕最宜思念。

（写于2020年5月20日，修改于5月28日）

第六篇

传家书已为儿计

WENRUN DE SHIGUANG

给贝西的第1封信
——人无信不立

贝西：

　　你好，来信收悉。我在北京很好，谢谢儿子的关心。

　　我看了信中你和圆圆、牛牛发生的故事，以及你从这件事中得到的感悟，非常欣慰。我看到我的儿子又长大了一些，爸爸心里由衷地为你高兴。我从你们的这件事中也有一点感悟，说出来和你一起分享。

　　朋友在一起相处，经常会有不同的意见，但一旦达成了共同意见（约定），就应该坚决履行，这就是守信。老子说："人无信不立，业无信不兴，国无信则衰。"孔子也说："人而无信，不知其可也。大车无𫐓，小车无𫐄，其何以行之哉？"你可以百度学习以上引语的意思，这些都说守信的重要性。

　　你信中所描写的事件，我猜想，是不是你们当初共同和大人达成了节目开始就下来看表演的口头约定，而你和牛牛在节目开始了却因为继续看书更有趣就临时改变了主意，没有遵守约定，这或许是圆圆生气的原因。但无论怎样，圆圆可以表达自己的不满情绪，但故意玩消失和不接父母的电话是不对的，这会让父母和其他关心自己的人担心。你知道你们小孩子都是父母和爷爷奶奶、外公外婆的宝贝，找不到你们，我们都会急疯的。你能够懂得外出要紧跟妈妈和外公外婆的脚步，防止走失，我非常高兴，说明你的心智变成熟了。但守信是一个人极为重要的品质，如果没经与对方（或多方）商量重新达成约定，就违背原约定，就是不守信的表现。不知我的猜测对不对，如果是这样，希望你能吸取教训，做一个守信的人。下次遇到这种情况，要么先和圆圆商量，重新约定取得圆圆的同意；要么坚决履行你们的最初约定，一起下去看演出，这才是正确的做法。如果当初没有约定，这时候应该共同商量一下，在大家都安全和大人都放心的前提下实现各自的要求。

男孩子和女孩子相比，身体一般要强壮一些，心理承受能力要大一些，所以全社会都提倡保护妇女儿童。在圆圆这件事上，你能够自己主动反省，觉得自己无论如何都应该陪她一起下去，这样对她更安全些，非常难得。我支持你关于男孩子要有绅士风度的看法，要有主动关心和帮助女孩子的责任和意识，照顾她们的情绪和合理要求，这是男人有修养的表现，爸爸很赞赏，希望你今后能够做到。现在你已经是个小小男子汉了，我不在家的时候，照顾妈妈的责任就落在你的肩上了，也要记得帮外公一起照顾外婆哦。

祝期末考试顺利！

你的爸爸
2019年1月14日

给贝西的第2封信
——关心与批评都是爱

贝西：

你好！看到你写给爸爸的信，有对我的肯定，也有些意见，都充分表达了出来。我认为这种方式很好，即使再亲的人也会有很多话当面无法表达，写信也是一种很好的交流方式，尤其对那些不好说出口的话。

爸爸对你的爱如同你对爸爸的爱都是一样真挚和发乎亲情的，因为工作的原因我不得不离开你和妈妈到遥远的北京。其实我是多么不舍得离开你们，我真想陪伴你成长，直到你成长为一个男子汉。但是，爸爸是在国有企业工作，是加入到党组织的人，必须做到下级服从上级；再说爸爸在事业上也是更上一层楼，这无论对我个人还是家庭，包括对你都是有益的，所以只得暂时离开你们。不过，我会努力争取我们一家人早日团聚。

你给爸爸提的两个意见，我都接受批评，是爸爸做的不够好。关于"小屁屁"，这可能源于爸爸和你不一样的认知，这是因为我们民间有个风俗，小孩子小时候要起一个贱名才好养活，比如叫"狗剩""蛮牛"等，意思为越是低贱的名字生命力越强，相信你

温/润/的/时/光

以后会读到这方面的文章，我就不多解释了。现在你不喜欢我这样喊你，我立即改正，保证以后再不这样称呼你，而是叫你贝西或明曦，再或者叫你亲爱的儿子。关于看手机太多，爸爸也不否认，我回家以后多多注意，和你们在一块的时候做到不看或少看手机，多陪伴你和妈妈，珍惜我们相聚的时刻。

眨眼间，你都要满10岁了，日子过的好快！爸爸一天天感到你的思想在逐渐成熟，知道主动关心爸爸，挂念爸爸，我非常欣慰和高兴，谢谢贝西。以后我也会把你当成大孩子看待，给你应有的尊重，家庭的事情也会听听你的意见，希望你能够发挥学到的知识和自我社会认知，多给我一些有益的建议和意见。

还有关于今天你没有征求我或者你妈妈的意见就开爸爸茶叶的事情，我认为你做得不对。对事物好奇是一种求知欲，我和妈妈都会支持。但是，你不征求意见自作主张动手就很不礼貌，也不尊重我，那毕竟是我的东西，希望你以后注意，如果事先征求我的意见，我想我会愉快地答应的。当然，我也要注意，动你的私人物品也要先征求你的意见，让我们彼此尊重，好吗？

最后你提醒爸爸多锻炼身体，我会做到的，每天都坚持走路上下班，既能看路上的风景又锻炼了身体，一举两得。还有乘坐飞机，波音737max8/9已经被中国政府停飞了，这实在是个好事情，你也不用担心了。今天就聊到这里，我挺期盼你再次给我写信哦！

祝儿子学习愉快，天天向上。

你的爸爸
2019年3月24日

给贝西的第3封信
——朋友多了路好走

亲爱的儿子:

你好!几天不见很是想你。今天我想与你聊聊交朋友的话题。

我们来到世上,小的时候接触的主要是父母和亲人,他们负责抚养我们,因而朝夕相处。长大以后我们学习、工作和生活还需要朋友,这些朋友会在你人生不同的场合出现,比如玩耍的小伙伴,像和你玩耍较好的圆圆、牛牛、果果;读书时的同学,如董昀臻、汤程然、杨斯涵;还有共同参加童军认识的伙伴,以后参加工作还会有同事,等等。你在不同的场合、不同时间接触和认识的人都有可能成为朋友。

什么是朋友呢?朋友是指在任意条件下,双方的认知在一定层面上关联在一起,不分年龄、性别、地域、种族、社会角色和宗教信仰,符合双方的心理认知、可以在对方需要的时候给予帮助。朋友之间可喻为雨中的伞、指路的灯。

看来不是所有认识的人都是朋友,只有互相认可、互相帮助的人才能彼此成为朋友。朋友之间的感情就是友情,也叫友谊。孔子有句话"与朋友交而不信乎?"其中的"信"就是"忠诚"的意思，就是说朋友之间要互相忠诚才能称为朋友。当然不只忠诚是做朋友的要素，还有互相理解和欣赏，如伯牙子期之交，称之为"知音"；若双方心理契合很深，能想对方之所想，好对方之所好时，可称之为"知己"；还有朋友间亲如兄弟的，称为"情同手足"；还有非常要好、情投意和的，称之为"莫逆之交"。此外，还有忘年之交、竹马之交、贫贱之交、铁哥们，等等。可见，各种情况下都可以结交为朋友。

怎么才能成为朋友呢？在爸爸看来，若能做到以下几点便可以结交很多朋友。

一是讲诚信。真诚地对待别人，不欺骗，答应别人的事就要做到，就如孔子说的"信"。还有句话叫"人无信不立"，可见"守信""树信"对个人是多么重要。

二是会欣赏。人都有优缺点，要会欣赏别人优点，有句话说"女为悦己者容"；其实朋友间也是一样，你认同他、赞美他，就让他感觉自己很棒，就会产生向上的正能量。若是盯住别人的缺点，嘲笑甚至起不雅的外号，别人是不可能把你当作真正的朋友的。当然，有时候无伤大雅的玩笑也不是不可。

三是善理解。要善于换位思考，从别人的立场和角度想问题，就会理解他的想法和做法，这就是"同理心"。若是唯我独尊、我行我素，不顾别人的感受，就不会被别人接受为朋友。

四是肯帮助。这一点非常重要，主动帮助和支持别人最容易得到认可，当你遇到困难的时候别人也会主动帮助你。"朋友多了路好走"说的就是这个意思。

以上四点，是我的一点体会，供贝西参考。爸爸希望你能多交朋友，交到好朋友，在人生的道路上相互鼓励、相互支持，创造出精彩的人生。

另外，有一个词"割席断交"，你知道是什么故事吗？我下次回家见到你，想听你给我讲一讲你的理解和心得体会。

就说到这里吧。

爱你的爸爸

2019年4月16日

给贝西的第4封信
——整洁的习惯是做大事的基础

贝西:

你好。最近你总是被老师批评课桌不整洁,尤其桌屉里面乱糟糟的,桌子下面书包放得歪歪扭扭。我也看了照片,确实有点惨不忍睹。就是家里你的卧室,被子衣服也是乱堆乱扔,总是阿姨给你收拾。

最近妈妈给你进行了纠正,也进行了"约法三章",很可喜的是你有了很大改观。但我认为你还没有根本改观,没有真正从心里认识到不干净整洁给你造成的危害,因而只是在强迫下的浅表性改观。今天爸爸有空,就给你讲讲我们为什么要整洁。

先讲一个历史故事。

东汉时有一少年名叫陈蕃,自命不凡,一心只想干大事业。一天,其父亲的朋友薛勤来访,见他独居的院内龌龊不堪,便对他说:"孺子何不洒扫以待宾客?"他答道:"大丈夫处世,当扫天下,安事一屋?"薛勤当即反问道:"一屋不扫,何以扫天下?"陈蕃无言以对。

这个故事寓意是说,做大事要先从身边小事做起,养成一个好的生活、学习、工作习惯是日后做大事的基础。

虽然这个"一屋不扫,何以扫天下"也有反方观点争论,但我还是很认同这个正方观点。意见有三:

一是整洁可以让人身体保持健康,树立个人良好形象。整洁顾名思义就是整齐和清洁,把衣服、学习用品、玩具等摆放整齐,经常打扫保持干净清洁,可以减少灰尘和细菌滋生,就可以少生病或不生病;如果东西到处乱摆乱放,不及时收拾整齐,致使尘烟障目,请问谁喜欢和愿意接触这样的人?说不定别人会送个外号"邋遢鬼",让个人的形象受到损害。一个好形象的少年,肯定是整洁的少年。

二是整洁是对他人的尊重,可以获得社会认同。我们外出都不会穿着睡衣外出,都会穿整齐干净漂亮的衣服,邀请别人到家里来做客也会预先收拾好屋子,这是对他人的重视和尊重,会赢得赞扬,自己也会更加自信。否则,一个不修边幅、家里脏乱的人是极少有人愿意与你为伍的。作为学生,你的书包和书桌就是你的脸面,如果收拾不整洁,整天被老师批评、同学鄙视,是不是很没有脸面?我知道你是一个很讲脸面,希望得到老师和同学认同的人,你只要用心,相信你能做好。

三是整洁可以提升做事效率,助力学习和事业的成功。你做数学作业和考试时,是不是有因为写得数字潦草,本来思路和计算都是正确的,而最终结果错了;语文作业字迹潦草被扣了卷面分,结果得不偿失;还有你经常不收拾书本,导致使用时到处找不到,以至于挨了老师和爸妈的批评。你喜欢物理和化学,做实验时实验台和仪器仪表是不是被严格要求保持整洁?以后若搞研究更是这样,如果不注意整洁，你很难得到精确的数据，就难以获得事业上的成功。可见整洁对一个人的学习和事业都影响很大。

总之，整洁是一个良好的习惯，自己要时刻注意，一旦养成随手收拾整理的习惯，不但不会多花费时间，而且会节约更多的时间，自己也成了一个有良好个人形象和受人尊重的人，他日取得事业上的成功更是指日可待。爸爸衷心希望你成为这样的人，相信你会认识到而且也有能力和毅力做到。

我和妈妈都期待着你这个干净整洁、阳光帅气的少年出现在我们面前！

如果你有什么想法、认识，或者新的决心、计划，欢迎你来信和我探讨。

  祝

  学业进步！

你的爸爸

2019年5月13日

给贝西的第5封信
——勤于练习方能达成目标

贝西:

你好!最近我从"得到"逻辑思维栏目中听"罗胖子"讲了美国攀岩高手Alex徒手攀登优胜美地酋长岩的故事,这个事件拍摄成的纪录片获得了奥斯卡最佳纪录片奖。我听了"罗胖子"的讲述,又百度了许多资料来看,深受启发,下面我想给你聊聊我的看法。

我们2017年去美国时到过优胜美地国家公园,在那块很突出的酋长岩前照过相。这块岩石,是地球表面上最大的一块单体花岗岩,高914米,比世界上最高的建筑——迪拜的哈利法塔还要高。Alex用了3小时56分钟在没有使用任何工具和没有任何保护措施的情况下徒手完成攀爬,其中的困难和风险可想而知。但是Alex却完成了这个壮举,成为世界上最顶尖的攀岩高手,没有之一。

他是怎么做到的呢?Alex给出的答案是:勤于练习。据了解,为了完成这个挑战,他准备了8年,平常就住在酋长岩下的拖车里,一是平时训练手指带动身体引体向上,增强攀爬的能力;二是拴着保险绳攀爬酋长岩近60次,把攀爬路线上的几乎每一步都通过记笔记的方式烂熟于胸;三是训练自己情绪,建立百分之百的控制感。通过这种练习，Alex最终完成了这个极限挑战。

  Alex首先确定了徒手攀登酋长岩，这个看似不能完成的目标。但目标一旦确定，他便直面困难和挑战，付出了超越常人的努力，在无数次引体向上练习和攀爬训练中，总结出便捷的方法和路径，最终达成目标。由此可见，只要有清晰的目标，秉持坚定的信念，执着地努力练习，就一定能够实现目标。

  爸爸知道你现阶段对写作文有些畏难心理，但如果同Alex挑战酋长岩相比，你这点困难简直是小巫见大巫；若有Alex这种精神，写好作文哪里还是什么难事。所以，我希望你能向Alex学习，确立写好作文的目标，树立必胜信念，通过广泛阅读和勤加练习，然后攻克这个目标，我相信你能够做到。

  就拿我来说，虽然我在写作方面有了一点水平，应付工作完全没有问题。但我尚不知足，希望自己在散文随笔方面有所精进，能达到作家的水平；最近也在勤加练习，哪怕遇到有人冷嘲热讽，但我还是在坚持。因为我相信自己，有朝一日能实现这个目标。

  贝西，你愿意下定决心建立写好作文的目标了吗？那么我们可以一起努力练习了！

  下次回家，我们一起观看《徒手攀岩》纪录片，感受一下Alex的执着与冒险精神。

  祝

学习愉快！

爱你的爸爸

2019年5月23日

给贝西的第6封信
——万丈高楼平地起

贝西：

你好！首先祝你的第九个儿童节快乐！

妈妈给我说，毕老师因为你板书时讲解一道高难数学题，不仅反应快、思路与众不同，而且讲得异常精彩，所以她在全班同学面前给你起了个雅号——张教授。我听了非常高兴，为你灵光的头脑而自豪。最近你学数学似乎渐入佳境，就连数学思维课的高老师也觉得你反应比较快，为此你收获了不少赞，学数学的兴趣提高了不少。

可是，看你平常考试和作业，很多基础题却常常出错。分析原因，你并不是不知道怎么解或者不会计算导致，问题往往出在你书写潦草、数字看错、急于求成，这些问题都是基础问题或者基本功问题，如此错误导致一道题出错实在得不偿失。

给你讲一个我学数学的故事。从读初中开始，我的数学成绩就很不好，到后来甚至有了抵制情绪，看到数学题就头疼，尤其是遇到难题我看一遍题目就会放弃。所以，每次数学测试我的成绩总是在班里垫底，偶尔还会考不及格。但是，我告诉你的是，在关键的两次数学考试中考和高考中，我反而考得很好。中考时数学120分满分，我考了113分，高考时数学150，我考了137分。成绩出来后，我的数学老师和同学们都惊讶得跌掉了下巴，怎么都不肯相信，但这却是事实！

  我是怎么做到的呢？其实我的经验就是重视基础题，只要把基础题做好了，这种要顾及到大多数人的规模性考试就能考好。经过我对往届中考和高考的考题分析，发现这种升学考试都不会出现怪题、偏题、特难题，往往是在基础题上加以变化，故意设置些小弯弯、小陷阱，只要你认真仔细对待，一般都能解决。所以，我就在基础题上多练习，力争不出现因粗心、书写不规范而做错题，遇到那些高难题我就放弃以免浪费时间，专门在基础题上用心。果不其然，在这两次关键的考试中，我因基本功扎实反而把数学考好了，如愿以偿地读到了理想的学校。

  其实，学任何学科、做任何事情都需要把基础打牢。万丈高楼平地起，不把基础打牢，就建不起高楼，就是勉强建起，也是大厦将倾。就像解一个高难数学题，你在最初的几步把简单的数字弄错了，最终只能得出错误的结果，头脑再聪明又有什么用呢？

  要做一个科学家，就必须从小训练扎实基本功，养成严谨的态度，一步一步踏实做好，才能最终登上科学的高峰。

  相信你明白这个道理，也相信你能做到。我看好你，你定会不负毕老师授予你的"张教授"头衔！

你的爸爸

2019年6月1日

给贝西的第7封信
——发现并形成自己的特长

贝西:

你好!最近你在自学计算机知识,准备报名参加全国计算机等级一级考试,听妈妈说你的学习兴趣很浓,学习功课之余主动抓紧钻研计算机。我觉得你很棒,有如此精神若坚持不懈必能有所成就。

我这周去南京出差,吃饭闲聊时听江苏省分公司的负责人李总讲了他侄儿学习计算机的真实故事,我转述给你,相信你会受到启发和鼓励。

李总是陕西西安人,他的侄子就叫他小李同学吧。小李同学也是像你这么大的时候对计算机表现出浓厚的兴趣,一摸到计算机就爱不释手,就是手机也玩得很溜,经常帮他妈妈解决问题,他父母很开明,保护了他这种兴趣并提供学习条件。到了初中,他的计算机水平已经很高,同学之中无人能出其右。于是学校很重视他,不仅让计算机高水平的老师辅导他,还把计算机机房的钥匙借给他,授权他可以随时使用。他便沉浸其中,经常自己一个人钻研到凌晨,后来代表学校参加省内计算机竞赛,一举夺魁。中考时他作为

温/润/的/时/光

　　特长生被西安最好的高中破格录取，今年高二时代表陕西参加全国青少年信息学（计算机）奥林匹克竞赛，清华大学招生办说若入围前四参加国际竞赛便破格录取他，北京大学招生办说若他愿意在竞赛前签约，无论他是否进入前四参加国际比赛都录取他。他和家人权衡后在竞赛前就签约了北京大学，结果全国竞赛他进入了前四，真的非常优秀。

　　不过，由于他醉心计算机，其他课程落下得太多，现在正加紧补习，准备明年秋季再入学北大。

　　看了这个故事是不是很感慨。对某学科领域感兴趣，坚持在这个领域勤奋学习、努力钻研，日积月累后便能形成自己的特长。若在这个特长上取得权威组织认可的成绩，便可以优先获得深造的机会，清北会主动向你招手。

　　如果你在计算机或其他任何学科方面有浓厚的兴趣，我和妈妈愿意为你创造良好的条件。希望你能够从兴趣出发，拿出钻研劲头，发现并努力形成自己的特长。

　　儿子，加油！我看好你哟！

你的爸爸
2019年6月5日

给贝西的第8封信
——无故加之而不怒

贝西：

　　你好！我听妈妈讲了你和同学张芯瑜关于笔是谁的争执之事，你坚信那支笔就是你的，虽有其他同学做出不利于你的证词，但你仍然坚持。还好，事情最终露出真相，证明笔就是你的。在这个事件中你受到了委屈，非常生气。我知道受到委屈令人难受，不被信任的感觉更让人难受。在这个事件中很多人没有站在你这一边，是你的一再坚持才让事情的真相浮出水面。

　　像这样的事情，人的一生会遇到很多，很多时候你可能没有这次那么幸运，可以洗刷委屈。这不是你遇到的第一次，更不是最后一次。怎样对待委屈，是你一辈子都必须面对的。

　　不知你还记得，上次爸爸带你去同创小学买书法老师推荐的钢笔那件事吗？买笔回来，回到家中车库时，你说你带的钱包不见了，我也没有帮你仔细找，便气急败坏地在你脸上打了你一巴掌，口不择言地骂你"败家子"。你也认为自己错了，眼里包着泪花忍着没有哭出来。当我发动车准备返回去找的时候，你发现钱包掉在了后座和车门的夹缝里，钱包原来没有丢。你松了一口气，可爸爸心里却难过极了，因为我在没弄清真相的时候打骂了你。下车后我抱着你的头对你说了对不起，虽然你原谅了我，但是这件事却在爸爸心里扎了一根刺，一直记着让你受了委屈。受委屈的你也许把这件事早已放下，可我到现在还没有放下，或许我要记一辈子，提醒我遇事不要冲动，尤其对你以后做的事情不要轻易判断是非，做出不理智、不妥当的处理。你看，受委屈的人难受在一时，给你制造委屈的人如果发现真相，是自己错了，反而更加难受，久久不能原谅自己。

那么，人应该受委屈吗？佛家有这么一个故事。

有一座寺庙，因藏有一串佛祖戴过的念珠而闻名。念珠的供奉之地只有庙里的老主持和7个弟子知道。弟子们都很有悟性，老主持觉得将来把衣钵传给他们中的任何一个都可以光大佛法。

不想那串念珠突然不见了。

老主持问7个弟子："你们谁拿了念珠，只要放回原处，我不追究，佛祖也不怪罪。"弟子们都摇头。7天过去了，念珠依然不知去向。老主持又说："只要承认，念珠就归谁。"但又过去了7天，还是没人承认。老主持很失望："明天你们就下山吧。拿了念珠的人，如果想留下就留下。" 第二天，6个弟子收拾好东西，长长舒了口气，干干净净走了。只有一个弟子留下来。老主持问留下的弟子："念珠呢？"弟子说："我没拿。"老主持又问："那为何背个偷窃之名？"弟子说："这几天我们几个相互猜疑，有人站出来，其他人才能得到解脱。再说念珠不见了，佛还在呀。"

老主持笑了，从怀里取出那串念珠戴在这名弟子手腕上，说："能想自己，更能想别人，就是佛法啊。"

从这个故事，你能感悟出老主持为什么把衣钵传给这个愿意受委屈的弟子了吧？为他人着想、成就他人，宁愿自己受委屈，这是一种高境界，是一种宽胸怀，更是一种大智慧！

再看看历史上能忍辱负重终成大事的人物吧。

春秋时期越王勾践不惜卧薪尝胆，方积聚力量打败了吴王夫差，以雪国耻；韩信甘受胯下之辱，终成西汉开国大将，功成之后还不计前嫌把让他受辱之人提拔重用；司马迁因为投降匈奴的李陵辩护而受宫刑，仍不惧屈辱发奋著作《史记》，留下"史家之绝唱，无韵之离骚"；毛泽东在共产党领导革命前期多次被排斥在中央领导集体之外，仍不屈不挠为中国革命殚精竭虑，终成一代开国伟人。这样的历史故事不胜枚举，受得了委屈，才撑得大胸怀，成得了大事。

爸爸很欣赏苏轼在《留侯论》中所言："古之所谓豪杰之士，必有过人之节，人情有所不能忍者。匹夫见辱，拔剑而起，挺身而斗，此不足为勇也；天下有大勇者，卒然临之而不惊，无故加之而不怒，此其所挟持者甚大，而其志甚远也。"说的是，真正的大勇敢是怀着远大的志向和理想，有长远的目标，其内心是十分强大的。"无故加之而不怒"就是不会为眼前的这一点小是非、小恩怨、小委屈而鲁莽盲动，这是做大事、成大器的人必须修炼的境界。

一支笔的是非委屈，对现在的你也许是一件大事，但如果放在你人生江河的波浪中，可能连一丝涟漪都不是，又何必去锱铢必较呢？

忍常人所不能忍，方能成常人所不能成。无论学习，还是事业，皆如是。

　　说到这里，有个成语叫"委曲求全"，语出《汉书·严彭祖传》，意思是勉强迁就，以求保全，也指为了顾全大局而让步。千万别写成"委屈求全"，此"委曲"非彼"委屈"哦！

　　祝期末考试取得好成绩。

你的爸爸

2019年6月15日

给贝西的第9封信
——辩证内因和外因

贝西:

你好！期末考试结束，你已经开始了暑假生活。妈妈给你安排的暑期活动还是比较丰富，希望你能过一个愉快的假期。

不过，我听说你在考试的时候出了状况，被监考老师以违反考试纪律留下，还被杨老师在班里通报批评。而你的解释是，是别的同学影响了你，导致你被老师逮住。我没在现场亲眼看到，无法评论其他同学。但有一点，我认为你违纪却是事实，这点不容否认，老师没有冤枉你。

在唯物主义辩证法中，有内因和外因互相作用的原理。事物的发展是内外因共同起作用的结果，内因是事物发展的根据，它是第一位的，它决定着事物发展的基本趋向；外因是事物发展的外部条件，它是第二位的，它对事物的发展起着加速或延缓的作用，外因必须通过内因而起作用。

举例说，一棵树能否长高长大，它的基因品种是第一位的，这是内因；它生存的环境，诸如土壤、空气、阳光、水等是第二位的，这是外因。如果它是一棵橘子树（内因），无论它的生存环境（外因）再好，它的高度也很难超过5米；如果它是一棵栾树（也叫摇钱树），就是生存环境一般，成长高度也很容易超过橘子树的高度；如果它的生存环境非常好，它的成长高度可以轻松超过10米。

就拿你来说，你的纪律意识淡漠是内因，其他同学的干扰是外因，二者的互相作用导致了你违纪的发生。但内因还是主要因素，所以你应该首先认识到自己的错误，而不该把别人的干扰这种外因作为主要因素。如果你纪律意识强、专注自己的考试，在老师监考的情况下其他人能干扰到让你违纪，还能全身而退？我确实不信。

我想，还有深层的原因。由于最近你的数学进步大，而此次考题相对简单，你早早地就做完，是不是也有点得意忘形的意思在里面？或许是正好遇到干扰的外因，激发了你想嘚瑟的内因，外因通过内因作用，便敲起了桌子、模仿起打枪。这种破坏考场秩序、影响其他考生的做法，是严重的违纪行为，你必须为这样的行为负责。老师批评教育是对的，是对你负责的态度。希望你好好反思，正确认识自己的错误，不可再犯。

我希望你能从辩证法的角度去思考问题，从思想上真正认识到自己的错误并改正，就是一个值得爸爸信赖的孩子。我和妈妈不会因为你这次违纪而耿耿于怀，去一味地责怪你；但你若不能认识到自己的错误内因，对于成长是有害的。总是把一切问题归咎于外因，长大后就不能成为一个正确认识自己的人、一个有责任心的人，也就很难融入集体和社会。

记住，一棵树能否成长高，内因（基因）是最重要的因素！

我期待你的成绩传捷报哦!
祝暑期生活愉快。

你的爸爸
2019年6月22日

温/润/的/时/光

给贝西的第10封信
——缜密是科学的态度

贝西：

你好！四年级已经结束，暑假生活开始了，再开学你就是五年级的学生了。时光溜得真快，转眼你要满10岁，书也读了4年，下一个人生的关口就是小升初。我和妈妈都在考虑你读初中的事了，你需要更加努力。

你的数学在近一年表现出一些天赋，教数学思维的高老师表扬你脑子够用，转得快；教你们数学的毕老师也很欣赏你，还给你起了雅号——张教授。你自己对数学兴趣也比较浓厚。但最近好像有点沾沾自喜，我和妈妈都以为这次期末考试你会考得很好，连毕老师都满怀期待，还特意提前去打听你的分数。

不过，事与愿违，结果你只考了94分，让人大跌眼镜。我们都很遗憾，恐怕你也遗憾吧！虽然说偶尔的一次分数不能反映你的真实水平，但分析你的错题，其中两道是计算问题，暴露出你的基础计算功底不扎实，还有一道漏做了，显然是马虎了。这次考试的时间是宽裕的，你做得很快，自以为顺利完成了全部答题，然后得意忘形地又是敲桌子，又是模仿打枪，被监考老师判定违反考场纪律而被留置不准放学，受到了公开严厉的批评，丢了大脸。我想彼时你的心情肯定不好受吧！

其实，这次的数学考试题目并不难，你如果认真对待每一道题，就不会出现眼高手低的计算错误；如果你做完后回头再逐一认真检查，漏做的题是可以发现的，第一次做错的题有很大的几率可以检查出来并进行更正。但你既没有认真做题，也没有回头检查验证，自以为是，便遭遇了滑铁卢。

你自诩为理工男，以后要搞科学研究，做发明家。你可知道，科学都是通过实验找出规律和新发现，对数据的准确性要求非常高。所以数学是理工的基础，很多科学发现和创造发明都是基于精密的计算，越是伟大的发明创造，对计算要求越高。若像你这样考试态度，轻易错漏题目，用在科学研究上，恐怕就会"失之毫厘谬以千里"了，怎么能发明出新东西？所以，你必须从小训练，养成严谨细致的学习习惯，做到凡是掌握了方法的题目，就要把出错的几率降到几乎为零。如此孜孜以求，久而久之就可思维缜密，眼到手到，以后才有可能驰骋在科学的大道上。

1986年1月28日，美国"挑战者"号航天飞机发射升空，73秒后爆炸解体，机上7名宇航员全部遇难。后来对失败原因进行分析，造成这起悲剧的罪魁祸首是"挑战者"号右侧固体火箭推进器上的密封圈；这个密封圈的质量出了问题，在航天飞机发射时断裂，造成"挑战者"号液氢燃料爆炸，酿成了航空史上最大的惨剧。这个例子就说明了缜密对科学的重要性。一个微不足道小小密封圈的质量问题就导致了一个巨大科学项目的失败，其教训十分深刻。

温/润/的/时/光

　　妈妈就这次考试错漏题目给你进行了分析，想必你已经知道了问题所在，以后务必认真对待每一次做题、每一次考试，以缜密的态度去完成，才能稳定学习成绩，为以后成为优秀的理工男打下基础。

　　对于不遵守考场秩序，开始你还没有认识到自己的错误，一味强调客观原因，埋怨是别的同学出于报复而故意检举你，甚至觉得老师不公平，没有批评其他违纪的同学，而单单针对你。如果是这种认识，凡事找客观原因，而不是找自己身上的主观意识上的问题，你就无法改正错误，久而久之就会形成怨天尤人和推卸责任的性格，日后难成大器。希望你能够正视自己的错误，错了就是错了，不要去为自己的错误狡辩，只有端正态度，吸取教训，才能避免再犯。

　　前几天，我和你的班主任杨老师在微信上进行了交流。她表示，你虽然有自理能力弱和自由散漫的缺点，但她还是一如既往地喜欢你，尤其欣赏你的逻辑分析和推理能力。爸爸希望你能正视自己的优缺点，继续发扬优点，努力改掉缺点，主动为他人着想，融洽老师、同学和朋友关系，做一个阳光向上的少年。

　　我下周休假在家陪你，咱们爷俩也好好交流一下，我还有好玩的东西和你分享呢。

　　祝暑期生活愉快。

你的爸爸

2019年7月3日

给贝西的第11封信
——陪伴是最深的亲情

贝西：

　　你好！过去的一周我休假在家陪伴你和妈妈，自我工作以来我从未这样休假在家待着。去年我到北京工作以来，突然感觉到每天见不到你们的日子是孤独的，之前我们经常腻在一起浑然不觉彼此陪伴的光阴难得，现在回想起来我们朝夕在一起9年的日子是多么可贵，每一个喜怒哀乐的细节都让我心里泛起涟漪，能够陪伴你和妈妈是我人生最幸福的时期！

　　好在你已经长成大孩子，基本可以自理生活和学习，也比以前懂事了许多，能够体谅父母对你的要求和期望，能够帮妈妈做很多事。爸爸感到欣慰，你已经是一个能担当的男子汉了。

　　关于你的学习，妈妈抓得很紧，安排得也很周到，当然你主动配合得也不错。晚上很开心地坐轻轨去沙坪坝学数学思维，取得的成绩斐然；早起去学新亿嘉语文，既没有叫苦又积极认真；课后的作业都完成才去玩，很有些坚持的毅力。以上这些我在陪伴时看到了你的良好状态，特提出表扬，做得很好，如此坚持下去定会有不错的收获。小升初已经提上日程，希望你靠自己的努力考上理想的初中，为实现你清北的梦想打下基础。

我比较担心你的视力，你已经戴了一年半OK镜，视力保持得还算好，只是在换新镜片的这段空档期你要注意保护视力，我看你在写作业和读书时坐姿还是经常会东倒西歪，眼睛离作业本和书本太近，这样对你的视力是很大的伤害，希望你务必自制，竭力保护好眼睛。若是视力继续下降，我们前期的努力全部白费了，这给你今后的学习和生活将会带来障碍；就是以后医学可以治疗好近视，但对高度近视效果也不好，甚至无能为力。

你10岁生日就要到了，电动卡丁车礼物也提前送给了你，看得出你非常开心，它让你的暑假生活增添不少乐趣，我也上车开了几次，确实蛮刺激的，和儿子一起玩使我开心。你开的时候千万注意安全，注意提前判断前方的路，不要冒险乱冲乱撞，无论是伤害到自己还是伤害到别人都是得不偿失。希望你能练好驾驶技术，等哪天我回去咱们一起去大坪时代天街的赛道去开大型卡丁车。

还有一点小不幸是，你被猫火星给抓了，我陪你去打狂犬疫苗。对注射，你还是像小时候那样有些畏惧，但调整一下还是能勇敢面对，实际上并是想象的那样疼。明天就要打第三针了，注意打针后不要剧烈运动和吃刺激性的食物，8月1日再坚持打一针就结束了。这次猫抓事件你要总结，猫和人一样也有烦躁和不开心的时候，你要学会察言观色，不要在它们郁闷和生气的时候去招惹它，甚至要躲着点，免得殃及池鱼。

看到你在读《三国演义》，这本书是中国古典四大名著之一，我很喜欢这本书。里面有很多关于谋略的故事非常经典，一直为人们津津乐道。但你要对这些谋略辩证地看，它是特定的社会环境下、不同政治军事集团间的斗争哲学和行为，同我们平常与人交往的价值观有冲突，并不适用现在的和平年代。如果对古代战争还有兴趣，推荐你阅读《孙子兵法》和《三十六计》，都是关于战争谋略的。另外，这本书中的故事产生了数以百计的成语、歇后语，你要加以留意，日后的写作可以用得上。

  9天的陪伴转瞬而过，我又回到北京上班了，也谢谢你这些天里给我的陪伴和温暖。父子一场，不知我们还有多少这样亲密无间的时光，爸爸越来越珍惜亲人的陪伴了，希望你也是。

  祝开心愉快。

你的爸爸

2019年7月17日

给贝西的第12封信
——做个独立的人

贝西:

你好!本来想在你10岁生日前,也就是在你参加罗浮童军出访新加坡之前写信给你,因为忙于出差,未能写完,今天终于找了整块时间写给你。

出发的日子正是8月19日,你的正生,我因为急着回北京,当天上午坐最早的航班先去了机场,没能送你。妈妈也要上班,所以只有委托外婆和叔叔送你去机场。这是你没有爸妈陪同首次随团队出国,你的心情可能比较激动,我和妈妈既为你长大可以离开我们独立远行而高兴,但也隐隐担心。有句话说"儿行千里母担忧",其实作为爸爸也是一样。在爸爸妈妈不在身边的日子,相信你也会有深刻的体会。好在现代社会交通和通信十分发达,我们随时可以了解你的行踪,倒也略略放心,等你回来听你讲讲出行的故事。

10岁,是你人生的第一个整岁数关口,过了今年的8月19日,你再也不是几岁的小孩了,将踏入一个新阶段。你来到咱们家的10年,是我和妈妈,外公外婆,乃至爷爷奶奶这些家人和睦相处的10年,你带给了我们欢乐和希望,是我们瞩目的焦点。你的一天天健康成长是我们最大的欣慰。在你生日前的两个月,我和妈妈陆续整理了你成长的照片,这些照片从你出生第一天到现在,记录着你从一个胖胖的小婴孩到一个身材颀长阳光少年的转变,我挑选整理照片的时候感触万千,一幕幕你成长的场景浮现在眼前,常常不由地发出会心地笑。

现在10岁的你,终于从一个离不开父母的雏鸟,长到了可以试飞的时候,虽然你独自飞翔的翅膀还很稚嫩,但已经可以尝试飞行。通过你们的出行微信群,我和妈妈每天都关注着你的行程,渴盼着看到你的消息,从每一张有你的照片里,分享着你的喜怒哀乐,你是爸爸妈妈心里放不下的牵挂,你在新加坡想起我们了吗?孔子有言:"父母在,不远游,游必有方。"古时交通和通信均不发达,出远门一趟可长达数月,其中音信亦少,所以那时的人们出远门者甚少,既是为了孝顺父母也是为了不让父母担心。但如果为了事业或生计要出行(如去赶考、当官、做生意等),必须告诉父母去哪儿,大概什么时候回来。这是古人尊崇以孝为先,希望你以后出门在外记得告诉我们你的行踪。

儿子,对已经10岁的你,爸爸有几点建议给你,希望能对你的成长有帮助。

第一点建议是锻炼自己独立思考、生存的能力。对于独立的思考,在妈妈的影响下你已经有了这方面的意识,遇事你挺有自己的见解和思想,我不再多言;但对于独立生存你还有欠缺,比如收拾整理清洗衣物、保持个人和房间的整洁,做简单的饭菜,制订学习计划并执行,独自短途安全出行,遇到困难会寻求帮助等,这些独自生存的能力对今后的你是非常必要。这次远行你应该受到了锻炼,不知你做得如何?我倒是看到了你同行小伙伴宿舍里的各种乱和丢三落四。

第二点建议是永远把生命安全放在第一位。像你们这个年龄,逐渐离开家庭的怀抱,更多会和同学、朋友在一起,年轻人总是喜欢冒险和尝试,这些冒险和尝试让你们不断认知感知自然和社会,但同时也隐藏着吞噬健康和生命的危险。从新闻里我们常常会看到有小孩偷偷去河里游泳被淹死、偷开大人的汽车发生严重车祸、聚众喝酒醉死等消息,还有吸食毒品成瘾、染上艾滋病等等不一而足,这些都实实在在地发生过。生命于我们都只有一次,如果严重损害了身体健康会让我们痛苦地过一生,失去生命那不仅是自己遗憾,也会让身边的父母家人痛苦不堪。所以,自己要有判断力和自制力,对那些明知道冒险有可能会损害自己身体健康或者生命的行为,要能够克制自己不去触碰。遇到危险,如果舍弃财物可以换得安全,宁愿舍弃财物,只要身体健康和生命在,失去的财物可以再挣回来。

第三点建议是善于接受批评,历练强大的内心。你是个爱面子的人,这没有什么不好,爱面子会让自己努力变得更好。但太爱面子,脸皮太薄,听不得批评和别人的责备就不好了。你有这方面的问题,其实爸爸也有,看到你现在遇到点批评和责备会生气甚至气急败坏,和爸爸小时候如出一辙,也许这方面是遗传我的基因吧。你妈妈可不是这样,她的内心就很强大,抗打击能力不是一般地强。这点我希望你能慢慢有意识改变,日后没有一颗强大的内心是不能成大事的。要知道,别人善意的批评会让自己进步。有时候,当你是晚辈、下级、乙方时,可能会受到不公正的指责。我知道被批评和被指责的过程非常难受，但作为社会中的人这是难免的，要学会自己化解，通过接受甚至承受这种批评指责训练自己强大的内心。不断改进提高自己工作和处事的能力，就会让自己变得越来越强大。自己强大了，再回头看那些批评和指责，它们就会变得十分渺小。

爸爸小时候是个腼腆和资质平凡的小孩，成长的环境不好，读书也不顺利，好在有一股百折不挠和独立的精神，到今天和我的那些家乡同龄人相比还算小有所成。我曾把我求学的故事写了出来，下次见面给你看。

好吧，这次就聊这么多，期待你从新加坡顺利归来！

爸爸

2019年8月25日

给贝西的第13封信
——正确认识物质上的贫穷

贝西：

　　你好！中秋节回去，我和妈妈陪你做眼睛复查的时候，顺便逛了一下阿迪，你看上了一双新款鞋子，你穿上后便爱不释"脚"，求爸爸给你买。说实在的，这双鞋子比较贵，但我还是给你买了，看你兴奋的样子我也很高兴。不过你最近买的鞋子可不少，门口我腾出来的几层鞋柜几乎都放满了你的各种鞋子。妈妈说你是"鞋控"，此言不假，看来你已经到了穿衣服爱美的年龄了。

　　看到你穿上新鞋愉快的跳跃，忽然想起我小时候买鞋的悲伤故事了。爸爸小时候，家里很贫穷。有多穷呢？我出生后没喝过牛奶，就连白面都很少，你奶奶都是用各种杂面（红薯干、豆子、玉米等磨成粉的混合物）做成糊糊或者面条喂我。我总是吃不饱，成天哭，所以身体发育得迟，也没有长高。读初中以前，我几乎所有的衣服都是你奶奶亲手做的，大多都是大人穿旧的衣服改小；也只有过春节，才会给我添一件新衣服。至于鞋子，都是你奶奶做的手工布鞋，既不防水也不耐穿，我经常把鞋子穿得露出脚指头才能丢弃。读初中后，我才拥有了一双白球鞋，还是你奶奶花了2块5毛钱偷偷给我买的；你爷爷知道后把奶奶好一顿数落，因为家里穷，每一分钱都得省着花。可我虽然也挨了你爷爷的批，但我还是暗暗高兴，总算有了一双梦寐以求的球鞋了。我穿得很爱惜，鞋子脏了也是自己亲手洗刷干净，还要涂上鞋粉，宝贝得不得了。哪像你现在，满柜子各种样式的鞋，还没等穿坏就不合脚了。比比我小时候，真是羡慕嫉妒恨呀，恨自己没像你这样赶上好时代。

2018年，河北女孩王心仪以707分考上北大中文系，她写的一篇文章《感谢贫穷》引起社会热议。一个寒门女孩，贫穷带给她痛苦、挣扎与迷茫，以及狭窄的视野、被刺伤的自尊，但她从没被贫穷吓到，一心思变、奋发图强，取得了数以万计富家孩子没有取得的高考成绩，达成自己的学业理想。其实，爸爸这半生一路走来也是这样，就是想改变贫穷才百折不挠通过读书改变了命运，理论上也改变了你的命运。

你没有体验过贫穷的滋味，自出生都是在相对富裕的环境中生活，这也是我作为父亲一直很努力的目标之一。我深深体验过贫穷的滋味，所以发誓绝不让你再去受苦。可是，孩子，这并不代表你不应该认识贫穷、理解贫穷，在这个世界上还有数以亿计的人挣扎在温饱线上。不要说非洲很多国家的人们在靠救济生活，就是现在中国的很多山区也有贫困人口存在，我们的党和政府正在花大力气扶贫，希望他们能和我们一样享受丰衣足食的生活。只有认识了贫穷，你才会对现在的生活有理智的行为。

我一直有个想法，想带你到一个和你年龄相仿孩子所在的穷困家庭去体验一下，实地感受一下贫穷。也许只有这样你才能感同身受，才能真正认识贫穷，从而珍惜现在的生活和学习环境。更要认识到，即使我们现在相对富裕，你所想到的小要求我们基本可以满足，但也应该有节约的意识，有判断该不该买某些东西的理智。我知道这很难，但你需要训练自己分析判断的能力，而不是凭一时喜好向父母或他人索取。

　　一个人这辈子能摆脱贫穷过上富裕的生活，除了自己的努力外，理财的能力也非常重要，这就是通常所说的财商。在这个问题上，我承认自己财商较低，厉行节约而不善理财。而你妈妈呢，与我相反，在理财方面比我有想法和决断，希望你能向妈妈多学习，从管理利用好自己的零花钱开始。

　　我希望你能凭自己的努力和高财商过上幸福的生活。

爱你的爸爸
2019年9月21日

给贝西的第14封信
——勇于竞争和团队协作

亲爱的儿子:

有阵子没写信给你了,前两天接到你给我的电话,征求你要参加斯巴达勇士儿童赛的意见。我和你妈妈进行了商量,感觉到你有强烈的参赛意愿,所以我们就同意了你的请求。

这次的斯巴达勇士儿童赛,我看了比赛的介绍和前期比赛的照片,任务非常艰巨,参赛队员要很能吃苦,对体力的要求也不是一般地高,所以完成比赛本身就不是件容易的事,不知道你想好了没有。妈妈又说你最近积极性非常高,在努力锻炼提升体力,由此我再次认识了你,你是个有追求、有毅力的孩子,希望你能够成功。

这种竞技类比赛,可以历练一个人野外生存的能力、解决问题的能力和遇到困难不屈服的斗志,对你身心健康成长很有好处。不过在参加比赛时,爸爸提醒你几个注意事项。

确保自己安全是第一要位。这个比赛是野外运动,奔跑和攀爬中都会有危险,容易受伤,所以要注意观察所处的环境,及早进行预判危险、躲避危险,这既是保证身体不受伤害,也是保证自己能顺利参加完全程比赛，如果中途受伤，试想是不是要影响比赛。在遇到不能完成的危险任务时，不能凭一时冲动去做。比如从2米以上的地方直接跳到没有保护措施的地上，就可能摔断腿。类似这样的危险千万不可盲目挑战，懂得保护自己才能参加完全程。

要有团队协作的精神。在比赛分组时你有可能当小团队的队长，也可能只是一个普通队员，无论是何种角色在比赛时都要全力以赴。若是担任队长就要有担当精神，发挥自己的领导力，团结和激发队员，遇到困难还要身先士卒，表现出领导气质，根据每个队员的特点合理分配任务，追求力量最大化。若是队员，以团队最大的胜利为目标和其他队员紧密合作完成任务，你可以表达自己的意见，但最终要听从队长的任务分配和安排，且不可因为没有分配到自己理想的任务就不努力。一个团队要取得胜利必然是每一个队员共同努力的结果，所谓众志成城。

要勇于拼搏不轻易放弃。每个比赛项目想取得好成绩都不是一件容易的事情，必须付出艰苦的努力，所以对于难度大、不擅长的项目也要拼全力争取，不轻言放弃，哪怕可能是最后一名也要坚持做完，且不可半途而废，若是因知道不能取得名次而放弃就是缺乏比赛精神，会被其他队员鄙视。坚持完成项目本身就是一种自我胜利、自我精神挑战。

重比赛过程轻比赛结果。这次的比赛听你们教练介绍，因为你是初次参加，没有比赛的经验，也缺乏必要的训练，所以拿到名次是很难的。既然你要参加，就更要在乎比赛的过程而不要在乎比赛的结果。参加这个比赛对你是一种经历和自我认识，所以只要你倾尽全力完成了全过程，本身就是一种胜利，至于结果如何不要过于看重，能拿到好名次固然很好，拿不到也很正常，毕竟你不是本着争夺冠军去做的准备，而是想通过这样一个活动开阔视野、锻炼自己的意志和能力，因而过程比结果更重要。

善于沟通广交朋友。在这个斯巴达勇士儿童赛的活动中你会接触很多年龄相仿的选手，他们各有自己的特长和优点，要虚心向他们学习请教，也要充分发挥自己的特长，在团队活动中要善于支撑其他队员发挥其特长，也要能容忍其他队员的不足和缺点，不要嘲笑别人的失误和能力不足，也不要轻易用自己的标准去衡量别人，行为主动、语言谦逊才能结交朋友。

总之，希望你有强烈竞争的意识，充分发挥自己的潜能取得好成绩，但竞争不是比赛活动的目的，收获才是。好名次是收获，因比赛而提升能力、增强毅力、开阔眼界、结交朋友也是收获。

祝比赛顺利。

你的爸爸
2019年10月16日

给贝西的第15封信
——勤奋和自律是学习的翅膀

贝西:

你好!有一阵子没写信给你了。爸爸上次回去的一个下午,咱们父子单独相处了几个小时,我觉得你又长高了不少,也越来越懂事,很是欣慰。

妈妈说你最近学习兴趣浓厚,尤其是在数学上有一股钻研精神,我也感觉到了。那天晚上都快睡觉了,你对一道做不出来的奥数题还念念不忘,到处请教,还找到了我,我使出浑身解数终于解了出来,把方法告诉你时,你一点就通,根本不需要我多费口舌。至此,我认为你在数学方面有些天赋,希望你保持这种劲头和求知欲,日后必有所成。据妈妈说让你做作业的间隙休息一下,你对于这来之不易的自主时间竟然拿到一本物理书看得津津有味,实为难得,有主动求知的欲望,还有什么知识学不会呢!

我本周看到一个新闻,华中科技大学计算机科学与技术专业的博士毕业生左鹏飞签约华为公司,年薪201万。这则新闻当天刷了屏,现在的大学生毕业本科能有10万年薪已是较高,博士生有50万年薪的都属凤毛麟角,而左鹏飞能获得华为公司201万年薪的

offer，真是不简单。左鹏飞毕业的学校并不是国际常青藤或国内清北名校，这足以说明他研究专业的高价值和自身发展潜力。爸爸特意看了记者采访他时关于他如何这样优秀的介绍，他说："哪里有天才？我是把别人打游戏时间都用在实验室里了。"他的日常时间表是这样的：早上8时起床，8时30分之前进实验室，学习到11时30分吃中饭；下午2时多到5时30分在实验室；晚饭后，晚上6时30分到9时30分在实验室，有时会待到10时多，才回寝室睡觉。一周7天，5年来几乎天天如此。左鹏飞的优秀来自于他的勤奋和自律，来自于他对科研的不懈追求。

　　孩子，从左鹏飞的身上你能学到什么？一个人的智商固然重要，但如果没有勤奋和自律，也不会成为顶尖优秀的人才。尤其是在知识爆炸和科技进步日新月异的今天，需要掌握的知识太多了，不尽快积累这些基础知识、站在前人的肩膀上，就很难取得傲人的成就，就很难实现你想成为发明科学家或者伟大设计师的梦想。

　　从你现在的表现看，我和妈妈都认为你的智力水平不错，学习潜质很好，但是还有些拖沓和不够自律的毛病，希望你能意识到并改正它，再付之于勤奋，你的理想一定会实现。

　　最后送你一句北宋大理学家朱熹的名言——不奋发，则心日颓靡；不检束，则心日恣肆。

　　我和妈妈都期待着你带给我们惊喜！

你的爸爸
2019年12月14日

给贝西的第16封信
——书中自有黄金屋

贝西:

你好!你给爸爸电话说老师布置的作文《我的读书故事》,你不知道怎么写,想让我给你写个权当参考。那好,爸爸就以你的口吻写了一个,看看对你有没有启发意义。

我的读书故事

我家读书的氛围很浓厚,爸爸妈妈无论去哪儿,包里或者车上都会有书,也从不忘记敦促我带书。我喜欢读书,利用一切可利用的时间读各种门类的书。这是妈妈给我从小培养的习惯,只要是我想读的书,妈妈总会毫不犹豫地购买,从不吝啬。

我开始读绘本故事时,书里的内容太精彩了,常常让我情不自禁地哈哈笑出声,我认识到书是有趣的。于是我追求故事精彩的情节,看得很快,很少去思考主人公为什么会这样做和那样做。后来我读到历史、军事、科技等题材的书,才觉得读书不是那么简单,每读一本书都要有收获才没有白读。

我读神话故事《西游记》，起初认为孙悟空会七十二变，神通广大，我做梦都想成为孙悟空那样厉害的人。可是爸爸启发我，孙悟空一个筋斗云就能翻十万八千里，为什么不背着师父到西天取经，一天打个来回还绰绰有余，何必花费那么多时日，还要历经九九八十一难？读后我才恍然大悟，原来我只看故事本身去了，并没有读出故事的宗教背景和佛教教义。只有读出这些背后的道理，才能悟出佛教宣扬的善恶因果和修行对世人的教化意义。

读《大唐三百年》，我慨叹唐高祖李渊开国的丰功伟绩，唐太宗李世民"玄武门之变"的惊险，贞观之治、开元盛世带来的繁荣，但也有唐玄宗时期"安史之乱"带给百姓的苦难，恨不得穿越到唐朝亲自提醒皇帝不要昏庸。但三百年的唐朝最终国运衰微，和其他朝代一样也逃不过"一乱一治"的王朝更迭。时至今日的中国，正繁荣昌盛，希望我们能从五千年历史中汲取经验和教训，走出一条让人民安居乐业，永世太平的光明大道。

读《特斯拉传》，埃隆·马斯克对科技的极致追求和冒险精神让我一度着迷，他就是我的偶像，我甚至把自己的英文名字改成Musk，希望自己有朝一日也能成为他那样的人，推动人类科技文明大步向前。你有没有想到，书籍竟有这样强大的精神力量！

我是个军迷，尤爱读军事图书。到了只要看见有关军事的书就挪不动脚的地步。几年下来，我看了几十本有关军事的书，对武器、战争有了更深的了解。有一次爸爸妈妈陪我去看航展，我在进门时遇到一个叔叔，聊到战斗机的型号、年代和在哪些战争中使用过，我如数家珍，滔滔不绝，他都被我丰富的军事知识惊呆了，一路陪着我参观和讨论。我喜欢军事，更明白国家努力发展国防军事的道理，战争都是不得已的激烈手段，若要和平，还得以战止战，如同"止戈为武"。这些都是我从书中得来的呀！

"书中自有黄金屋，书中自有颜如玉。"我深得其中三昧：一是读书不能只用眼看，还必须用脑思考，悟出道理和意义；二是读书要有代入感，设想身临其境，方能体会深刻；三是不能读死书，尽信书不如无书，灵活运用最为重要。

以上是我仿照你的口吻写的作文，不知对你有没有启发。

爱你的爸爸

2020年1月4日